Marina Schuster

Manchmal
Die McDermotts Band 2

Manchmal - Die McDermotts Band 2
2. Auflage, Juli 2016

Covergestaltung: Marina Schuster
Bildmaterial: jeannehatch@Canstockphoto.com; Vanell@Canstockphoto.com; katalinks@Canstockphoto.com
Lektorat / Korrektorat: Björn Baldin

Marina Schuster
c/o Papyrus Autorenclub
R.O.M. Logicware GmbH
Pettenkoferstr. 16-18
10247 Berlin
kontakt@marina-schuster.com
http://www.marina-schuster.com

Bibliografische Information der Deutschen Nationalbibliothek:
Die Deutsche Nationalbibliothek verzeichnet diese Publikation in der Deutschen Nationalbibliografie; detaillierte bibliografische Daten sind im Internet über http://dnb.dnb.de abrufbar.

ISBN: 978-1-53558-790-7

Printed in Germany by Amazon Distribution GmbH, Leipzig

1

»Sprosse?« Callan McDermott betrat das Wohnzimmer der Porter-Ranch, schaute sich suchend um und warf danach einen kurzen Blick in das vordere Schlafzimmer.

Im gleichen Augenblick kam Joyce Porter aus der Küche. »Hier bin ich.«

Lächelnd betrachtete Callan die schlanke Frau mit den kastanienfarbenen, langen Haaren und den rehbraunen Augen – seine zukünftige Frau. Er ging auf sie zu, nahm sie in den Arm und küsste sie zärtlich. »Hallo Liebling.«

»Hey McDermott«, sagte sie neckend, »kann es sein, dass du dich vor den Hochzeitsvorbereitungen drückst?«

Mit gespielter Entrüstung schüttelte er den Kopf. »Wie kommst du denn darauf? Das würde ich doch niemals tun. Immerhin fahre ich nachher zu Adrian und bitte ihn, mein Trauzeuge zu werden.«

Sie verdrehte die Augen und knuffte ihn in die Seite. »Spätestens, wenn wir vor dem Friedensrichter stehen, wirst du dich nicht mehr raushalten können.«

»Ich habe dir gleich gesagt, dass ich kein Mann bin, den man heiratet«, zog er sie auf. Dann wurde sein Gesicht ernst. »Ich muss dir etwas beichten.«

Misstrauisch schaute sie ihn an. »Was ist los?«

»Komm mit.«

Er nahm sie an der Hand, führte sie hinaus und ums Haus herum zum Pool. Dort planschte ein etwa zehnjähriger Junge im Wasser, und als er sich zu ihnen umdrehte, blieb Joyce vor Schreck die Luft weg.

»Liebling, das ist Timothy – Timmy, das ist Joyce, meine zukünftige Frau.«

»Hi Joyce.« Der Kleine lachte sie fröhlich an und paddelte dann wieder davon.

Entsetzt starrte Joyce das Kind an. Mit seinen blonden Haaren, den himmelblauen Augen und dem leicht kantigen Gesicht war Timmy die jüngere Ausgabe von Callan. Die beiden sahen sich so ähnlich, dass es keinen Zweifel daran gab, welche Eröffnung er ihr machen wollte.

»Callan«, flüsterte Joyce tonlos, »warum hast du mir das nicht schon längst gesagt?«

»Oh, tut mir leid, ich habe nicht dran gedacht«, erwiderte er locker.

»Nicht dran gedacht?« Ihre Stimme überschlug sich jetzt fast. »Nicht dran gedacht? Das glaube ich doch wohl nicht. Du erzählst mir zwei Tage vor der Hochzeit, dass du ...«, sie hielt inne und überzeugte sich, dass Timmy außer Hörweite war, »... dass du einen Sohn hast«, fuhr sie dann etwas leiser fort. »Was geht bloß in deinem Kopf vor?«

Callan grinste. »Es gibt keinen Grund, sich aufzuregen, Liebling.«

»Das sehe ich allerdings anders«, gab Joyce verärgert zurück, ohne das amüsierte Funkeln in seinen Augen zu bemerken. »Eigentlich hätte ich es mir ja denken können, bei deinem Frauenverschleiß wundert es mich nur, dass du mir hier kein ganzes Footballteam präsentierst.«

»Onkel Callan, gehen wir jetzt zu den Pferden?«, rief der Junge in diesem Moment.

»Ja, gleich, aber nicht mit der Badehose, erst ziehst du dir etwas Trockenes an.«

»Okay.« Timmy kletterte aus dem Pool und flitzte davon.

Irritiert schaute Joyce hinter ihm her. »Wieso nennt er dich Onkel?«

»Weil ich sein Onkel bin. Er ist Laurens Sohn, und da sie bis morgen geschäftlich verreisen musste, habe ich ihr angeboten, dass wir so lange auf Timmy aufpassen. Ich weiß, ich hätte dich vorher fragen sollen, doch ich dachte, es würde dir nichts ausmachen«, erklärte Callan mit einem unschuldigen Blick.

»McDermott, du miese Ratte«, fauchte Joyce ihn an, »weißt du eigentlich, was du mir für einen Schreck eingejagt hast?«

Lachend zog er sie in seine Arme und küsste sie liebevoll. »Du brauchst dir keine Sorgen machen, so etwas wird nicht passieren. Ich war zwar kein Kostverächter, aber in dieser Hinsicht bin ich immer äußerst vorsichtig gewesen.«

Joyce dachte an ihre erste gemeinsame Nacht, dachte an das kleine Geheimnis, von dem er noch nichts wusste, und verzog das Gesicht. »Das habe ich gemerkt«, sagte sie spöttisch.

»Ja okay, bis auf eine Ausnahme mit einer ganz gewissen Frau, die mich so verrückt gemacht hat, dass ich nicht mehr klar denken konnte«, raunte er ihr weich ins Ohr. »Übrigens – ich bin zwar nicht sehr versessen auf ein eigenes Footballteam, aber gegen das Üben habe ich nichts. Was hältst du davon, wenn wir gleich damit anfangen?«

»Was hältst du davon, wenn du dich erst mal ein bisschen abkühlst?«

Ehe er wusste, wie ihm geschah, gab sie ihm einen kräftigen Stoß und er fiel rücklings in den Pool. Prustend und grinsend tauchte er wieder auf. »Ich sehe schon Sprosse, meine Entscheidung war richtig«, lachte er, während er in ihre Richtung schwamm, »wir zwei werden viel Spaß miteinander haben.«

Kopfschüttelnd kniete sie sich an den Beckenrand, beugte sich zu ihm herunter und küsste ihn ausgiebig. »Du hast Glück, dass ich dich so liebe, McDermott.«

»Ja«, sagte er leise und fuhr mit dem Finger zärtlich über die Sommersprossen auf ihrer Nase, »ich weiß.«

***

Wenig später hatten Callan und Timmy trockene Sachen an und gingen hinüber in den Pferdestall.

Joyce stand auf der Veranda und schaute ihnen nachdenklich hinterher. Das war also Laurens Sohn. Erst vor Kurzem hatte Callan ihr erzählt, dass seine Schwester vor neun Jahren ein uneheliches Kind bekommen hatte. Sie und Lauren waren früher eng befreundet gewesen, immer wenn Joyce ihre Großmutter auf der Ranch besucht hatte, hatten die beiden Mädchen jede freie Minute miteinander verbracht. Dennoch hatte Lauren sich offenbar geschämt, ihr etwas von Timmy zu erzählen, seit Joyces Ankunft in Stillwell vor knapp drei Monaten war sie ihr aus dem Weg gegangen. Bei ihren zufälligen Begegnungen hatte Lauren es stets sehr eilig gehabt und inzwischen wusste Joyce, warum.

Gedankenverloren beobachtete sie, wie Callan und Timmy mit zwei Pferden aus dem Stall kamen. Callan half seinem Neffen auf Goldys Rücken, gab ihm die Zügel in die Hand und schwang sich anschließend selbst auf Skydancer, seinen schwarzen Appaloosa-Hengst. Sie winkten Joyce noch einmal zu und ritten dann langsam nebeneinander den Weg zur Ausfahrt der Ranch entlang. Callan beugte sich zu Timmy herüber, erklärte ihm etwas und der Junge nickte begeistert.

Als Joyce sah, wie liebevoll Callan mit seinem Neffen umging, stieg ein beklommenes Gefühl in ihr auf. Übermorgen würden sie heiraten und er war nach wie vor völlig ahnungslos.

***

Adrian McDermotts Sekretärin schob ihren hochschwangeren Bauch durch die Bürotür. »Mr. McDermott, Ihr Bruder ist da.«

»Danke Mrs. Cooper, er soll reinkommen, und Sie können Feierabend machen.«

Sie ließ Callan vorbei und schloss dann die Tür hinter sich.

Adrian nahm die goldgeränderte Lesebrille ab, stand auf, ging um den Schreibtisch herum und klopfte seinem fast vier Jahre jüngeren Bruder zur Begrüßung freundschaftlich auf die Schulter. »Cal, schön, dich zu sehen.« Er deutete auf die Sitzgruppe. »Setz dich. Möchtest du einen Kaffee? Oder einen Whiskey?«

»Nein danke«, Callan schüttelte den Kopf und ließ sich auf der schwarzen Ledercouch nieder, »ich wollte etwas mit dir besprechen.«

Adrian nickte, setzte sich in den Sessel ihm gegenüber und sah ihn auffordernd an. »Was hast du auf dem Herzen?«

Nervös wippte Callan mit den Beinen auf und ab, fuhr sich mit den Händen über die Oberschenkel. »Ich weiß, es ist ein wenig kurzfristig, aber ich hätte dich gerne als meinen Trauzeugen, wenn du einverstanden bist«, begann er zögernd.

»Natürlich, wieso sollte ich denn nicht einverstanden sein?«, erklärte Adrian freudestrahlend.

»Weil ... ich ... es gibt da noch etwas, das ich dir sagen muss«, druckste Callan herum. »Es wird dir sicher nicht gefallen, und falls du mich danach rauswirfst und nie mehr ein Wort mit mir sprichst, könnte ich es verstehen.«

»So ein Unsinn«, beruhigte sein Bruder ihn. »Was auch immer es ist, es wird sich zwischen uns nichts ändern.«

Callan schluckte, sein Adamsapfel hüpfte ein paar Mal auf und ab. »Ich ... ich habe mit deiner Frau geschlafen, kurz bevor ihr euch getrennt habt«, presste er dann mühsam heraus.

Stumm schaute Adrian ihn an, sein Gesicht zeigte keinerlei Regung, lediglich in seinen Augen blitzte Betroffenheit auf.

»Ihr hattet Streit und sie kam zu mir, weil sie jemanden zum Reden brauchte. Ich habe sie getröstet, dabei ist es passiert«, fuhr Callan leise fort. »Ich weiß nicht, was damals in mich gefahren ist, ich war jung und dumm und dachte überhaupt nicht an dich. Es war für mich ein schneller Spaß, so wie mit allen anderen Frauen auch. Aber ich will mich nicht rausreden, natürlich war mir bewusst, was ich da tue, und ich habe es all die Jahre bitter bereut, das darfst du mir glauben.«

»Und warum erzählst du mir das ausgerechnet jetzt?«, wollte Adrian wissen, ohne eine Miene zu verziehen.

Seine Stimme klang ein wenig rau, an seiner Wange zuckte ein Muskel, und Callan spürte, dass er mehr schockiert war, als er es sich nach außen hin anmerken ließ.

»Weil ich die ganze Zeit zu feige dazu war und weil Joyce mir geraten hat, reinen Tisch zu machen«, gab er ehrlich zu.

»Sie liebt dich wohl sehr«, stellte Adrian fest.

Callan nickte. »Ja, das tut sie. Sie ist das Beste, was mir je passiert ist.«

Für einen Moment war es still in dem geräumigen Büro, dann räusperte Callan sich. »Wie gesagt, ich weiß, dass es keine Entschuldigung für mein Verhalten gibt, und ich könnte verstehen, wenn du jetzt nichts mehr mit mir zu tun haben willst.«

Abrupt sprang Adrian auf, durchquerte mit großen Schritten den Raum und blieb schließlich vor der breiten Fensterfront stehen, die Hände in den Hosentaschen vergraben, den Blick ziellos in die Ferne gerichtet.

»Du warst nicht der Einzige«, sagte er schließlich, ohne sich umzudrehen. »Während ich mich hier in der Firma krumm und bucklig geschuftet habe, um Florence ein sorgloses Leben zu bieten, ist sie mit anderen Kerlen ins Bett gestiegen. Ich war ihr zu langweilig, zu ernst, zu spießig, da hat sie sich ihr Vergnügen woanders gesucht.«

»Aber ... ich ... du hast nie einen Ton davon gesagt«, stammelte Callan verstört.

Sein Bruder fuhr herum, spürbar aufgewühlt. »Was glaubst du wohl, warum nicht? Denkst du, ich war stolz darauf, dass meine Frau sich durch halb Stillwell schläft? Oder meinst du, ich wollte von allen Seiten genauso mitleidig belächelt werden wie unser Vater, nachdem Mutter ihn ständig betrogen hat?« Mit einem bitteren Auflachen schüttelte Adrian den Kopf. »Nein, das habe ich lieber für mich behalten.«

Callan war sichtlich erschüttert. »Und ich habe all die Jahre angenommen, *ich* wäre der Grund für eure Trennung gewesen.«

»Nein, das warst du nicht.« Als Adrian Callans unglückliches Gesicht bemerkte, hob er mit einer hilflosen Geste die Hände, fuhr sich dann durchs Haar und verzog den Mund zu einem schiefen Lächeln. »Ich habe schon lange damit abgeschlossen, und du solltest es ebenfalls tun, du brauchst dir keine Vorwürfe mehr zu machen. Wenn solche Dinge passieren, gehören immer zwei dazu, und du bist schließlich mein Bruder. Ich werde dich also weder rauswerfen, noch werde ich dir kurz vor deiner Heirat das Nasenbein brechen, obwohl du das verdient hättest. Ich möchte doch, dass du auf den Hochzeitsfotos gut aussiehst.« Er zog Callan von der Couch hoch, umarmte ihn fest. »Es ist alles in Ordnung zwischen uns, und falls du mich als Trauzeugen haben willst, würde ich mich freuen«, versicherte er.

»Danke«, murmelte Callan gerührt, »ich bin so froh und es tut mir wirklich unendlich leid.«

»Schon gut.« Adrian schmunzelte. »Wenn du mir versprichst, dass du in Zukunft keine Dummheiten mehr machen wirst, vergessen wir das Ganze.«

»Versprochen«, nickte Callan ernst und fügte dann mit einem kleinen Grinsen hinzu: »Dafür wird Joyce garantiert sorgen.«

2

»Okay, Timmy schläft«, verkündete Callan, als er aus dem vorderen Schlafzimmer kam. »Ich habe mir mit ihm noch eines der alten Kinderbücher deines Vaters angeschaut, und beim Lesen sind ihm die Augen zugefallen.« Mit einem kleinen Grinsen fügte er hinzu: »Und übrigens hat er es sich auf deiner Seite bequem gemacht.«

Jetzt, schoss es Joyce durch den Kopf, jetzt ist der passende Moment. »Callan, ich ...«

In der gleichen Sekunde kam Rose Porter, Joyces Großmutter, aus der Küche. »Kinder, setzt euch doch für einen Augenblick mit mir ins Wohnzimmer, ich möchte etwas mit euch besprechen.«

»Granny, muss das ausgerechnet jetzt sein?«, fragte Joyce unwillig.

»Ich weiß, dass ihr wegen der Hochzeit im Stress seid, aber es ist wichtig«, beharrte Rose, während sie in ihrem Schreibtisch herumkramte und schließlich ein Dokument hervorzog.

»Na komm Sprosse, sei nicht schon wieder so störrisch«, schmunzelte Callan und zog Joyce mit sich auf die Couch.

Erwartungsvoll schauten sie die grauhaarige, ältere Dame an.

»Also, ich mache es kurz«, begann sie. »Mit Joyce habe ich ja bereits vor ein paar Wochen darüber gesprochen – ich werde euch die Ranch überschreiben. Ich bin nicht mehr die Jüngste und die ganze Arbeit hier wird mir langsam zu viel. Ich möchte meinen Lebensabend genießen und ziehe zu Millie nach Crystal City, sobald ihr aus euren Flitterwochen zurück seid.

Ich weiß, dass bei euch alles in guten Händen sein wird.«

Sie reichte Callan das Schriftstück. Es war eine Schenkungsurkunde, ausgestellt auf die Namen Joyce und Callan McDermott, datiert auf den Tag ihrer Hochzeit.

»Aber ... was ...«, stotterte er verwirrt, »Rose, das kannst du nicht machen. Was ist mit dem Öl? Hast du eigentlich eine Ahnung, was die Ranch und das Land wert sind, wenn die Probebohrung erfolgreich verläuft?«

Rose lächelte. »Und ob ich das kann. Joyce erbt sowieso einmal alles, ihr Vater hat ja sein Geschäft in New York und sich nie für die Ranch interessiert, sondern nur für seine Luxuskarossen. Also kann ich es euch auch gleich überlassen, jetzt seid ihr noch jung und könnt etwas damit anfangen. Außerdem«, sie zwinkerte vielsagend, »werdet ihr sicher irgendwann Nachwuchs bekommen, und könnt mein Zimmer gut gebrauchen.«

Jetzt, dachte Joyce, jetzt sage ich es ihm. »Apropos ...«

Weiter kam sie nicht, denn im selben Moment flog die Eingangstür auf.

Entgeistert starrten sie auf den schwarzhaarigen Mann, der sich schwankend am Türrahmen festhielt und sie grimmig anschaute. »Herzlichen Glückwunsch Callan«, stieß er undeutlich hervor. »Schade, dass du es nicht für nötig gehalten hast, mir mitzuteilen, dass du heiratest, geschweige denn, mich zur Hochzeit einzuladen.«

***

Sekundenlang war es totenstill im Raum. Dann hatte Callan sich von seiner Überraschung erholt und sprang auf. »Was willst du hier?«

Unsicher machte Charles McDermott ein paar Schritte auf ihn zu. »Was ich hier will? Dich daran erinnern, dass du mir ein bisschen Respekt schuldest.«

»Ich schulde dir überhaupt nichts«, erwiderte Callan mit mühsam unterdrücktem Zorn. »Du bist betrunken, du solltest lieber gehen.«

»Ja, ich bin betrunken«, gab Charles grinsend zurück. »Was dagegen? Du brauchst dich gar nicht so aufzuspielen, schließlich schaust du selbst oft genug tiefer ins Glas.«

»Stimmt, das habe ich getan«, fuhr Callan ihn an, »und dreimal darfst du raten, weshalb. Um nicht an die Hölle denken zu müssen, die ich dank dir jahrelang erleben durfte. Oder glaubst du, ich hätte all die Prügel vergessen, die wir von dir bezogen haben? Dass du Mutter rausgeworfen hast? Dass du Lauren auf die Straße gesetzt hast, als sie schwanger war? Oh nein, ich habe es nicht vergessen, nicht einen einzigen Tag. Und dann wagst du dich, hierher zu kommen und dich zu beklagen, dass du nicht zur Hochzeit eingeladen bist? Mach, dass du verschwindest, und lass dich nie mehr hier blicken.«

»Deine Mutter war eine Schlampe«, erklärte Charles mit schwerer Zunge, »und deine Schwester ist auch nicht besser. Sie haben es nicht anders verdient.«

Callan ballte die Fäuste und wollte sich auf ihn stürzen, doch Rose und Joyce, die bis jetzt schweigend zugehört hatten, sprangen gleichzeitig auf und hielten ihn zurück.

»Tu das nicht«, beschwichtigte Joyce ihn und griff nach seiner Hand. »Das ist es nicht wert.«

Charles wankte auf Joyce zu, musterte sie von oben bis unten und verzog den Mund zu einem spöttischen Lächeln. »Du bist also die glückliche Braut? Na dann viel Spaß, ich hoffe, du weißt, worauf du dich da eingelassen hast. Du wirst einen Mann bekommen, der die Finger nicht vom Whiskey und den Weibern lassen kann.«

»Das reicht, Charles«, mischte Rose sich nun ein. »Entweder mäßigst du deinen Ton, oder ...«

»Halt dich da raus, das ist meine Angelegenheit und ich regele das alleine«, unterbrach Callan sie unwirsch. Beschützend stellte er sich vor Joyce. »Du solltest jetzt besser still sein«, sagte er dann gefährlich leise zu seinem Stiefvater. »Verschwinde und wage es nicht, hier jemals wieder aufzukreuzen oder meiner Frau zu nahe zu kommen.«

»Das ist also der Dank dafür, dass ich dich jahrelang wie einen eigenen Sohn großgezogen habe, du Bastard«, stieß Charles hervor. »Denkst du, mir ist das leichtgefallen? Meinst du, es hätte mir nichts ausgemacht, ständig den Beweis für die Hurerei meiner Ehefrau vor Augen zu haben? Trotzdem war ich immer bemüht, euch ein guter Vater zu sein. Ja, ich habe getrunken und mir ist oft die Hand ausgerutscht. Aber wer war es denn, der sich um euch gekümmert hat, während eure Mutter irgendwo herumgestreunt ist und die Beine für andere Kerle breitgemacht hat? Wer hat denn dafür gesorgt, dass ihr Essen und Kleidung hattet, und eine anständige Ausbildung? Ich hätte das alles nicht tun müssen, und ehrlich gesagt, bereue ich es zutiefst. Ich hätte dich und deine Geschwister mitsamt eurer verlotterten Mutter vor die Tür setzen sollen, dann müsste ich jetzt hier nicht wie ein Bittsteller vor dir stehen.«

Obwohl der Alkohol seine Aussprache beeinträchtigte, war doch deutlich zu hören, wie gekränkt er war, und der Blick, mit dem er Callan maß, unterstrich das noch.

Sanft drückte Joyce Callans Hand. »Vielleicht sollten wir ...«

»Nein«, fiel er ihr schroff ins Wort und blitzte seinen Vater an. »Es gibt keine Entschuldigung für das, was du uns angetan hast. Du hast uns für die Verfehlungen unserer Mutter büßen lassen und das werde ich dir nie verzeihen. Für mich bist du gestorben – und jetzt geh mir aus den Augen.«

Einen Moment starrte Charles ihn an, dann wankte er zur Tür und drehte sich dort erneut zu ihnen um. »Du wirst noch an mich denken, Callan«, stieß er zornig hervor. »Ich wünsche dir trotzdem alles Gute, und vor allem wünsche ich dir, dass deine Kinder nicht nach dir geraten.«

»Keine Sorge«, gab Callan verächtlich zurück, »es wird keine Kinder geben, denn auf keinen Fall will ich so ein mieser Vater werden wie du.«

***

Am Freitag war die Küche der Porter-Ranch mit hektischer Betriebsamkeit gefüllt. Joyce, Rose und ihre Schwester Millie Campbell sowie zwei von Roses Bekannten aus Stillwell waren damit beschäftigt, das Essen für die Hochzeit vorzubereiten. Callan war bereits am frühen Morgen verschwunden, er hatte Timmy zur Schule gebracht und war anschließend mit Adrian nach San Antonio gefahren, um seinen Anzug und die Ringe abzuholen.

Während die Frauen alle fröhlich durcheinander schnatterten, bestrich Joyce geistesabwesend einen Tortenboden mit einer Nugatcreme. Noch immer hatte sie sich nicht richtig von dem gestrigen Abend erholt, das plötzliche Auftauchen von Charles McDermott hatte ihren Vorsatz, endlich mit Callan zu reden, zunichtegemacht. Als sie später im Bett gelegen hatten, hatte sie gespürt, dass er nach wie vor sehr unter den schrecklichen Erlebnissen seiner Kindheit litt. Trost suchend hatte er sich an sie geklammert, sie hatte ihn liebevoll im Arm gehalten und gestreichelt, bis er eingeschlafen war. Vor einigen Wochen noch wäre er nach diesem Zusammentreffen vermutlich in die Cactus-Bar gefahren und hätte seinen Kummer im

Whiskey ertränkt. Sie war froh gewesen, dass er stattdessen bei ihr geblieben war, und hatte es nicht übers Herz gebracht, ihm zusätzliche Aufregung zuzumuten, besonders nicht nach dem letzten Satz, den er Charles an den Kopf geworfen hatte.

Vielleicht findet sich heute eine Gelegenheit, dachte sie frustriert, obwohl ihr bei dem Gedanken an Callans Reaktion bereits wieder ziemlich mulmig wurde.

Irgendwann gegen Mittag klopfte es an die Haustür.

»Ich gehe schon, das wird sicher der Bote mit den Blumengestecken sein«, sagte Joyce und wischte sich die Hände an einem Küchentuch ab.

Sie durchquerte den Wohnraum und öffnete, und schaute überrascht die junge Frau mit den hellblonden Haaren an, die leicht verlegen vor der Tür stand.

»Hallo Joyce«, grüßte Lauren zaghaft.

»Lauren, wie schön dich zu sehen«, lächelte Joyce herzlich, »komm rein.«

»Ich ... ich dachte, ihr könntet vielleicht noch Hilfe gebrauchen.«

»Natürlich, gerne. Ich weiß nicht mehr, wo mir der Kopf steht, da ist mir jede helfende Hand willkommen.«

Joyce wollte sie in die Küche schieben, aber Lauren blieb stehen. »Warte, bevor wir da reingehen, möchte ich mich bei dir entschuldigen. Es tut mir leid, dass ich dir die ganze Zeit aus dem Weg gegangen bin.«

»Schon gut, es muss dir nicht leidtun«, beruhigte Joyce sie. »Ich kann es verstehen und bin dir nicht böse.«

»Ich habe mich so geschämt«, gestand Lauren bedrückt. »Wir hatten damals doch immer so große Zukunftspläne und was ist daraus geworden? Du hattest dein aufregendes Leben in New York und dein tolles

Kunststudium, während ich es lediglich fertiggebracht habe, mit gerade mal sechzehn Jahren ein uneheliches Kind zu bekommen.«

Spontan legte Joyce ihr den Arm um die Schultern und drückte sie. »Es gibt nichts, wofür du dich schämen müsstest«, betonte sie. »Timmy ist wirklich ein total süßer Junge, du kannst stolz auf ihn sein.« Nach einer kurzen Pause fügte sie schmunzelnd hinzu: »Und außerdem siehst du ja, was mir mein ‚tolles' Kunststudium eingebracht hat – ich werde deinen Bruder heiraten.«

Lauren lachte. »Stimmt, da fragt man sich tatsächlich, wen von uns beiden es schlimmer getroffen hat.«

Sie fingen an zu kichern und fast augenblicklich war die alte Vertrautheit und Verbundenheit wieder da.

»Ich bin froh, dass Callan endlich in festen Händen ist«, erklärte Lauren zufrieden, »ich habe dir doch gesagt, das wird noch etwas mit euch.«

»Das war auch ein harter Kampf«, schmunzelte Joyce und dachte kurz an die Turbulenzen der letzten vier Monate. »Aber es hat sich gelohnt.«

Lauren nickte. »Ja, Callan ist wirklich ein lieber Kerl, und das sage ich nicht nur, weil er mein Bruder ist. Und wenn ich sehe, wie liebevoll er mit Timmy umgeht, bin ich mir sicher, dass er irgendwann ein toller Vater werden wird.«

»Ja«, murmelte Joyce gedehnt, »das wird er bestimmt.«

3

Es war später Nachmittag, als Callan und Adrian aus San Antonio zurückkehrten. Nachdem er seinen Bruder auf der Porter-Ranch abgesetzt hatte, fuhr Adrian direkt nach Crystal City, wo sich das gläserne Bürogebäude der Dermoil Company befand. Er betrat den Fahrstuhl und drückte den Knopf für die oberste Etage. Kurz darauf saß er in seinem Büro, schaltete seinen PC ein und vertiefte sich in die Tagespost. Anschließend schaute er die Unterschriftsmappe durch, die Darcy ihm auf den Tisch gelegt hatte, überflog die Dokumente und unterzeichnete sie. Während er seine E-Mails checkte, warf er einen Blick auf die Uhr. Es war beinahe sechs. Um sieben sollte er in Stillwell in der Cactus-Bar sein, um mit Callan dessen Junggesellenabschied zu feiern.

Er seufzte leise. Große Lust hatte er nicht, ihm stand der Sinn nicht nach Party und Vergnügen, weder heute, noch sonst. Seit der Trennung von Florence hatte er sich in seiner Arbeit vergraben, er war frühmorgens der Erste, der die Firma betrat, und spät am Abend der Letzte, der ging. Selbst an den Wochenenden kümmerte er sich um die Geschäfte, es verging selten ein Samstag oder Sonntag, an dem er nicht in Unterlagen vertieft in seinem Haus saß. Die einzigen privaten Anlässe, zu denen er sein Domizil verließ, waren gelegentliche Treffen mit seinen Geschwistern, ansonsten hatte er sich völlig von seiner Umwelt abgeschottet. Er war nicht unglücklich mit diesem Leben, er liebte seine Arbeit und seine Firma. Durch seinen unermüdlichen Einsatz hatte er es geschafft, die Dermoil Company innerhalb kürzester Zeit von einem unbedeutenden Betrieb in ein konkurrenzfähiges Unternehmen mit hervorragenden Umsätzen zu verwandeln.

Auch jetzt wäre er lieber an seinem Schreibtisch sitzen geblieben, doch nach dem Gespräch mit Callan würde dieser es sicher falsch verstehen, wenn er der Feier fernblieb. Nachdem er noch ein paar Mails beantwortet hatte, fuhr er den PC wieder runter, knipste das Licht aus, und wenig später saß er in seinem Lincoln und war auf dem Weg zur Party.

Nach einer knappen halben Stunde parkte er den Wagen vor der Cactus-Bar, dem örtlichen Saloon an der Mainstreet in Stillwell, einem kleinen Ort rund hundert Meilen südlich von San Antonio in Texas. Bereits von draußen schallte ihm laute Countrymusik entgegen, und als er den Schankraum betrat, befand er sich mitten in einer ausgelassenen Meute von Männern. Nach kurzem Zögern setzte er sich an den Tresen und schaute sich um. Er fühlte sich völlig fehl am Platz, was nicht nur daran lag, dass er der Einzige war, der einen Anzug und Krawatte trug.

»Jordan, noch eine Runde«, orderte Callan gerade.

»Cal, sauf nicht so viel, sonst liegst du unter dem Tisch, bevor die Stripperin da ist«, tönte es aus einer Ecke.

Alle lachten und ein anderer rief: »Solange wir ihn morgen Abend nicht auf seine Frau draufheben müssen, ist alles in Ordnung.«

Wieder ertönte Gelächter, und im gleichen Moment fiel Callans Blick auf Adrian. Mit dem Glas in der Hand ging er auf ihn zu und schob sich auf den Barhocker neben ihm. »Schön, dass du da bist.«

»Du weißt, dass ich das nur dir zuliebe tue«, lächelte Adrian schief.

Callan seufzte. »Ja, das ist mir bewusst. Aber du solltest öfter mal aus deinen vier Wänden rauskommen. Es tut dir nicht gut, immer alleine zu sein.«

Jordan, der Jüngste der vier McDermott-Geschwister, der wie fast jeden Abend hinter der Theke stand und die Getränke ausschenkte, gesellte sich zu ihnen. »Adrian, welch seltener Glanz in dieser bescheidenen Hütte«, grinste er und stellte ein Glas Bourbon vor ihn hin. »Sag bloß, du entdeckst auf deine alten Tage doch noch deine vergnügungssüchtige Seite.«

»Ich habe ihm auch gerade gesagt, dass er ab und zu mal unter die Leute gehen sollte«, schmunzelte Callan. »Es geht wirklich nichts über einen guten Whiskey mit ein paar Freunden und einen heißen Flirt mit einer hübschen Frau.«

»Lass das nur nicht Joyce hören«, mahnte Adrian mit einem kleinen Lächeln.

»Keine Angst, diese Zeiten sind vorbei«, grinste Callan. »Aber dir könnte es nicht schaden, dich mal wieder mit den Ladys zu beschäftigen.«

Adrian verzog das Gesicht. »Nein danke. Ich weiß, dass ihr euch Sorgen macht, doch ich komme sehr gut allein zurecht. Das Letzte, was ich in meinem Leben gebrauchen kann, ist eine Frau.«

***

Ein lautes Poltern riss Joyce gegen vier Uhr morgens aus ihren Träumen. Irritiert setzte sie sich auf, hörte undeutliches Gemurmel aus dem Wohnzimmer. Rasch sprang sie aus dem Bett und öffnete die Tür. Ihr Blick fiel auf Callan, der, rechts und links gestützt von Adrian und Jordan, durch den Wohnraum schwankte.

»Schbrosse«, nuschelte er, als sie sah. »Du kannsht doch hier nisch sho im Naaachthemd rumlaufen. Du bringsht die Jungsh auf shlimme Gedanken.«

Joyce seufzte. »Okay, so ähnlich hatte ich es mir vorgestellt. Bringt ihn hier rein.«

Sie trat zur Seite und Jordan und Adrian schleppten Callan ins Schlafzimmer und luden ihn auf dem Bett ab.

»Sorry«, murmelte Adrian verlegen, »aber es war nun mal sein Junggesellenabschied.«

»Schon gut«, winkte sie ab, »ich sage ja gar nichts.«

»Schbrosse, komm zuuu mir«, verlangte Callan.

»Danke, dass ihr ihn nach Hause gebracht habt.«

Jordan lächelte. »Ehrensache, wir wollen schließlich, dass er morgen Mittag ausgeschlafen und munter ist.«

Joyce begleitete die beiden Männer zur Tür. »Gute Nacht«, wünschte sie ihnen leise.

»Gute Nacht.«

»Übrigens«, Jordan drehte sich noch einmal nach ihr um und zwinkerte ihr zu, »nur, damit es keine Missverständnisse zwischen euch gibt – er hat die Stripperin nicht angerührt.«

Mit einem kleinen Kopfschütteln schloss Joyce die Tür und ging zurück ins Schlafzimmer, wo Callan vergeblich versuchte, seine Stiefel auszuziehen.

»Komm her, ich mache das.« Sie streifte ihm die Schuhe ab, zog ihm anschließend das T-Shirt über den Kopf und öffnete seine Jeans.

»Schbrosse, weisht du eigentlish, wie verrückt ish naaach dir bin?«, murmelte er und schob seine Hände unter ihr Nachthemd.

»McDermott, du wirst dich jetzt brav hinlegen und schlafen«, ordnete sie an, während sie ihm mühsam die Hose auszog, »wir müssen bald wieder aufstehen.«

Er ließ sich nach hinten fallen, zog sie über sich und umfasste ihren Po. »Komm, lasch unsh anfangen, unsher Footballteam zu machen.«

Einen Moment betrachtete sie ihn liebevoll und dachte gleichzeitig daran, dass sie immer noch keine Gelegenheit gefunden hatte, mit ihm zu sprechen. Dann beugte sie sich zu ihm herunter und küsste ihn sanft. »Jetzt nicht, Liebling. Wenn du deinen Rausch ausgeschlafen hast und nach wie vor der Meinung bist, dass du ein Footballteam möchtest, können wir darüber reden.«

***

Adrian hatte Jordan an dessen Wohnung in Stillwell abgesetzt und war auf dem Heimweg. Während er auf dem Highway in Richtung Crystal City fuhr, schaltete er das Autoradio ein. Ein melancholischer Countrysong von Liebe und Einsamkeit erklang, und gedankenverloren lauschte er einen Moment.

Ja, manchmal fühlte er sich ein wenig verlassen und verloren, und sporadisch sehnte er sich nach ein bisschen Nähe und Wärme. Er war jetzt fast dreiunddreißig, und seit acht Jahren allein. Es war nicht so, dass er grundsätzlich ein Problem mit Frauen hatte. Mit seinen schwarzen Haaren, seinen grauen Augen und seiner großen, kräftigen Statur war er durchaus ein Mann, der das andere Geschlecht anzog. Doch er war vorsichtig geworden, und die ein oder zwei Kontaktversuche, die er nach seiner Scheidung halbherzig unternommen hatte, waren sehr schnell gescheitert. Das hatte vor allem daran gelegen, dass er eigentlich nicht mehr bereit war, jemanden an sich heranzulassen. Die Tatsache, dass die Damen sofort die Dollarzeichen in den Augen hatten, sobald sie herausfanden, wer er war, hatte sein Misstrauen noch verstärkt.

Nein, es war besser, wenn er alleine blieb, er konnte gut ohne eine Beziehung leben.

Er war inzwischen kurz vor Crystal City und verließ den Highway, bog auf die schmale Straße ab, die zu seinem Ranchhaus führte. Die Musik ging ihm plötzlich auf die Nerven, er beugte sich zum Radio und schaltete es aus. Nur für den Bruchteil einer Sekunde hatte er nicht nach vorne gesehen, und als er wieder aufschaute, sah er die Lichter eines Fahrzeugs aus einem Seitenweg kommen. Abrupt trat er auf die Bremse und riss das Lenkrad herum, doch es war schon zu spät. Es gab einen Aufschlag, Metall krachte auf Metall, im gleichen Moment öffnete sich der Airbag. Der Lincoln bohrte sich in die Seite des anderen Wagens, schob ihn ein kleines Stück vor sich her, dann war alles still.

4

»Scheiße«, fluchte Melody Foster aus tiefstem Herzen, als sie das laute Krachen hörte, »verdammte Scheiße.«

Normalerweise drückte sie sich gewählter aus, doch in diesem Augenblick fielen ihr keine anderen Worte ein.

Hektisch zerrte sie Höschen und Jeans nach oben, eilte zwischen den Büschen hindurch auf die Straße und blieb entsetzt stehen. Dort, wo eben noch ihr Wagen gestanden hatte, war nichts als gähnende Leere. Dafür sah sie in ein paar Metern Entfernung zwei ineinander verkeilte Fahrzeuge und eine große, breitschultrige Silhouette, die jetzt in das Licht der Scheinwerfer trat.

»Ist alles in Ordnung?«, rief sie besorgt, während sie auf den Mann zueilte. »Haben Sie sich verletzt?«

Adrian warf einen kurzen Blick auf das Blechchaos und wandte sich dann in ihre Richtung. »Sind Sie eigentlich noch zu retten?«

Sie stellte sich neben ihn und betrachtete unglücklich die zwei verbeulten Wagen. Der schwere, silbergraue Lincoln hatte nicht allzu viel abbekommen, lediglich die Stoßstange hing an einer Seite herunter, ein Scheinwerfer war kaputt und die Motorhaube rechts vorne leicht zusammengeschoben. Ihren kleinen, blauen Chevrolet Aveo allerdings hatte es richtig erwischt. Der Kotflügel war vollkommen demoliert, das Rad stand schief, die Fahrertür nebst Mittelholmen war eingedrückt, der Rahmen komplett verzogen.

»Es tut mir leid«, sagte sie schuldbewusst, »das wollte ich nicht.«

»Wie um alles in der Welt kann denn so etwas passieren?«

»Ich musste mal, und da habe ich das Auto abgestellt, bin ausgestiegen und habe mir ein Gebüsch gesucht. Und als ich wieder auf die Straße kam ...« Sie stockte und zuckte hilflos mit den Achseln.

»Es gibt da so eine praktische Erfindung, die nennt sich Handbremse«, knurrte Adrian ungehalten.

Sie biss sich auf die Lippe. »Ich musste ziemlich dringend und da habe ich den Wahlhebel wohl versehentlich auf den Leerlauf gestellt anstatt auf Parken.«

Kopfschüttelnd besah er sich den Schaden. »Da haben Sie ganze Arbeit geleistet. Wie kann man nur so schusselig sein?«

Tränen stiegen ihr in die Augen. »Es tut mir so leid«, schniefte sie.

Oh nein, bitte nicht, schoss es ihm unbehaglich durch den Sinn. Das Letzte, was er jetzt noch gebrauchen konnte, war eine weinende Frau.

»Beruhigen Sie sich, es ist halb so schlimm«, sagte er hastig, zog ein Taschentuch aus seiner Hosentasche und reichte es ihr.

Er überlegte einen Moment. Eigentlich waren sie verpflichtet, den Unfall zu melden. Doch es war niemand verletzt und er kannte den Deputy gut. In Anbetracht der späten Uhrzeit würde es sicher reichen, wenn er ihn morgen kurz anrief.

»Ich denke, wir können das ohne Polizei regeln«, schlug er daher vor. »Geben Sie mir Ihre Versicherungskarte, ich notiere mir die Daten und werde den Schaden dann dort geltend machen.«

»In Ordnung.« Sie kniete sich auf den Beifahrersitz des Aveo, knipste die Innenbeleuchtung an, öffnete das Handschuhfach und wühlte eine Weile hektisch darin herum. Alles Mögliche kam zutage, jedoch keine Versicherungskarte.

»Ich ... ich kann sie nicht finden«, murmelte sie enttäuscht und drehte sich wieder zu ihm um.

Adrian runzelte die Stirn. »Sie sind doch hoffentlich versichert?«

»Ja, natürlich, ich weiß im Moment bloß nicht, wo ich die Karte habe.«

»Also gut«, seufzte er genervt, »ich sehe schon, das hat jetzt sowieso keinen Sinn. Sie stehen völlig neben sich und ich bin müde, am besten vertagen wir das Ganze. Wir schieben Ihren Wagen an die Seite, dann werde ich Sie nach Hause bringen, Sie schlafen sich erst mal aus und danach schauen wir weiter.«

Er trat zu ihrem Auto, griff durch das geöffnete Fenster ans Lenkrad, stemmte sich gegen den Rahmen und setzte so den Aveo langsam in Gang. »Es ginge schneller, wenn Sie mithelfen würden«, brummte er dabei über die Schulter.

Melody legte ihre Hände an das Heck und begann zu schieben. Wenige Minuten später hatten sie den Wagen so weit an den Straßenrand gerollt, dass keine Gefahr für andere Fahrzeuge bestand.

»Stellen Sie zur Sicherheit noch das Warndreieck auf«, wies Adrian sie an, während er auf seinen Lincoln zuging. Er beugte sich zu der Stoßstange herunter, die halb auf dem Boden hing, und ruckelte prüfend daran herum. Schließlich riss er sie mit einer energischen Bewegung komplett ab und warf sie in den Kofferraum. Dann wandte er sich Melody zu, die ratlos neben dem Aveo stand.

»Was ist los?«, fragte er ungeduldig.

»Ich habe kein Warndreieck«, gestand sie kläglich.

Er verzog das Gesicht. »Warum wundert mich das nicht?«, knurrte er und ließ noch ein ungläubiges »Nicht zu fassen« folgen, als er sein eigenes Warndreieck aus dem Wagen nahm und es hinter dem Wrack des Aveo aufstellte.

Danach strebte er mit großen Schritten auf seinen Lincoln zu, stieg ein und stopfte den mittlerweile wieder erschlafften Airbag notdürftig ins Lenkrad zurück. Als er den Zündschlüssel herumdrehte, sprang der

Motor zu seiner Erleichterung ohne Probleme an. Er lehnte sich über den Beifahrersitz und öffnete die Tür. »Kommen Sie.«

Unsicher blieb Melody stehen und sah ihn an.

»Was ist denn jetzt?«, fragte er unwirsch. »Ich würde irgendwann gerne schlafen, also steigen Sie endlich ein, oder wollen Sie lieber nach Hause laufen?«

»Ich wohne nicht hier«, erklärte sie niedergeschlagen.

»Gut, dann bringe ich Sie in ein Motel.«

Sie warf ihm einen unglücklichen Blick zu. »Das geht nicht.«

»Und warum nicht?«, wollte er gereizt wissen.

»Ich habe nur noch zehn Dollar«, gab sie mit brüchiger Stimme zu, und er hörte, dass sie schon wieder kurz davor war, in Tränen auszubrechen.

Das glaube ich nicht, ging es ihm entnervt durch den Kopf, das kann alles nicht wahr sein. Er überlegte einen Moment, ob er nicht doch besser sein Handy nehmen und den Deputy anrufen sollte. Bis der allerdings hier wäre, würden mindestens weitere dreißig Minuten vergehen, und er sehnte sich danach, endlich in seinem Bett zu liegen und die Augen zuzumachen. In wenigen Stunden war Callans Hochzeit und bis dahin musste er munter und halbwegs ausgeruht sein. Die Frau einfach hier stehen zu lassen, brachte er trotz seines Ärgers auch nicht fertig, also blieb ihm keine große Wahl.

»In Ordnung«, seufzte er schließlich, »steigen Sie ein, ich nehme Sie mit zu mir, Sie können in meinem Gästezimmer schlafen.« Als sie schwieg, fügte er sarkastisch hinzu: »Keine Angst, ich bin zu müde, um über Sie herzufallen.«

Melody zögerte und versuchte, sein Gesicht in der Dunkelheit zu erkennen. Wie ein Verbrecher sah er nicht aus, und wenn er beabsichtigte, ihr irgendetwas zu tun, hätte er schon längst Gelegenheit dazu gehabt. Außerdem hatte sie keine andere Option, es sei denn, sie wollte hier im Auto übernachten, mitten in der Pampa und mutterseelenallein.

»Okay«, nickte sie, »ich hole nur noch meine Sachen.« Sie öffnete die hintere Tür des Aveo, nahm einen Rucksack von der Rückbank und Sekunden später saß sie neben Adrian auf dem Beifahrersitz.

Er fuhr los und nach einer ganzen Weile des Schweigens sagte er: »Ich bin übrigens Adrian McDermott.«

»Melody Foster.«

»Sie kommen aus Louisiana?« Als sie ihn irritiert anschaute, fügte er hinzu: »Ihr Kennzeichen – mir ist der Pelikan aufgefallen.«

»Ach so, ja, ich bin aus New Orleans.«

»Verraten Sie mir auch, was Sie um diese Uhrzeit in dieser gottverlassenen Gegend tun?«

Melody presste die Lippen zusammen und warf ihm einen unsicheren Seitenblick zu. »Das ist eine lange Geschichte.«

***

Knappe zehn Minuten später parkte Adrian den Wagen vor einem Ranchhaus im Stil einer mexikanischen Finca. Zögernd stieg Melody aus und folgte ihm nach drinnen. Sie befanden sich in einer geräumigen Eingangshalle. Durch einen breiten Türbogen konnte sie im Halbdunkel einen großen Wohnraum erkennen. Rechts und links davon gab es weitere Türen, an einer Seite führte eine Treppe nach oben.

Adrian zog sein Jackett aus und warf es achtlos auf einen Stuhl. Dann drehte er sich zu ihr um und musterte sie. Sie war ein gutes Stück kleiner als er, zierlich, trug Turnschuhe, ausgefranste Jeans und ein ausgeleiertes, grellbuntes T-Shirt. Goldblondes Haar fiel ihr in wilden Locken über die Schultern, an den Ohren baumelten überdimensionale, goldene Kreolen mit unzähligen Münzen daran. Über einem vollen, fein geschwungenen Mund und einer schmalen Nase blickten ihn ein Paar grüne Augen offen und gleichermaßen aufmerksam an.

Er bemerkte, dass sie ausgesprochen blass war. »Geht es Ihnen gut?«, fragte er besorgt. »Soll ich vielleicht einen Arzt rufen?«

Melody schüttelte den Kopf. »Nein, ich bin okay. Mir sitzt bloß der Schreck noch in den Knochen, und ich bin ein bisschen mitgenommen und müde.«

Nach kurzem Zögern nickte er. »In Ordnung, dann zeige ich Ihnen jetzt, wo Sie schlafen können.«

Er stieg die Treppe hinauf und sie folgte ihm. Oben angekommen öffnete er eine der Türen und knipste das Licht an. »Das hier ist das Gästezimmer und dort am Ende des Gangs«, er wandte sich um und zeigte auf eine andere Tür, »ist das Bad.«

Melody machte einen zaghaften Schritt in den Raum hinein.

»Brauchen Sie noch etwas?«, wollte er wissen, und als sie den Kopf schüttelte, fügte er hinzu: »Dann gute Nacht, ruhen Sie sich aus, alles Weitere klären wir später.«

»Gute Nacht«, wünschte sie ihm leise, »und vielen Dank.«

Er sagte nichts mehr und zog die Tür hinter sich zu.

Erschöpft und nach wie vor leicht benommen ließ Melody sich aufs Bett sacken. Sie streifte die Schuhe ab, zog sich die Jeans aus, kuschelte sich in die Kissen, rollte sich zusammen und zog die Decke über sich.

Kerry, war ihr letzter Gedanke, bevor sie einschlief, wenn ich dich in die Finger kriege, drehe ich dir den Hals um.

***

Ein köstlicher Duft nach gebratenem Speck riss Melody aus ihrem Schlaf. Irritiert setzte sie sich auf, blinzelte ein paar Mal und versuchte, sich zu orientieren. Dann fiel es ihr wieder ein. Der Unfall.

Rasch sprang sie aus dem Bett, schlüpfte in ihre Hose und zog die Schuhe an. Sie verließ das Zimmer, tappte über den Flur und betrat das Bad. Eigentlich hatte sie nur eine Katzenwäsche geplant, doch als sie die luxuriöse und einladende Ausstattung sah, konnte sie nicht widerstehen. Eilig lief sie zurück in das Gästezimmer, klaubte sich frische Sachen aus ihrem Rucksack und stand kurz danach in der Dusche. Wohlig rekelte sie sich unter dem heißen Strahl, und als sie zwanzig Minuten später die Treppe hinabstieg, fühlte sie sich erfrischt und munter.

Hinter einer der Türen hörte sie leises Geklapper und entschlossen steuerte sie darauf zu. Sie betrat eine Küche, die mit einer spartanisch wirkenden Küchenzeile ausgestattet war, welche sich in dem großen Raum völlig verlor. Der Mann, der sich ihr als Adrian McDermott vorgestellt hatte, stand in einer dunkelgrauen Anzughose und einem hellblauen Hemd am Herd, briet Eier in einer Pfanne und hantierte nebenbei mit dem Toaster.

»Guten Morgen«, grüßte sie ihn zaghaft, während sie auf ihn zuging.

Er drehte sich zu ihr um. »Hallo. Haben Sie gut geschlafen?«

»Ja«, nickte sie, »und nochmals vielen Dank.«

»Schon gut«, wehrte er ab. »Ich nehme an, Sie haben Hunger?« Ohne ihre Antwort abzuwarten, deutete er auf den kleinen Tisch, der vor einem der Fenster stand und bereits gedeckt war. »Setzen Sie sich.«

Wenig später kam er zu ihr, goss ihr Kaffee ein, füllte ihr Rührei und Speck auf den Teller und legte eine Scheibe Toastbrot dazu. »Essen Sie«, forderte er sie auf, als er sich ihr gegenüber niederließ.

Erst jetzt bemerkte sie, dass sie tatsächlich ziemlich hungrig war. Ihre letzte Mahlzeit war ein vertrockneter Donut gewesen, den sie sich gestern Morgen an einer Tankstelle gekauft hatte. Während sie aß, spürte sie seinen Blick auf sich, und bemühte sich, nicht allzu sehr zu schlingen. Vermutlich hielt er sie sowieso schon für eine Landstreicherin, da musste sie das Bild nicht auch noch durch schlechte Tischmanieren verstärken.

»Gut«, durchbrach er nach einer Weile das Schweigen, »ich höre.«

»Was?«

»Sie sagten heute Morgen, es wäre eine lange Geschichte – also erzählen Sie.«

5

Hilflos starrte Melody Adrian an, begegnete einem forschenden Blick aus ernsten, grauen Augen. Fieberhaft überlegte sie, was sie nun tun sollte. Die Wahrheit war viel zu verrückt und kompliziert, solche Dinge passierten nur in schlechten Filmen und garantiert würde er ihr kein Wort glauben. Sicher würde er sie für eine durchgedrehte Spinnerin halten und vielleicht doch noch die Polizei anrufen, und weitere Scherereien konnte sie nicht gebrauchen.

Andererseits wollte sie ihn nicht belügen. Trotz des Schadens, den sie an seinem Wagen verursacht hatte, war er hilfsbereit gewesen, und es widerstrebte ihr, ihm irgendein Märchen aufzutischen.

»Nun?«, fragte er jetzt kühl.

»Ich ... ich war auf dem Weg in den Urlaub und wurde ausgeraubt«, manövrierte sie sich zögernd um die Wahrheit herum.

»Was?«, entfuhr es ihm überrascht. »Wieso haben Sie das denn nicht gleich gesagt? Wann? Und wo?«

»Gestern Abend, an einer Tankstelle in Dilley. Ich bin zur Toilette gegangen, und als ich wieder herauskam, war mein Koffer mitsamt Geld und Kreditkarte weg«, schwindelte sie.

Er starrte sie ungläubig an. »Ein bisschen leichtsinnig, alles im Wagen zu lassen, meinen Sie nicht?«

»Es waren doch nur ein paar Minuten«, verteidigte Melody sich, »und ich musste so dringend, dass ich nicht abgeschlossen habe. Ich habe nicht daran gedacht, dass etwas passieren könnte.«

»Scheint wohl eine Angewohnheit von Ihnen zu sein«, brummte er trocken. »Haben Sie gesehen, wer es war?«

»Ich sah ein rotes Auto wegfahren mit einer Frau am Steuer, sie war etwa zwanzig und hatte schulterlanges, dunkles Haar.«

»Dann konnten Sie der Polizei wenigstens einen konkreten Hinweis geben«, stellte Adrian sachlich fest.

Verlegen schüttelte sie den Kopf. »Nein, ich habe keine Polizei gerufen.«

Er zog eine Augenbraue hoch und warf ihr einen kritischen Blick zu. »Weshalb nicht?«

»Ich dachte, bis die da sind, ist die Frau über alle Berge. Also bin ich in meinen Wagen gestiegen und ihr gefolgt. Eine ganze Zeit lang gelang es mir, ihr auf den Fersen zu bleiben, doch dann verlor ich sie aus den Augen. Ich bin noch eine Weile herumgefahren und habe sie gesucht, dabei habe ich mich fürchterlich verfahren. Naja, und den Rest wissen Sie ja.«

Unbehaglich rutschte Melody auf ihrem Stuhl hin und her, hoffte, dass er nicht weiter nachhaken würde. Unsicher schaute sie ihn an, bemühte sich, irgendeine Regung in seinem Gesicht zu erkennen, die darauf hinwies, was er dachte. Aber seine Miene war undurchdringlich und schließlich senkte sie betreten den Kopf.

»In Ordnung«, sagte er nach kurzem Überlegen. »Sie sollten die Kreditkarte sperren lassen und Ihre Versicherung anrufen. Kommen Sie mit.«

Sie folgte ihm durch den angrenzenden Wohnraum in ein Arbeitszimmer, und er deutete auf das Telefon auf dem Schreibtisch. »Bitte.«

Als sie ihn nur hilflos anschaute, seufzte er. »Lassen Sie mich raten – Sie wissen weder die Hotlinenummer Ihrer Kreditkartenfirma noch die Ihrer Versicherung.«

Melody nickte, und kopfschüttelnd setzte er sich an den Tisch und schaltete seinen Laptop ein. Sie nannte ihm das Kreditkarteninstitut und innerhalb weniger Minuten war die Sperrung der Karte erledigt.

»Gut, das hätten wir. Wo ist Ihr Wagen versichert?«

»The General Insurance.«

Kurz darauf hatte er auch diese Nummer herausgesucht und es dauerte nicht lange, bis Melody einen Sachbearbeiter am Apparat hatte. Sie gab ihren Namen und ihre Anschrift durch, erklärte, was passiert war, hörte einen Moment zu und legte dann mit blassem Gesicht wieder auf.

Adrian, der sie schweigend beobachtet hatte, hob eine Augenbraue. »Gibt es ein Problem?«

»Ich ... ich habe wohl vergessen, den letzten Beitrag zu bezahlen«, flüsterte sie kaum hörbar.

»Was? Wie kann das denn sein? Sie können doch nicht ...«, setzte er an, aber als er bemerkte, dass sie kurz davor war, in Tränen auszubrechen, hielt er inne.

Abgesehen davon, dass er den Anblick einer weinenden Frau nicht ertragen konnte, hatte es sowieso keinen Sinn mehr, ihr einen Vortrag über Fahren ohne Versicherungsschutz zu halten. Wenn er ihr jetzt sagte, dass sie sich damit strafbar gemacht hatte, würde sie völlig aufgelöst sein, und das konnte er nicht gebrauchen. Außerdem hatte er keine Zeit für lange

Diskussionen, er musste sich umziehen und für die Hochzeitsfeier fertigmachen.

»Also gut«, erklärte er daher, »ich habe bereits veranlasst, dass Ihr Auto abgeschleppt wird und mir einen Leihwagen kommen lassen. In spätestens einer Stunde werde ich auf der Hochzeit meines Bruders erwartet und Sie begleiten mich, den Rest regeln wir später.«

Verblüfft riss sie die Augen auf. »Was?«

»Sie sollten den Diebstahl Ihrer Sachen anzeigen und wir müssen uns irgendwie wegen des Unfalls einigen, allerdings habe ich jetzt keine Zeit dafür.«

»Ich ... ja ... sicher«, stammelte sie verwirrt und schlug dann vor: »Ich könnte doch hier auf Sie warten.«

Erneut zog er die Augenbraue nach oben. »Damit Sie abhauen, ohne für den Schaden an meinem Auto aufzukommen? Nein, auf keinen Fall.«

»Aber ... ich habe keine passende Kleidung für eine Hochzeit«, wandte sie hastig ein.

»Ich rufe meine Schwester an, sie soll ein Kleid für Sie mitbringen. Sie hat in etwa Ihre Figur, das sollte also kein Problem sein.«

Melody schluckte. Das lief jetzt in eine Richtung, die ihr gar nicht passte. Abgesehen davon, dass es ihr gar nicht behagte, die Polizei einzuschalten, gefiel es ihr noch weniger, einen wildfremden Mann zu einer Familienfeier zu begleiten. Allerdings hatte sie kaum eine andere Wahl, als seinem Wunsch nachzukommen, wenn sie nicht riskieren wollte, dass er ihr Scherereien wegen seines Autos und der Versicherung machte. Außerdem würde es ihr vielleicht auch im Laufe der Feier gelingen, irgendeine Lösung zu finden.

»Na gut«, murmelte sie unglücklich, »es bleibt mir ja wohl nichts anderes übrig.«

***

Wenn Joyce geglaubt hatte, dass die Hektik des Freitags nicht mehr übertroffen werden konnte, wurde sie am Samstagmorgen sehr schnell eines Besseren belehrt.

Es herrschte das absolute Chaos, zumindest kam es ihr so vor. Rose, Millie und ein paar von Roses Bekannten wuselten emsig umher, Lieferanten gaben sich die Klinke in die Hand. Dazwischen liefen die Männer herum, die auf der Ranch arbeiteten, erledigten die letzten Aufbauten und schleppten kistenweise Getränke heran. Zwischendurch waren Joyces Eltern aus New York eingetroffen, die natürlich erst einmal alles über Callan wissen wollten, dann wurde der Ablauf der Zeremonie besprochen.

Gegen Mittag erschienen bereits die ersten Gäste und bevölkerten den Garten. Das ganze Haus glich einem Bienenstock, und allmählich übertrug sich die allgemeine Nervosität auch auf Joyce. Sie war froh, als die Friseurin eintraf und sie sich in ihr Schlafzimmer zurückziehen konnte. Während die Frau ihr die Haare hochsteckte und das silberne Diadem befestigte, war sie mit ihren Gedanken bei Callan.

Mit einem leisen Lächeln erinnerte sie sich an die letzten Monate zurück. Es war eine aufregende und nicht unbedingt einfache Zeit gewesen, bis sie endlich zueinandergefunden hatten. Sie dachte an den ersten Kuss in der Speisekammer, an die erste gemeinsame Nacht, an Callans Antrag unter dem Sternenhimmel am Silver Lake und daran, dass sie noch immer nicht mit ihm gesprochen hatte.

Ein schmerzhafter Knoten ballte sich in ihrem Magen zusammen – in einer Stunde würde sie Callans Frau sein und er war nach wie vor völlig ahnungslos.

***

Als Adrian und Melody auf der Porter-Ranch eintrafen, kam Rose sogleich auf sie zugelaufen. »Adrian, endlich. Callan wartet bereits auf dich, er ist drüben in seinem alten Zimmer in den Arbeiterunterkünften.«

Er nickte. »Gleich. Ist Lauren schon da?«

»Ja, sie ist bei Joyce«, erwiderte Rose und warf unverhohlen einen neugierigen Blick auf Melody, die in ihrem lässigen Outfit neben Adrian mit seinem dunklen Anzug, dem weißen Hemd und der silbergrauen Krawatte völlig deplatziert wirkte.

»Das hier ist Miss Foster«, erklärte er, »Lauren soll sich bitte um sie kümmern, sie weiß Bescheid.« Bevor Melody etwas sagen konnte, schob er sie auf Rose zu und verschwand.

Rose lächelte freundlich. »Na, dann kommen Sie mal mit.« Sie nahm Melody am Arm, betrat mit ihr das Wohnhaus und führte sie in das vordere Schlafzimmer, welches Joyce und Callan bewohnten. »Lauren, hier ist eine junge Dame, um die du dich kümmern sollst, Adrian sagte, du wüsstest Bescheid.«

Nachdem Lauren Melody kurz gemustert hatte, nickte sie. »Ja.«

»Gut, ich lasse euch wieder allein, ich muss draußen nachsehen, ob alles in Ordnung ist.«

Die Tür fiel hinter ihr zu und Lauren lächelte Melody an. »Hi, ich bin Adrians Schwester, Lauren McDermott, und das hier«, sie deutete auf Joyce, die in ihrem Brautkleid auf einem Stuhl saß, und Cathryn, die neben ihr stand, »sind meine künftige Schwägerin Joyce und ihre Mutter.«

»Hallo«, grüßte Melody zurückhaltend, »ich bin Melody Foster – oder einfach Mel.«

»Also dann Mel, schauen wir mal, ob Ihnen das Kleid passt, das ich mitgebracht habe.«

Geschickt wickelte Lauren ein meergrünes Chiffonkleid aus einer Kleiderhülle und hielt es Melody hin.

»Oh, das ist wunderschön«, sagte sie begeistert.

»Ja, und wie ich sehe, hat es genau die Farbe Ihrer Augen, da war Adrians Beschreibung ja wirklich äußerst präzise.«

Rasch zog Melody sich um und betrachtete sich im Spiegel. Das Kleid war etwas zu weit, doch mit einem Gürtel aus Joyces Kleiderschrank hatten sie das Problem schnell behoben.

»Es steht Ihnen sehr gut«, nickte Cathryn, »aber ... was ist mit den Schuhen?«

»Daran habe ich gar nicht gedacht«, murmelte Lauren, »was machen wir denn jetzt? In Turnschuhen können Sie nicht gehen.«

»Welche Größe haben Sie?«, wollte Joyce wissen, und als Melody »achteinhalb« sagte, kramte sie kurz in ihrem Schrank und zog ein Paar hochhackige, schwarze Sandaletten heraus. »Die müssten Ihnen passen.«

Melody schlüpfte hinein und nickte erfreut. »Ja, die sind prima. Ein bisschen zu groß, aber das geht schon.«

»Na also«, schmunzelte Lauren zufrieden, »die vier hübschesten Ladys sind fertig, es kann losgehen.«

»Vielen Dank«, lächelte Melody, überrascht von der Hilfsbereitschaft der Frauen. Immerhin war sie eine völlig Fremde, und sie hatten sie so herzlich und selbstverständlich aufgenommen, ohne irgendwelche Fragen zu stellen.

Lauren zwinkerte ihr zu. »Nichts zu danken. Wenn mein großer Bruder schon einmal eine Frau mitbringt, ist es mir eine Freude, mich um sie zu kümmern.«

***

»Hast du die Ringe?«, fragte Callan mindestens zum zehnten Mal nervös.

Adrian nickte. »Ja, jetzt beruhige dich doch.«

Unruhig zupfte Callan an seiner Krawatte herum. »Dieses Ding bringt mich noch um.«

Kopfschüttelnd trat Rose an ihn heran, richtete ihm mütterlich den Hemdkragen. »Himmel, Callan, stell dich nicht so an, du hast es ja gleich hinter dir.«

In diesem Augenblick kam Lauren zu ihnen. »Okay, Joyce ist so weit, wir können anfangen.«

Rose ging zwischen den Stuhlreihen hindurch nach vorne, wo der Friedensrichter bereits wartete, und gab der Band ein kleines Zeichen. Die ersten Töne des Hochzeitsmarschs erklangen, die Unterhaltung der Gäste erstarb, und dann kam Joyce am Arm ihres Vaters Miles um die Ecke.

Sie trug ein schlichtes weißes Kleid, eng anliegend bis über die Hüfte, von dort bauschte es sich in vielen Falten bis zum Boden und lief hinten in einer kurzen Schleppe aus. Das Oberteil war schulterfrei und mit winzigen silbernen Perlen und Strasssteinen bestickt.

Langsam schritt sie an der Seite ihres Vaters auf Callan zu, der ihr mit leuchtenden Augen entgegensah. Vorne angekommen übergab Miles Callan ihren Arm. Er setzte sich neben Rose in die vordere Reihe, Adrian und Cathryn nahmen ihre Plätze jeweils rechts und links neben dem Brautpaar ein, und die Zeremonie begann.

Callan war viel zu aufgeregt, um auf die Worte des Friedensrichters zu achten, und Joyce schien es genauso zu gehen. Er spürte, wie ihre Hand, welche seine fest umklammert hielt, leicht zitterte, sah, wie sie sich immer wieder nervös auf die Lippen biss. Beruhigend drückte er ihre Finger, sie schaute ihn kurz an und lächelte, doch wirklich glücklich sah sie nicht aus. Er bemerkte, dass ihr Gesicht sehr blass war, und fragte sich unbehaglich, ob sie ihre Entscheidung vielleicht schon bereute.

Der Friedensrichter hatte die Einleitung beendet und wandte sich jetzt an Joyce. »Joyce Rosemarie Porter, wenn es dein Wunsch ist, mit dem hier anwesenden Callan McDermott durchs Leben zu gehen, ihm treu zur Seite zu stehen ...«

Joyce hörte kaum zu, sie schaute Callan an, dessen blaue Augen sie so zärtlich anstrahlten, dass ihr beinahe schwindelig wurde. Ein tiefes, inniges Gefühl stieg in ihr auf. Sie liebte ihn und wollte ihn unter keinen Umständen jemals verlieren. Doch da war noch immer die Tatsache, dass sie ihm etwas verschwiegen hatte und sie liebte ihn zu sehr, um ihn darüber im Unklaren zu lassen.

»... so sprich ein deutliches Ja.«

Joyce zögerte und schließlich schüttelte sie den Kopf. »Nein.«

6

Ein vielstimmiges, entsetztes »Oh« ging durch die Anwesenden, dann kehrte Totenstille ein.

Geschockt öffnete Callan den Mund, bekam jedoch keinen Ton heraus, sondern starrte Joyce nur ungläubig an.

»Nein«, wiederholte sie entschieden, »erst muss ich dir etwas sagen.«

»Sprosse, wenn das wieder eines deiner Spielchen werden soll, hast du dir dafür einen sehr schlechten Zeitpunkt ausgesucht«, knurrte er, nachdem er seine Sprache wiedergefunden hatte. »Ich finde das keineswegs lustig.«

»Vielleicht bist du endlich mal still, McDermott«, fauchte sie zurück, »seit Tagen versuche ich mit dir zu reden, und ständig ist etwas anderes. Du wirst jetzt den Mund halten und mir zuhören.«

Er schnaufte genervt. »In Ordnung, also was ist los? Hast du kalte Füße bekommen?«

Joyce schüttelte den Kopf. »Nein, es geht um unser Footballteam.«

»Footballteam?«, wiederholte er verständnislos.

Nervös drehte sie den Brautstrauß in ihren Fingern hin und her. »Ja, du hast gesagt, du willst kein Footballteam, und ich weiß, dass es ein blöder Zeitpunkt ist, und ich hätte es dir schon längst sagen sollen«, sprudelte sie hektisch heraus. »Es muss ja auch nicht gleich eine komplette Mannschaft sein, aber zumindest einen Quarterback wirst du bekommen, daran lässt sich jetzt nichts mehr ändern.«

»Was? Sag mal, wovon sprichst du?«

»Herrgott, bist du denn so schwer von Begriff? Ich bin schwanger.«

Erneut ertönte ein vielstimmiges »Oh«, dann wurde es wieder still.

»Wie kannst du denn schwanger sein, wir haben die ganze Zeit Kondome benutzt?«, fragte Callan stirnrunzelnd, ungeachtet der vielen Zuhörer, die das Gespräch der beiden gebannt verfolgten.

»Aber nicht in unserer ersten Nacht, da hattest du es ja ziemlich eilig, falls du das noch weißt«, erinnerte Joyce ihn trocken.

Entgeistert riss er die Augen auf. »Was? Das heißt ... du bist schon im dritten Monat? Du wusstest es also bereits, als ich dir den Antrag gemacht habe, und hast nichts gesagt?« Als Joyce stumm nickte, fügte er vorwurfsvoll hinzu: »Und dann lässt du mich auch noch die ganze Zeit Kondome benutzen, obwohl das gar nicht nötig gewesen wäre – kannst du mir mal erklären, warum?«

Betreten schaute sie ihn an. »Naja, es war doch alles so kompliziert mit uns. Am Anfang wollte ich nicht, dass du es erfährst, damit du dich nicht gezwungen fühlst, deine Freiheit aufzugeben. Und später habe ich mich nicht mehr getraut, weil ich dachte, du willst keine Kinder, das hast du ja selbst gesagt.«

Nervös zerpflückte sie ihren Brautstrauß zwischen den Fingern, während sie auf irgendeine Reaktion von Callan wartete. Der starrte sie jedoch nur schweigend an und schließlich verlor sie die Geduld. »Okay McDermott, ich wusste, dass dir das nicht gefallen würde.«

Sie drehte sich auf dem Absatz herum und wollte gehen, da packte er sie am Arm.

»Moment mal, so kommst du mir nicht davon. Du bleibst schön hier und heiratest mich, oder denkst du, du kannst mich einfach so stehen lassen?«, knurrte er. Auffordernd nickte er dem mehr als verwirrten Friedensrichter zu. »Weiter.«

»Callan ...«, wollte Joyce protestieren.

»Halt die Klappe, Sprosse«, unterbrach er sie mit funkelnden Augen. »Du redest erst wieder, wenn du gefragt wirst, und dann will ich ein lautes Ja hören, sonst lege ich dich übers Knie.«

Der Friedensrichter begann erneut. »Joyce Rosemarie Porter, wenn es dein Wunsch ist, mit dem hier anwesenden Callan McDermott durchs Leben zu gehen, ihm treu zur Seite zu stehen, ihn zu lieben, zu achten und zu ehren, so sprich ein deutliches Ja.«

Unsicher schaute Joyce Callan an, er lächelte und knuffte sie in die Rippen. »Jetzt darfst du was sagen.«

»Ja.«

Ein erleichtertes Aufseufzen ging durch die Stuhlreihen und der Friedensrichter wiederholte die Formel für Callan. »Callan McDermott, wenn es dein Wunsch ist, mit der hier anwesenden Joyce Rosemarie Porter durchs ...«

»... und dem Quarterback«, unterbrach Callan ihn grinsend.

Der Mann schüttelte kaum merklich den Kopf. »... mit der hier anwesenden Joyce Rosemarie Porter und«, er räusperte sich, »dem Quarterback durchs Leben zu gehen, ihr treu zur Seite zu stehen, sie zu lieben, zu achten und zu ehren, so sprich ein deutliches Ja.«

»Ja, ich will.«

»Dann erkläre ich euch hiermit zu Mann und Frau, Sie dürfen die Braut jetzt küssen«, vollendete der Friedensrichter hastig, bevor noch weitere Unterbrechungen drohten.

Unter dem begeisterten Applaus der Gäste steckten sie sich gegenseitig die Ringe an, danach zog Callan Joyce in seine Arme und küsste sie hingebungsvoll.

»Du bist nicht böse?«, murmelte sie zaghaft an seinem Mund.

»Darüber unterhalten wir uns heute Nacht«, flüsterte er ihr weich ins Ohr, »da wirst du mir noch einmal ganz genau zeigen müssen, wie das passieren konnte.«

***

Nach dem Anschneiden der Hochzeitstorte, dem Werfen des Brautstraußes und dem Absolvieren von einigen anderen Bräuchen war die Uhrzeit bereits weit fortgeschritten und die Feier in vollem Gang. Rose, Millie, Cathryn, Lauren und Melody saßen zusammen an einem der Tische, tranken Sekt und unterhielten sich.

»Meine Güte, für einen Moment habe ich wirklich gedacht, es geht in letzter Minute doch noch alles schief«, seufzte Millie mit einem Blick auf Joyce und Callan, die eng umschlungen tanzten.

Rose schmunzelte. »Ja, Joyce ist ein kleiner Hitzkopf, aber mir war klar, dass Callan sie nicht gehen lässt.«

»Wie kann er denn die ganze Zeit nicht bemerkt haben, dass sie schwanger ist?«, sagte Cathryn kopfschüttelnd.

»Mir ist auch nichts aufgefallen«, gab Rose zu, »sie ist immer noch gertenschlank, und offenbar hat sie keines der typischen Anzeichen.«

»Die Glückliche«, lächelte Lauren, »wenn ich daran zurückdenke, wie speiübel mir bei Timmy ständig war, beneide ich sie wirklich. Aber ich freue mich für die beiden und vor allem bin ich froh, dass Callan endlich in festen Händen ist.« Sie wandte sich Melody zu. »Wie ist es mit Ihnen – haben Sie Kinder?«

Diese schüttelte den Kopf. »Nein.«

»Sie möchten doch sicher irgendwann einmal welche, oder?«, fragte Millie eifrig.

»Ja, natürlich, ich liebe Kinder.«

Aufmerksam ließ Rose ihren Blick über die Gäste schweifen und blieb an Adrian und Jordan hängen, die an der kleinen Bar standen und sich unterhielten. »Nachdem wir jetzt den ersten McDermott unter der Haube haben, könnten wir ja eigentlich den nächsten in Angriff nehmen«, murmelte sie unternehmungslustig.

Joyce, die gerade zum Tisch gekommen war und Roses letzte Worte gehört hatte, folgte ihrem Blick. Vehement schüttelte sie den Kopf. »Granny, das wirst du schön bleiben lassen«, betonte sie energisch. »Es reicht, dass du Callan und mich verkuppelt hast – oder willst du noch mehr Chaos anrichten?«

»Ach Liebes, wie kannst du denn nur von Chaos sprechen?«, winkte Rose gelassen ab. »Schau doch nur, wie glücklich ihr seid.«

»Beinahe wäre es schiefgegangen«, mahnte Joyce und dachte an die turbulenten Wochen nach ihrem Eintreffen auf der Ranch.

»Ist es aber nicht«, erklärte Rose, »also lasst einer alten Frau ihren Spaß.«

In diesem Augenblick kamen Jordan und Adrian auf den Tisch zu.

»Komm Schwesterherz, lass uns eine Runde tanzen«, forderte Jordan Lauren auf, während Adrian sich hinsetzte.

Die beiden verschwanden auf der Tanzfläche und Rose wandte sich Adrian zu. »Nun mein Junge, es ist schön, dich mal wieder zu sehen. Wie geht es dir denn so? Immer noch mit der Nase in deinen Geschäften vergraben?«

»Es geht mir gut«, sagte er ausweichend und sah kurz zu Melody.

Er mochte Rose Porter, sie hatte sich um ihn und seine Geschwister gekümmert, nachdem sein Vater seine Mutter aus dem Haus gejagt hatte. Doch er hatte jetzt keinerlei Lust, sich in ein Gespräch über sein nichtvorhandenes Privatleben verwickeln zu lassen, erst recht nicht vor einer Fremden.

»Du solltest dir wirklich ein bisschen mehr Spaß gönnen«, fuhr Rose unbeirrt fort. »Genieße die Feier, amüsiere dich und geh ein wenig tanzen«, forderte sie ihn mit einem bedeutsamen Seitenblick auf Melody auf.

»Ich tanze nicht«, wehrte er ab.

Rose seufzte. »Adrian, es ist doch jetzt schon so lange her, dass ...«

Mit einem unüberhörbaren, genervten Schnaufen stand er auf. »Miss Foster, darf ich bitten?«

Überrascht folgte Melody ihm zur Tanzfläche, ließ sich von ihm in den Arm nehmen und im Takt der Musik über das Holzpodest führen. Sein Griff war unnachgiebig, seine Schritte sicher und schnell passte sie sich seinem Rhythmus an.

»Ich dachte, Sie tanzen nicht«, stellte sie schmunzelnd fest, »dafür tanzen Sie aber ziemlich gut.«

»Ich sagte nicht, dass ich es nicht kann«, erklärte er abweisend. »Nur tue ich es normalerweise nicht. Ich hatte bloß keine andere Chance, Rose Porters Kreuzverhör zu entkommen.«

Schweigend tanzten sie weiter und überrascht bemerkte er, dass es sich erstaunlich gut anfühlte, sie im Arm zu halten. Sie fühlte sich warm und weich an und überließ sich willig seiner Führung. Es war lange her, seit er einer Frau so nahe gewesen war und unwillkürlich beschleunigte sich sein Puls.

Im gleichen Augenblick entdeckte er Tom Wilson, den Deputy von Stillwell, an einem der Tische. Zielstrebig steuerte er über die Tanzfläche auf ihn zu. »Tom, hast du einen Moment Zeit?«, bat er und ließ Melody los.

»Ja sicher, worum geht es denn?«

»Das hier ist Miss Foster, sie hat ein kleines Problem«, erklärte er und schaute dann Melody an. »Das ist Deputy Wilson, vielleicht sollten Sie ihm von dem Diebstahl berichten, ich denke, er kann Ihnen weiterhelfen.«

Tom Wilson gab Melody die Hand. »Was ist passiert, Miss Foster?«

In Melodys Kopf ratterten die Gedanken. Am liebsten hätte sie sich umgedreht und wäre davongelaufen, doch das war schlecht möglich ohne Geld und Auto. Dummerweise konnte sie dem Deputy jetzt auch nichts anderes sagen als Adrian, denn dieser stand neben ihr und beobachtete sie aufmerksam.

»Ich wurde ausgeraubt«, begann sie daher zögernd, und wiederholte die Geschichte, die sie Adrian am Vormittag erzählt hatte.

»Nun, ich kann eine Fahndung herausgeben, aber dazu brauche ich mehr Angaben«, sagte Tom. Er zog einen Block und einen Stift aus seinem Hemd. »Haben Sie sich das Kennzeichen des Wagens gemerkt, den Sie verfolgt haben?«

Melody schüttelte den Kopf. »Nein, da habe ich überhaupt nicht drauf geachtet, ich war so sehr aufs Fahren konzentriert.«

»Was war es denn für ein Fahrzeug?«

»Ein Personenwagen, klein und rot, aber das Modell weiß ich leider nicht, damit kenne ich mich nicht aus.«

Adrian verdrehte die Augen und der Deputy kratzte sich ein wenig ratlos am Kinn, notierte jedoch ihre Angaben. »Das ist natürlich nicht gerade viel und wird uns vermutlich nicht weiterhelfen. Ich werde das trotzdem ans Sheriffs Department in Carrizo Springs durchgeben, vielleicht haben wir ja Glück. Falls Sie es nicht bereits getan haben, sollten Sie die Kreditkarte so schnell wie möglich sperren lassen.«

»Das ist schon erledigt.«

»Gut. Am besten kommt ihr morgen zu mir ins Büro, damit wir die Anzeige fertigmachen können, und ich nehme noch ein Protokoll des Unfalls auf, für die Versicherung.«

Melody biss sich auf die Lippe. Jetzt würde der Ärger losgehen. Adrian würde dem Deputy erzählen, dass ihr Versicherungsschutz abgelaufen war, und dann konnte sie sich auf etwas gefasst machen. Sie hatte keine Ahnung, womit Fahren ohne Versicherung geahndet wurde, aber sie wusste, dass es kein Kavaliersdelikt war. Mit Sicherheit musste sie eine saftige Geldstrafe zahlen, eventuell nahm man ihr auch den Führerschein ab oder sperrte sie wegen des Unfalls sogar ein.

»Ich glaube, das ist nicht nötig«, hörte sie Adrian im gleichen Augenblick sagen, »ich regele das mit Miss Foster.«

Tom Wilson schaute ihn verwundert an, nickte jedoch. »In Ordnung. Du bist der Geschädigte, wenn du dich selbst darum kümmern willst, soll es mir recht sein, umso weniger Papierkram habe ich. – Also dann, wir sehen uns morgen.«

Sie verabschiedeten sich und leicht verstört ließ Melody sich auf einen Stuhl sinken.

»Warum haben Sie dem Deputy nicht gesagt, dass ich nicht versichert bin?«, fragte sie leise.

Adrian zuckte mit den Achseln. »Was hätte ich davon? Der Unfall lässt sich nicht rückgängig machen und die Reparatur meines Autos bezahlt sich dadurch ebenfalls nicht.« Prüfend betrachtete er ihr blasses Gesicht. »Wir sollten vielleicht fahren, es war wohl doch alles ein bisschen zu viel für Sie«, schlug er nach einem kurzen Moment vor.

Tatsächlich war ihm jedoch daran gelegen, von der Feier wegzukommen, bevor Rose Porter oder seine Geschwister auf die Idee kamen, unangenehme Fragen zu stellen. Wie sollte er auch erklären, was ihn dazu bewogen hatte, eine wildfremde Frau hierher zu schleppen.

»Ich möchte Ihre Gastfreundschaft nicht überstrapazieren«, erklärte Melody leise. »Sie waren ohnehin schon so freundlich zu mir, ich weiß gar nicht, wie ich das wieder gutmachen soll.«

Er hob eine Augenbraue und warf ihr einen kühlen Blick zu. »Machen Sie sich keine Gedanken, ich tue das nur, um sicher zu sein, dass Sie mir den Schaden an meinem Wagen ersetzen.« Als sie unglücklich den Kopf hängen ließ, fügte er etwas milder hinzu: »Außerdem können Sie ohne Geld doch sowieso nirgends hin.«

7

Als Melody am Sonntag erwachte, war es bereits Mittag. Sie hatte nicht vorgehabt, so lange zu schlafen, aber die ganze Aufregung hatte sie wohl doch mehr mitgenommen, als sie zunächst gedacht hatte. Sie nahm eine kurze Dusche, zog sich an und ging nach unten. Die Küche war leer, auf dem Tisch standen eine Thermoskanne mit Kaffee und ein Teller mit Pfannkuchen. Leises Gemurmel war zu hören, und als sie sich umdrehte, entdeckte sie durch die offene Verbindungstür zum Wohnzimmer Adrian, der offenbar telefonierte. Wie zuvor trug er einen dunkelgrauen Anzug, ein helles Hemd und eine dezent gemusterte Krawatte. Unwillkürlich fragte sie sich, ob er überhaupt etwas anderes besaß als diese korrekte, förmliche Geschäftskleidung.

In diesem Moment hatte er sein Gespräch beendet und bedeutete ihr, näherzukommen. Sie betrat den Wohnraum und schaute sich um. Nur mit Mühe konnte sie ein Frösteln unterdrücken. Wie die Küche und auch das Gästezimmer wirkte dieser Raum ebenfalls unbehaglich und steril. Die Wände waren weiß gestrichen, ein schwarzes Ledersofa stand an einer Seite vor einem Kamin, ein Glastisch daneben. Eine andere Wand wurde von einem großen, schwarzen Schrank eingenommen, ein weiterer Durchgang führte ins Arbeitszimmer. Es gab noch ein Fernsehgerät und eine chromglänzende Stehlampe, ansonsten war das Zimmer leer, und machte einen kahlen und verlassenen Eindruck. Es gab keine Teppiche, keine Bilder, keine Farbtupfer, die dem Raum eine persönliche oder behagliche Note gegeben hätten. Das Einzige, was ein wenig Wärme ausstrahlte, war der Fußboden aus Terrakottafliesen, doch auch dieser konnte das ungemütliche Ambiente kaum wettmachen.

»Leider habe ich keine gute Nachricht für Sie«, berichtete Adrian ihr jetzt. »Ich habe gerade mit dem Eigentümer der Autowerkstatt in Stillwell gesprochen, er ist ein Bekannter von mir. So wie es aussieht, handelt es sich bei Ihrem Wagen um einen wirtschaftlichen Totalschaden. Die Reparatur würde den Wert des Autos bei Weitem übersteigen, es hat also keinen Sinn, es richten zu lassen.«

»Das ... das heißt wohl, dass ich hier festsitze«, schlussfolgerte sie unglücklich und im selben Moment schossen ihr wieder Tränen in die Augen.

»Beruhigen Sie sich bitte«, murmelte er hilflos. Er ging in die Küche und kam mit einem Blatt Küchenpapier zurück, das er ihr reichte. »Sie frühstücken jetzt, danach fahren wir zum Deputy, Sie geben Ihre Anzeige auf und dann sehen wir weiter. Vielleicht wurde die Diebin inzwischen ja schon gefunden.«

Sie wischte sich das Gesicht ab, putzte sich geräuschvoll die Nase und nickte. »Okay.«

Mit einem kaum merklichen Kopfschütteln sah er ihr nach, wie sie in die Küche lief und sich an den Tisch setzte. Toll Adrian, lässt dich von Tränen erweichen, dachte er sarkastisch, während er in sein Arbeitszimmer ging. Er wusste ganz genau, dass mit dieser Frau etwas nicht stimmte, und würde sich vermutlich nur irgendwelche Scherereien einhandeln. Es wäre besser, sie zum Deputy zu fahren und dort zu lassen, sollte dieser sich darum kümmern, wie sie nach Hause kam.

Doch gleichzeitig wurde ihm bewusst, dass er das nicht übers Herz bringen würde.

***

Der Besuch beim Deputy dauerte nicht lange. Die eingeleitete Fahndung hatte noch nichts ergeben, das Formular für die Diebstahlsanzeige war schnell ausgefüllt. Melody unterschrieb es, und wenig später saß sie zusammen mit Adrian wieder in seinem Wagen. Bang fragte sie sich, wie es nun weitergehen sollte. Sie sah sich bereits in irgendeinem Obdachlosenasyl sitzen und Essen aus Mülltonnen sammeln. Die Tatsache, dass Adrian schweigend und mit undurchdringlicher Miene auf die Straße starrte, trug ebenfalls nicht dazu bei, dass sie sich besser fühlte. Abgesehen davon, dass sie nicht mal Geld hatte, um hier wegzukommen, musste sie auch die Reparatur seines Autos bezahlen, und sie wagte nicht, sich auszumalen, wie viel Ärger ihr noch bevorstand.

Auf der Ranch angekommen bat er sie ins Wohnzimmer und bedeutete ihr, sich zu setzen. Während er eine Weile stumm auf und ab lief, zupfte sie nervös an einem losen Faden ihrer verschlissenen Jeans und wartete auf das unvermeidliche Desaster.

»Ich nehme an, Sie haben niemanden, der Ihnen Geld schicken könnte?«, fragte er schließlich ruhig und fixierte sie mit seinen kühlen, grauen Augen.

Unglücklich schüttelte sie den Kopf. »Nein.«

»Haben Sie einen Job?«

»Nein«, gab sie offen zu, »ich wollte mir nach meinem Urlaub etwas Neues suchen.«

Adrian seufzte. »Gut, dann fasse ich mal zusammen: Sie sitzen hier fest, rund 700 Meilen von zu Hause, ohne Geld, ohne Kreditkarte, ohne Job und ohne Wagen. Sie schulden mir eine stattliche Summe für die Reparatur meines Autos und haben niemanden, an den Sie sich wenden können. Was also schlagen Sie vor?«

Hilflos zuckte sie mit den Schultern. »Ehrlich gesagt weiß ich das nicht«, murmelte sie kaum hörbar.

Im gleichen Moment hatte sie eine Idee. Gestern auf der Hochzeitsfeier hatte sie zufällig mitbekommen, dass er eine Firma besaß. Wenn sie ihn überreden konnte, ihr einen Job zu geben, wären ihre Probleme gelöst, zumindest fürs Erste. Sie könnte den Schaden an seinem Auto abarbeiten und so vielleicht auch ihre anderen Schwierigkeiten in Ordnung bringen. Es war nicht die beste Möglichkeit, aber die Einzige, die ihr im Augenblick sinnvoll erschien, sie hatte schließlich nichts zu verlieren.

»Ich ... ich könnte die Reparatur bei Ihnen abarbeiten«, bot sie daher zögernd an.

Überrascht hob er eine Augenbraue. »Abarbeiten?«, wiederholte er gedehnt. »Und welche Art von Arbeit stellen Sie sich da vor?«

»Nicht das, was Sie denken«, wehrte Melody hastig ab.

»Was denke ich denn?«, fragte er mit einem leicht amüsierten Funkeln in den Augen.

»Geben Sie mir einen Job in Ihrer Firma«, wich sie einer Antwort aus.

Er sagte nichts, schaute sie einen Moment nachdenklich an. »Warum sollte ich das tun?«, wollte er dann wissen. »Ich kenne Sie nicht, ich habe keine Ahnung, ob diese Geschichte, die Sie mir erzählt haben, überhaupt wahr ist. Sie könnten eine Diebin sein oder sogar Schlimmeres. Wer garantiert mir, dass ich Ihnen vertrauen kann?«

»Niemand«, murmelte sie leise, während sie mühsam die Tränen zurückhielt. »Sie haben nur mein Wort, mehr kann ich Ihnen nicht bieten.«

»Bitte, fangen Sie jetzt nicht wieder an zu heulen«, knurrte er unwirsch.

Schweigend betrachtete er sie. Sie wirkte so schmal und zerbrechlich und sah so hilflos aus, dass er sie am liebsten in den Arm genommen und getröstet hätte.

»Okay«, sagte sie plötzlich und stand auf. »Ich kann verstehen, dass Sie nicht damit einverstanden sind, das wäre ich an Ihrer Stelle auch nicht. Ich habe Ihre Geduld schon lange genug strapaziert, ich werde eine andere Lösung finden.« Sie ging zur Tür. »Danke für alles, und ich verspreche Ihnen, dass Sie das Geld für die Reparatur so schnell wie möglich bekommen werden.«

»Warten Sie«, hielt er sie zurück.

Zögernd drehte sie sich um und richtete ihre grünen Augen hoffnungsvoll auf ihn.

»Also gut«, nickte er, »ich versuche es mit Ihnen. Meine Sekretärin ist schwanger, Ende der Woche beginnt ihr Mutterschutz. Ich benötige einen Ersatz und Sie brauchen Geld, daher biete ich Ihnen an, für mich zu arbeiten, bis Sie den Schaden bezahlt haben.«

Sprachlos starrte sie ihn an. »Und was müsste ich tun?«, fragte sie unsicher.

»Sind Sie in der Lage, mit einem PC umzugehen?«

Mist, das hätte ich mir ja denken können, ging es ihr durch den Kopf. Sie hatte noch nie etwas mit Computern zu tun gehabt. Doch wenn sie ihm das jetzt auf die Nase band, würde er sein Angebot garantiert gleich wieder rückgängig machen.

»Ja, sicher«, schwindelte sie daher und schaute ihn selbstbewusst an. Bestimmt käme sie irgendwie damit klar, so schwer konnte das ja nicht sein.

»Gut, sehr viel mehr Vorkenntnisse benötigen Sie nicht. Sie müssen hauptsächlich den Schriftverkehr erledigen, Telefonate entgegennehmen und meine Termine koordinieren. Wie gesagt, meine Sekretärin ist noch eine Woche da, sie kann Sie ein wenig einarbeiten.«

Melody nickte zuversichtlich. Das hörte sich nicht so schwierig an, das würde sie hinbekommen.

»Also sind wir uns einig?«, vergewisserte er sich.

»Ja, das sind wir«, bestätigte sie dankbar. Im gleichen Augenblick ließ sie frustriert die Schultern hängen. »Aber ... ich brauche ja auch eine Unterkunft, und wenn ich mein ganzes Geld für eine Pension oder ein Motel ausgeben muss, bin ich in hundert Jahren noch hier.«

Einen Moment lang schaute er sie nachdenklich an, schließlich seufzte er leise. »Von mir aus können Sie bei mir wohnen«, bot er an, »das Haus ist sowieso viel zu groß für mich alleine.«

»Danke, vielen Dank«, sprudelte sie glücklich heraus und fiel ihm spontan um den Hals, »Sie werden es nicht bereuen – Chef.«

Völlig überrumpelt von diesem Gefühlsausbruch hielt er sie sekundenlang fest, dann schob er sie hastig wieder weg. »Das hoffe ich«, murmelte er zurückhaltend, »das hoffe ich wirklich sehr.«

8

Den restlichen Sonntag verbrachte Melody damit, auf dem Balkon ihres Gästezimmers zu sitzen und sich zu fragen, was sie verbrochen hatte, dass ausgerechnet ihr so etwas widerfahren musste. Zwischendurch unternahm sie immer wieder Anläufe, Kerry auf ihrem Handy zu erreichen. Doch es meldete sich nur die Mailbox und ihr war klar, dass ihre Schwester nicht dran ging, weil sie Melodys Nummer auf dem Display sah. Sie hinterließ ihr mehrere wütende Nachrichten und nahm sich vor, es so bald wie möglich von einem anderen Apparat aus zu probieren.

Dann wählte sie eine weitere Nummer, jedoch ebenfalls vergeblich. »William, bitte melde dich bei mir«, sprach sie auf die Mailbox, »ich muss dringend mit dir sprechen, ich habe einen Weg gefunden, die Sache mit dem Geld zu lösen.«

Unterdessen saß Adrian in seinem Arbeitszimmer und versuchte ohne großen Erfolg, sich auf die Unterlagen zu konzentrieren, die er aus der Firma mitgebracht hatte. Ständig schweiften seine Gedanken zu Melody und er grübelte, ob es richtig gewesen war, ihr den Job zu geben und sie noch dazu bei sich wohnen zu lassen. Zwar machte sie einen anständigen Eindruck und er besaß genug Menschenkenntnis, um sicher zu sein, dass sie keine Kriminelle war. Dennoch hatte er nach wie vor das Gefühl, dass mit ihr irgendetwas nicht stimmte, und ein paar Mal überlegte er, ob es nicht doch besser war, sie wegzuschicken. Eigentlich konnte er das Geld für die Reparatur seines Wagens verschmerzen und eine Fahrkarte nach New Orleans kostete schließlich auch nicht die Welt. Aber dann sah er wieder ihre großen, grünen Augen vor sich, sah die Tränen darin schimmern und seufzte. Aus irgendeinem Grund weckte sie seinen Beschützerinstinkt und er brachte es nicht fertig, sie einfach abzuschieben. Ihre Hilflosigkeit rührte ihn irgendwie – so sehr, dass er nicht einmal daran gedacht hatte, sie nach irgendwelchen Referenzen oder Qualifikationen für den Job zu fragen.

Resigniert schüttelte er den Kopf. Sollte sich herausstellen, dass ihr Arrangement nicht funktionierte, konnte er sie immer noch in den nächsten Bus setzen.

***

Als Adrian am Montagmorgen in die Küche kam, fand er einen gedeckten Frühstückstisch vor. Melody stand am Herd und briet kleine Würstchen und Spiegeleier. Sie summte leise vor sich hin und schien guter Dinge zu sein.

Er musterte sie einen Moment und stellte fest, dass ihr Outfit keineswegs für sein Vorzimmer geeignet war. Abgesehen von den verschlissenen Jeans und den Turnschuhen trug sie eine bunte, geblümte Bluse. Die Haare hatte sie lose am Hinterkopf zusammengedreht, einzelne Strähnen hingen heraus und ringelten sich über ihre Schultern. An ihren Ohren baumelten nach wie vor die riesigen Ohrringe, die aussahen, als stammten sie aus irgendeinem Trödelladen.

Mit einem leisen Räuspern trat er näher.

Sie drehte sich um und lächelte ihn an. »Guten Morgen, ich hoffe, Sie sind nicht böse, ich dachte mir, ich mache das Frühstück.«

»Nein, schon in Ordnung.« Er setzte sich an den Tisch und bemerkte erstaunt, dass sie sogar daran gedacht hatte, ihm die Tageszeitung hinzulegen.

Schweigend nahmen sie das Frühstück ein, anschließend machten sie sich auf den Weg nach Crystal City. Zu Melodys Überraschung hielten sie kurz darauf jedoch nicht vor einem Bürogebäude, sondern vor einem exklusiv aussehenden Bekleidungsgeschäft.

»Kommen Sie«, forderte Adrian sie auf, als sie regungslos im Auto sitzen blieb.

»Was tun wir hier?«, wollte sie wissen, während sie ausstieg.

»Wir kaufen Ihnen etwas Vernünftiges zum Anziehen«, teilte er ihr mit und schob sie in das Geschäft hinein.

Sie hielt inne und schaute an sich herab. »Was stimmt denn mit meinen Sachen nicht?«

»Nehmen Sie es mir nicht übel, doch so kann ich Sie nicht in mein Vorzimmer setzen. Ihre Kleidung ist ein wenig zu«, er zögerte kurz, »bunt.«

»Na, Ihnen könnte ein bisschen Farbe auch nicht schaden«, sagte sie schmunzelnd mit einem demonstrativen Blick auf seinen obligatorischen, dunkelgrauen Anzug.

Im gleichen Augenblick kam bereits eine Verkäuferin auf sie zugeeilt. »Mr. McDermott, schön, Sie zu sehen. Was kann ich für Sie tun?«

»Hallo Miss Starver«, grüßte er freundlich und deutete dann auf Melody. »Ich hätte gerne ein paar Businessoutfits für die Lady.«

»Moment mal«, protestierte Melody, »Sie wissen genau, dass ich kein Geld habe und schon gar nicht für«, sie machte eine ausholende Handbewegung, »so teure Fummel.«

Die elegant gekleidete Verkäuferin starrte sie entgeistert an, sagte jedoch nichts.

»Ich übernehme das«, erklärte Adrian, ohne eine Miene zu verziehen.

»Oh nein, auf gar keinen Fall«, widersprach Melody energisch. »Ich lasse mich doch nicht von Ihnen aushalten.«

Mit einem amüsierten Funkeln in den Augen beugte er sich zu ihr herunter. »Keine Angst, das setze ich mit auf Ihre Schuldenliste.«

»Aber ...«

»Kein ‚Aber'«, ermahnte er sie bestimmt. »Sie wollten bei mir arbeiten, also erwarte ich entsprechende Kleidung. Oder wäre es Ihnen lieber, wenn ich dem Deputy von dem kleinen Malheur mit Ihrer Autoversicherung erzähle?«

Verärgert blitzte sie ihn an. »Das ist Erpressung.«

Er zuckte mit den Schultern. »Ich habe schließlich nicht vergessen, meine Prämie zu bezahlen«, sagte er kühl.

»Also gut«, gab sie mit einem resignierten Schnauben nach, »es bleibt mir ja wohl nichts anderes übrig.«

Ohne ein weiteres Wort wandte er sich wieder an die Verkäuferin, die das Ganze mit frostigem Gesicht verfolgt hatte. »Miss Starver, bitte. Ein paar Kostüme, Blusen, Schuhe, Strümpfe, Unterwäsche – das komplette Paket.«

Die Frau nickte dienstbeflissen und führte Melody in eine der Umkleidekabinen, eilte dann davon, um eine entsprechende Ausstattung zusammenzustellen.

Adrian nahm in einem der herumstehenden Sessel Platz. »Ach übrigens«, rief er Melody durch die Tür zu, »ich würde die Sachen gerne sehen, bevor Sie sich für etwas entscheiden.«

Er holte sein Handy hervor und begann, ein paar geschäftliche Telefonate zu führen. Die Verkäuferin reichte Melody einen Schwung Kostüme, die sie nacheinander anzog und sich damit dann jeweils Adrian präsentierte. Er beschränkte sich darauf, zu nicken oder den Kopf zu schütteln, während er telefonierte. Schließlich hatten drei Outfits seine Zustimmung gefunden, schmal geschnittene Röcke in Hellgrau, Dunkelblau und Schwarz, die eine Handbreit über dem Knie endeten, mit dazu passenden Jacken. Mehrere weiße Blusen sowie zwei Paar hochhackige Schuhe vervollständigten die Garderobe.

Melody war von seiner Wahl keineswegs begeistert, sie fühlte sich in diesen Sachen absolut unwohl. Doch sie wollte keine erneute Diskussion beginnen, also behielt sie das graue Kostüm direkt an. Wahrscheinlich sucht er mir jetzt gleich noch eine schicke Baumwollripp-Unterwäsche aus, dachte sie trocken, während sie in die Pumps schlüpfte.

»Das Aussuchen der Dessous überlasse ich Ihnen«, erklärte er jedoch, als sie aus der Kabine kam. »Ich nehme an, das kriegen Sie alleine hin.«

Miss Starver lotste sie in den Bereich mit der Damenunterwäsche und wenig später hatte Melody einige BHs, Slips und halterlose Strümpfe ausgewählt, schlicht, aber mit Spitzen verziert und durchaus ansprechend.

Ohne mit der Wimper zu zucken, legte Adrian seine Kreditkarte auf den Ladentisch und zahlte einen Betrag, der Melody beinahe ohnmächtig werden ließ.

Na klasse, sieht wohl nicht so aus, als käme ich hier so schnell wieder weg, ging es ihr verdrossen durch den Kopf. Dennoch war sie froh, dass er ihr den Job gegeben hatte und überhaupt seine Zeit mit ihr vertrödelte. Daher verkniff sie sich auch jeglichen Kommentar, als er sie anschließend zu einem Friseur brachte und ihr einen Hundertdollarschein in die Hand drückte.

»Gehen Sie da rein und lassen Sie etwas Vernünftiges machen, ich warte hier auf Sie.«

Er schaute ihr nach, bis sie den Laden betreten hatte, danach packte er mit einem kleinen Seufzen seinen Laptop aus und vertiefte sich in ein paar Kalkulationen.

Als sie knapp eineinhalb Stunden später zu ihm ins Auto stieg, wellten sich ihre Haare weich und glänzend über ihre Schultern, und Adrian nickte zufrieden. Dann fiel sein Blick auf ihre Ohrringe und kurz darauf hielt er vor einem Juweliergeschäft.

»Warten Sie hier«, befahl er ihr, »ich bin gleich wieder da.«

Tatsächlich kam er keine Viertelstunde danach zurück und reichte ihr eine kleine Schachtel. Stirnrunzelnd öffnete sie das Kästchen und ein Paar zierliche, goldene Ohrhänger kamen zum Vorschein.

»Tut mir leid, aber das geht zu weit«, sagte sie vehement. »Ich werde keinen Cent für Schmuck ausgeben.«

»Sie können in meinem Büro nicht aussehen wie eine Zigeunerin.«

»Na vielen Dank für das Kompliment«, erwiderte sie genervt. »Trotzdem«, sie hielt ihm die Schachtel hin, »bringen Sie das wieder zurück.«

Er griff nach ihrer Hand, legte das Kästchen hinein und schloss ihre Finger darum. »Wenn es Sie beruhigt – ich bezahle das.«

Irritiert schaute sie ihn an, bemerkte ein winziges Funkeln in seinen grauen Augen, spürte die Wärme seiner Hand, die noch immer um ihre lag.

»Das beruhigt mich keineswegs«, murmelte sie verunsichert, »ganz im Gegenteil.«

Sein Blick wurde wieder kühl. »Keine Angst, ich erwarte nichts dafür«, betonte er und zog seine Hand weg, »betrachten Sie es einfach als eine geschäftliche Investition.«

9

Es war bereits Mittag, als Adrian den Leihwagen in der Tiefgarage des gläsernen Bürogebäudes der Dermoil Company parkte. Mit großen, weit ausholenden Schritten steuerte er zielstrebig auf den Lift zu, Melody folgte ihm, so schnell es ihr auf den hohen Absätzen möglich war.

Sie fuhren hinauf in den neunten Stock und mit einem freundlichen »Guten Tag« betrat er sein Vorzimmer.

»Guten Tag, Mr. McDermott«, grüßte seine Sekretärin lächelnd und es war nicht zu übersehen, wie sehr sie ihren Chef anhimmelte.

Na, sieht zumindest nicht so aus, als wäre er ein Sklaventreiber, dachte Melody, während sie sich unauffällig umschaute. Wie erwartet unterschied sich der Raum kaum von seinem privaten Domizil. Die vorherrschenden Farben waren Grau, Schwarz und Weiß, durchbrochen von ein bisschen glänzendem Chrom. Selbst das durch die Fensterfront hereinfallende Sonnenlicht konnte nicht über das triste Aussehen hinwegtäuschen. Ein Schreibtisch stand schräg in einer Ecke, daneben ein schmalerer Tisch mit einem PC darauf. An der gegenüberliegenden Wand gab es eine Sitzgarnitur aus schwarzem Leder, identisch mit der Couch in seinem Wohnzimmer.

Garantiert hat er die im Zehnerpack gekauft, schoss es Melody durch den Kopf und sie war überzeugt, dass er in seinem Büro ein weiteres Exemplar davon stehen hatte.

Seitlich gab es zwei Türen, eine größere, hinter der sich wahrscheinlich Adrians Arbeitsbereich befand, und eine etwas kleinere, die vermutlich in einen Waschraum führte. Auf einem Sideboard stand eine Kaffeemaschine, daneben ein paar Tassen und eine Glasdose mit Schokoladencookies.

»Mrs. Cooper, das hier ist Miss Foster«, stellte Adrian sie vor. »Sie wird Ihren Platz übernehmen und ich möchte, dass Sie sie diese Woche in alles einweisen.«

»In Ordnung, Mr. McDermott«, nickte Darcy eifrig. Dann runzelte sie die Stirn. »Und was ist mit Miss Raybon? Sie war doch eigentlich für diese Position vorgesehen.«

»Rufen Sie sie bitte in der Buchhaltung an und sagen das ab, richten Sie ihr mein Bedauern aus. Informieren Sie auch die Personalabteilung, man soll Miss Raybon diesen Monat eine Extrazahlung von 500 Dollar anweisen, als kleine Entschädigung. Außerdem muss Miss Foster angemeldet werden. Füllen Sie mit ihr einen Personalbogen aus und geben Sie Bescheid, dass ich den Arbeitsvertrag selbst ausfertige. Und telefonieren Sie mit Paul Carlisles Werkstatt in Stillwell, man soll mir den Kostenvoranschlag für die Reparatur zufaxen.«

»Ja Mr. McDermott, wird erledigt.«

Adrian nickte und verschwand in seinem Büro.

Verblüfft schaute Melody ihm hinterher. »Will er immer so viele Dinge gleichzeitig?«, fragte sie unbehaglich.

Darcy lachte. »Manchmal. Aber meistens geht es hier relativ ruhig zu, Sie brauchen sich keine Sorgen zu machen. Mr. McDermott ist ein sehr netter Chef und ich arbeite gerne für ihn. – Ich bin übrigens Darcy.«

»Melody.«

Die beiden Frauen reichten sich kurz die Hand, dann zog Darcy einen zweiten Stuhl hinter den Schreibtisch. »Gut, also legen wir los.«

Zunächst erledigte Darcy die Dinge, die Adrian ihr aufgetragen hatte, danach begann sie, Melody in die Bedienung des PCs einzuweisen. Zwischendurch nahm sie Anrufe entgegen, vereinbarte Termine und brachte Adrian Kaffee. Aufmerksam hörte Melody zu und versuchte, sich so viel wie möglich einzuprägen. Die Zeit verging wie im Flug und bald war es später Nachmittag.

»So, Feierabend«, seufzte Darcy erleichtert und stand auf.

Sie streckte sich und warf einen irritierten Blick auf Melody, die seelenruhig auf ihrem Stuhl sitzen blieb. »Wollen Sie nicht nach Hause gehen?«

»Ich muss warten«, erklärte Melody mit einer Kopfbewegung in Richtung von Adrians Bürotür.

Überrascht hob Darcy die Augenbrauen. »Oh.«

»Nein, es ist nicht so, wie Sie denken«, sagte Melody hastig, als sie Darcys vielsagenden Gesichtsausdruck bemerkte. »Mein Auto ist kaputt.«

»Ach so«, Darcy lächelte, »es hätte mich auch sehr gewundert, wenn Mr. McDermott ...« Sie unterbrach sich. »Aber das geht mich ja schließlich nichts an. Dann einen schönen Abend, bis morgen.«

»Bis morgen«, murmelte Melody und fragte sich, was Darcy wohl hatte sagen wollen.

Eine Weile blieb sie geduldig auf ihrem Platz sitzen, blätterte in ein paar Akten herum, die auf dem Tisch lagen. Plötzlich fiel ihr ein, dass sie die Gelegenheit nutzen konnte, um Kerry anzurufen. Die Nummer der Dermoil Company kannte sie nicht, also würde sie das Gespräch sicher annehmen. Rasch wählte sie die Handynummer ihrer Schwester.

»Ja?«, hörte sie Sekunden später Kerrys Stimme.

»Kerry, ich bin es, Mel«, sprudelte sie heraus. »Sag mal ...«

Im gleichen Moment klickte es in der Leitung und wütend legte Melody den Hörer auf. »Du kleines Biest«, fluchte sie leise, »warte nur, bis ich dich in die Finger kriege.«

»Ist alles in Ordnung?«

Erschrocken hob sie den Kopf und sah Adrian aus seinem Büro kommen. »Ja sicher, alles okay«, nickte sie schnell.

»Gut, dann können wir ja gehen.«

Kurz darauf saßen sie im Auto und fuhren aus der Tiefgarage. Vor einem Diner, das zwei Ecken von der Firma entfernt lag, hielt Adrian an. »Ich bin gleich zurück.«

Er ging hinein und kam keine fünf Minuten später mit einer Tüte in der Hand wieder heraus. »Unser Abendessen«, erklärte er, als er ihren erstaunten Blick sah.

»Hm«, war alles, was sie dazu sagte, sie wollte nicht damit herausplatzen, dass sie viel lieber etwas gekocht hätte.

»Wie hat Ihnen der erste Tag gefallen?«, fragte er unterwegs.

»Es war ganz okay.«

»Das hört sich nicht gerade sonderlich begeistert an. Denken Sie, dass Sie zurechtkommen werden, wenn Mrs. Cooper weg ist?«

»Ja, natürlich«, betonte Melody hastig.

»Sehr schön«, nickte er zufrieden. »Morgen machen wir den Arbeitsvertrag fertig, ich hoffe, dass ich bis dahin in etwa weiß, wie viel die Reparatur meines Wagens kosten wird.«

»Mrs. Cooper dachte, dass Sie mich einstellen, weil wir ein Verhältnis miteinander haben«, platzte sie unvermittelt heraus, und biss sich dann auf die Lippe. Mein Gott Mel, bist du bescheuert, wie kannst du denn nur so etwas sagen, schoss es ihr durch den Kopf, willst du, dass er dich gleich wieder auf die Straße setzt?

Er warf ihr einen kurzen Seitenblick zu. »Haben Sie ein Problem damit?«

Irritiert runzelte sie die Stirn. »Mit Mrs. Cooper?«

»Ja, sicher mit Mrs. Cooper – oder haben wir etwa ein Verhältnis miteinander?«, erwiderte er trocken.

»Nein, natürlich nicht.«

»Gut«, brummte er und klang irgendwie leicht erheitert, »dann konzentrieren Sie sich auf Ihre Arbeit und alles andere lassen Sie meine Sorge sein.«

***

Der Dienstagvormittag unterschied sich nicht weiter vom vorhergehenden Nachmittag. Melody saß bei Darcy und schaute ihr aufmerksam zu, machte sich Notizen zu den wichtigsten Dingen und hoffte, dass sie sich das alles behalten könnte. Um zwölf Uhr verließen sie kurz das Bürogebäude und liefen die zwei Straßen zu dem Diner, wo Adrian am Tag zuvor das Abendessen gekauft hatte.

»Hier müssen Sie mittags das Essen für Mr. McDermott holen: Zwei Sandwiches, eines mit Schinken und eines mit Corned Beef, Käse, Salat, Tomaten, wenig Mayonnaise, dazu einen Erdbeershake. Sie dürfen sich selbst auch etwas mitnehmen, er bezahlt das«, erklärte Darcy.

»Isst er jeden Mittag das Gleiche?«, fragte Melody überrascht.

»Ja, seit er ...« Darcy unterbrach sich wieder. »Seien Sie froh, so brauchen Sie sich nicht ständig neue Dinge merken. Für das Abendessen bestellen Sie einen Cheeseburger, einen Hotdog und einen Blaubeermuffin, Mr. McDermott holt das dann auf dem Heimweg ab.«

»Das weiß ich bereits«, murmelte Melody kopfschüttelnd, was ihr erneut einen neugierigen Blick von Darcy einbrachte.

Zurück im Büro kam Melody nicht dazu, sich noch weitere Gedanken über Adrians seltsame Essgewohnheiten zu machen. Als sie ihm die Tüte mit den Sandwiches und den Shake hereinbrachte, nahm er seine Lesebrille ab und bedeutete ihr, sich auf einen der Stühle vor seinem Schreibtisch zu setzen. »Ihr Arbeitsvertrag ist fertig«, erklärte er und legte mehrere Blätter vor sie hin. »Schauen Sie sich alles in Ruhe an und wenn Sie Fragen haben, besprechen wir das direkt.«

Während er in eines der Sandwiches biss, überflog Melody kurz den Vertrag. Es war vorgesehen, dass sie unbefristet für die Dermoil Company arbeitete, mindestens jedoch, bis der Betrag laut der anliegenden Kostenaufstellung beglichen war, auf ihren Wunsch auch länger. Soweit sah alles okay aus und sie wollte schon nicken, dann fiel ihr Blick auf das zweite Blatt mit der Übersicht der angefallenen Kosten.

Melody runzelte die Stirn. »13.000 Dollar für die Autoreparatur?«, entfuhr es ihr entgeistert. »Wollen Sie die ganze Werkstatt kaufen?«

Er zuckte mit den Schultern und legte ihr den Kostenvoranschlag hin. »Tut mir leid, aber es ist nun mal kein billiger Kleinwagen und außerdem ist er fast neu.«

Ungläubig starrte sie auf die Schuldenliste. Zusammen mit den Ausgaben für die Kleidung belief sich die Summe auf 15.300 Dollar und ein paar Cents. Ihr Gehalt betrug 2600 Dollar im Monat, wenn sie davon rund 1000 Dollar für William abzog, würde sie mindestens neun Monate hier arbeiten müssen, bis sie alles abbezahlt hatte. Dabei hätte sie noch nicht einmal einen Cent für sich, ein bisschen Geld für private Dinge benötigte sie ja auch, von einer Fahrkarte nach New Orleans ganz abgesehen.

Mutlos ließ sie das Blatt sinken.

»Stimmt etwas nicht?«, wollte er wissen und betrachtete aufmerksam ihr blasses Gesicht. »Ich will Sie nicht übervorteilen. Ich zahle Ihnen das gleiche Gehalt, welches Mrs. Cooper momentan bekommt, obwohl ich nicht einmal weiß, ob Sie meinen Anforderungen überhaupt gerecht werden. Sie wohnen kostenlos bei mir, sparen also Geld für Miete, Strom, Telefon, Essen und so weiter. Wenn wir für Ihren privaten Bedarf 200 Dollar monatlich rechnen, haben Sie Ihre Schulden in sechs Monaten getilgt. In Anbetracht der Umstände erscheint mir das sehr fair.«

Ihr stiegen Tränen in die Augen. »Aber 200 Dollar reichen mir nicht.«

Er warf das angebissene Sandwich zurück in die Tüte und seufzte. »Bitte, fangen Sie nicht schon wieder an, zu weinen.«

»Sie haben gut reden«, schniefte Melody, »Sie müssen sich auch keine Gedanken um irgendwelches Geld machen.«

»Wie viel benötigen Sie für sich?«, wollte er wissen.

»1200 Dollar.«

Wie sie es inzwischen von ihm gewohnt war, hob er eine Augenbraue. »So viel? Wofür?«

Fieberhaft suchte sie nach einer plausiblen Erklärung. »Ich habe noch weitere Schulden«, erklärte sie hastig. »Ich muss mein Auto abbezahlen.«

»Den Aveo«, stellte er trocken fest.

Sie nickte und ahnte, dass er ihr das nicht glauben würde. Der Wagen kostete neu gerade mal knapp 18.000 Dollar, und sie hatte beim Deputy angegeben, dass er bereits fünf Jahre alt war.

»Muss ja eine reichhaltige Sonderausstattung drin sein«, brummte er. Einen Moment schaute er sie prüfend an. »Also gut«, seufzte er schließlich, »ich bin ja kein Unmensch. Ich übernehme die Kleidung und erlasse Ihnen die Hälfte der Reparaturkosten. Sie bekommen jeden Monat die gewünschten 1200 Dollar ausbezahlt, den Rest behalte ich ein. Dann haben sie in etwa viereinhalb Monaten alles hinter sich. Sind Sie damit einverstanden?«

»Und Sie legen eine Fahrkarte nach New Orleans drauf«, platzte sie heraus, um sich im gleichen Moment auf die Lippe zu beißen. »Entschuldigung.«

Sein Blick durchbohrte sie förmlich. »Sie sind mutig, Melody Foster, aber wir sind hier nicht auf einem mexikanischen Straßenmarkt.« Sekundenlang verlor er sich in den Tiefen ihrer grünen Augen, in denen immer noch leicht die Tränen glitzerten. Er räusperte sich. »Über die Fahrkarte unterhalten wir uns, wenn es so weit ist.«

10

»Ich habe leider eine unerfreuliche Nachricht für Sie, Boss.« Verlegen drehte Lance Raybon seinen Stetson in den Händen.

Der dunkelhaarige Mann hinter dem Schreibtisch warf ihm einen verdrießlichen Blick zu. »Wie immer«, knurrte er ungehalten, »ich frage mich wirklich, wofür ich dich eigentlich noch bezahle. – Also, was ist los?«

»Shanice hat den Job als Sekretärin von Adrian McDermott doch nicht bekommen«, erklärte Lance zögernd.

»Verdammt.« Wütend hieb Darren Ward auf den Tisch und sprang auf. »Ich habe mich darauf verlassen, dass das klappt. Was zum Teufel ist denn jetzt wieder schiefgegangen?«

Der Blonde zuckte mit den Schultern. »Keine Ahnung, McDermott hat sich anscheinend kurzfristig für jemand anderen entschieden.«

»Ich bin nur noch von Idioten umgeben«, tobte Darren. »Ich habe dir eine hübsche Stange Geld dafür bezahlt, damit du den Stall der alten Porter anzündest, und du Trottel hast es vermasselt. Du solltest es so aussehen lassen, als wäre Callan McDermott der Übeltäter, ich habe dir sogar extra sein Feuerzeug gegeben, das er bei der Prügelei damals verloren hatte. Und was passiert? Du verbockst es, und anstatt dass Callan im Kittchen landet, heiratet er Rose Porters Enkelin und setzt sich ins gemachte Nest. Bist du eigentlich überhaupt zu irgendetwas zu gebrauchen?«

»Aber ich konnte nichts dazu, wirklich Boss«, verteidigte Lance sich.

Wütend trat Darren gegen seinen Stuhl. »Die Probebohrung auf dem Porter-Grundstück ist in vollem Gange und es wird nur eine Frage der Zeit sein, bis sie auf Öl stoßen. Abgesehen davon, dass ich diesen arroganten McDermotts endlich mal einen Denkzettel verpassen will, möchte ich sehr gern eine Scheibe vom Kuchen abhaben. Die alte Porter kann die Bohrung unmöglich allein finanziert haben, ich bin mir sicher, dass die Dermoil Company gegen eine entsprechende Gewinnbeteiligung Geld investiert hat. Ich brauche die Verträge und muss unbedingt wissen, was da in Zukunft noch geplant ist.«

Er lief eine Weile nervös auf und ab. »Wer sitzt da jetzt bei Adrian McDermott im Vorzimmer?«, fragte er dann.

»Keine Ahnung. Aber ich kann Shanice sagen, sie soll sich darum kümmern.«

»Tu das. Vielleicht besteht ja eine Möglichkeit, über diese Frau an die Unterlagen heranzukommen. Jeder Mensch hat einen wunden Punkt und deine Cousine soll versuchen, da irgendetwas in Erfahrung zu bringen. Ich zahle ihr einen Bonus, wenn es klappt, sag ihr das, und sag ihr auch, sie soll sich beeilen. Sobald das Öl erst mal sprudelt, ist es zu spät, dann brauche ich Rose Porter kein Angebot mehr zu machen.«

»Okay Boss, wird erledigt.«

Lance Raybon verließ das Büro, und genervt ließ Darren sich wieder auf seinen Stuhl fallen.

»Elendes McDermott-Pack«, fluchte er leise vor sich hin, »ihr werdet mich noch richtig kennenlernen.«

***

»Könnte ich vielleicht den Wagen haben?«, bat Melody Adrian am Mittwochabend, nachdem sie zur Ranch zurückgekehrt waren. »Ich würde gerne bei Ihrer Schwester vorbeifahren und ihr das Kleid zurückbringen, das sie mir für die Hochzeitsfeier geliehen hat.«

Adrian dachte einen Moment nach. »Ich muss sowieso etwas in Stillwell erledigen,«, erklärte er dann. »Ich setze Sie bei Lauren ab und komme wieder vorbei, sobald ich fertig bin.«

Sie aßen die Hamburger und Hotdogs, die Adrian wie an den Abenden zuvor im Diner abgeholt hatte, und machten sich anschließend auf den Weg nach Stillwell.

Vor einem heruntergekommenen Wohnhaus in einer ruhigen Seitenstraße ließ Adrian Melody aussteigen. Wie im ganzen Ort herrschte auch hier das an eine Filmkulisse erinnernde Flair einer Westernstadt. Die Häuser bestanden allesamt aus Holz, hatten zum größten Teil hölzerne Veranden und sahen insgesamt nicht sonderlich einladend aus.

Melody stieg hinauf in den ersten Stock und klopfte an die Tür. Es dauerte nur wenige Sekunden, bis Lauren öffnete.

»Melody«, sagte sie überrascht.

»Tut mir leid, wenn ich so unangemeldet hereinplatze. Ich wollte Ihnen gerne das Kleid zurückbringen und mich noch einmal bedanken, dass Sie sich so freundlich um mich gekümmert haben«, erklärte Melody. »Ich habe auch die Schuhe von Ihrer Schwägerin dabei, vielleicht darf ich die ebenfalls hier lassen?«

»Kommen Sie doch erst mal herein«, bat Lauren herzlich.

Sie machte eine einladende Handbewegung und Melody folgte ihr nach drinnen.

»Ich will Sie aber nicht stören«, betonte sie.

»Unsinn, Sie stören mich nicht. Timmy, mein Sohn, übernachtet heute bei einem Freund, ich bin also ganz dankbar für ein bisschen Unterhaltung«, lächelte Lauren. »Möchten Sie eine Tasse Kaffee?«

»Nur wenn es Ihnen keine Mühe macht.«

Während Lauren in der Kochecke hantierte, schaute Melody sich um. Der Wohnraum war nicht sonderlich groß, an einer Seite befand sich eine durch eine halbhohe Wand abgeteilte Küche. Seitlich zweigten zwei Türen ab, die vermutlich in die Schlafzimmer führten. Die Einrichtung war alt und abgenutzt, zwar

war alles äußerst sauber, wirkte jedoch leicht schäbig und ärmlich.

»Wie wäre es, wenn wir uns duzen würden?«, schlug Lauren vor und stellte zwei Tassen Kaffee und eine Schale mit Gebäck auf den Tisch.

»Gerne«, stimmte Melody zu. Sie trank einen Schluck und nahm sich ein Plätzchen. »Es war eine schöne Hochzeit«, sagte sie dann.

Lauren nickte. »Ja, und ich hoffe, Callan und Joyce werden sehr glücklich miteinander.« Sie warf Melody einen fragenden Blick zu. »Ich will nicht allzu neugierig sein, aber natürlich haben wir uns alle gefragt, wie es dazu kam, dass Adrian dich mitgebracht hat. Keiner von uns wusste, dass er eine Freundin hat.«

»Oh, ich bin nicht seine Freundin«, wehrte Melody hastig ab. »Wir hatten einen kleinen Unfall.«

»Unfall?«

Rasch berichtete Melody ihr, wie sie Adrian kennengelernt hatte, wiederholte ihre Geschichte mit dem Diebstahl und erzählte, dass sie jetzt für ihn arbeitete. Während sie sprach, wurden Laurens Augen immer größer.

»Er hat dir einen Job gegeben?«, fragte sie überrascht. »Deswegen trägst du dieses Outfit, ich habe mich schon gewundert, es passt nicht wirklich zu dir.«

Melody verzog das Gesicht. »Dein Bruder hat es ausgesucht. Ich glaube, er kennt nur drei Farben: Grau, Schwarz und Weiß. Seine Anzüge, sein Büro, sein Haus – alles ist so trostlos.«

»Du warst bei ihm zu Hause?«

»Ich wohne vorübergehend bei ihm.«

Entgeistert klappte Lauren ein paar Mal den Mund auf und zu. »Das sieht ihm überhaupt nicht ähnlich, normalerweise lebt er wie ein Einsiedler. Dass er so plötzlich jemanden bei sich einziehen lässt, und dann noch eine Frau, ist sehr ungewöhnlich.«

»Ich glaube, er hat nur Angst, dass ich mich aus dem Staub mache«, schmunzelte Melody.

Lauren warf ihr einen nachdenklichen Blick zu. »Das vermute ich allerdings auch«, murmelte sie gedehnt.

»Ich weiß, dass es mich eigentlich nichts angeht, aber was ist mit ihm los?«, wollte Melody wissen. »Er wohnt mutterseelenallein in diesem großen, kahlen Haus, das den Charme eines Operationssaals hat, isst jeden Tag das Gleiche, scheint nur seine Arbeit zu kennen und lächelt nie.«

»Er war nicht immer so«, sagte Lauren, »er hat sich erst seit seiner Scheidung vor acht Jahren so zurückgezogen.«

»Was ist passiert?«

»Keine Ahnung.« Lauren zuckte mit den Schultern. »Er hat nie darüber gesprochen, keiner von uns weiß, was vorgefallen ist.«

»Er muss seine Frau sehr geliebt haben, wenn er ihr immer noch nachtrauert«, stellte Melody fest.

»Ich glaube eher, dass er enttäuscht ist. Adrian ist ein warmherziger und sensibler Mensch, und ich denke, er will sich einfach nur schützen, indem er sich hinter diesem grauen Panzer versteckt und niemanden an sich heranlässt.« Lauren lächelte. »Wer weiß, vielleicht tut ihm deine Gesellschaft ja ganz gut.«

»Oder ich versinke mit ihm in Depressionen«, erwiderte Melody trocken. »Ich habe ehrlich gesagt keine Ahnung, wie ich es vier Monate in diesem ungemütlichen Haus aushalten soll. Ich möchte nicht undankbar sein, dein Bruder ist wirklich sehr freundlich und hilfsbereit, er hätte auch anders reagieren können. Aber diese Trostlosigkeit schlägt einem aufs Gemüt.«

»Du musst eben ab und zu ausgehen«, sagte Lauren pragmatisch. »Wenn du Lust hast, treffen wir uns am Freitagabend in der Cactus-Bar, dort ist Tanz.«

Melody verzog das Gesicht und schaute an sich herunter. »Mit den Klamotten?«

»Kein Problem, ich kann dir ein paar von meinen Sachen ausleihen«, bot Lauren an und erhob sich. »Komm mit.«

Wenig später hatte sie Melody einige Kleider, Röcke, Hosen, T-Shirts und Blusen herausgesucht. Sie waren gerade mit dem Anprobieren fertig, als es an die Tür klopfte.

»Das wird dein Bruder sein, er wollte mich abholen.«

Lauren öffnete und wie erwartet stand Adrian vor ihr.

»Hey Kleine«, grüßte er und umarmte sie liebevoll.

Dann fiel sein Blick auf Melody, deren Haare vom mehrfachen Umziehen völlig zerzaust waren. Ihre Wangen glühten, sie trug ein bunt geblümtes Sommerkleid und war barfuß. Einen Moment betrachtete er sie von oben bis unten, ein undefinierbarer Ausdruck lag in seinen Augen.

»Sieht so aus, als hättet ihr euren Spaß gehabt«, stellte er schließlich fest.

»Allerdings«, nickte Lauren lächelnd, »und dir, mein lieber Bruder, würde ein wenig Spaß auch mal wieder ganz guttun.«

11

»Stopp«, rief Melody spontan, als Adrian am Donnerstagabend wie gewohnt vor dem Diner anhielt.

Irritiert schaute er sie an. »Was ist los?«

»Wo ist das nächste Lebensmittelgeschäft?«

»Drei Straßen weiter – weshalb?«

»Fahren Sie dort hin«, forderte sie ihn statt einer Antwort auf. Er runzelte die Stirn und sie fügte hinzu: »Wir kaufen ein paar Sachen ein und ich koche. Sie können sich nicht die ganze Zeit von diesem Fast Food ernähren, das ist ungesund. Außerdem muss es Ihnen doch langsam zum Hals heraushängen, jeden Tag das Gleiche zu essen, also werde ich für ein bisschen Abwechslung sorgen.«

Verblüfft starrte er sie an, und sie lächelte: »Na los, fahren Sie schon.«

Mit einem kaum merklichen Kopfschütteln legte er den Gang ein und gab Gas.

»Was halten Sie von Italienisch? Spaghetti Bolognese und einen Salat dazu?«, fragte sie, als sie kurz darauf durch den kleinen Supermarkt liefen.

Er zuckte mit den Schultern. »Meinetwegen.«

Es dauerte nicht lange, bis Melody alles zusammengesucht hatte. »Von mir aus können Sie das auf meine Schuldenliste setzen«, zog sie ihn auf, als sie an der Kasse standen und er bezahlte.

»Ich werde drüber nachdenken«, gab er zurück, ohne eine Miene zu verziehen.

Auf der Ranch angekommen brachten sie die Einkäufe in die Küche.

»Puh«, seufzte Melody und streifte die hohen Schuhe von den Füßen, »erst mal raus aus diesen unbequemen Klamotten.«

Rasch verschwand sie nach oben und zog sich um. Als sie wenig später in Jeans und T-Shirt wieder nach unten kam, begann sie mit der Zubereitung des Essens. Auf der Mikrowelle entdeckte sie ein kleines Radio und stellte es an. Während sie gut gelaunt die Melodie des Countrysongs mitsummte, briet sie das Hackfleisch an und putzte den Salat.

Unterdessen saß Adrian in seinem Arbeitszimmer und versuchte, sich auf eine Kostenanalyse zu konzentrieren. Durch die offenen Verbindungstüren hörte er Melody herumhantieren. Leise klang die Musik zu ihm herüber und ein eigentümliches Gefühl breitete sich in ihm aus. So habe ich mir das immer gewünscht, schoss es ihm durch den Kopf.

Abrupt klappte er den Laptop zu und ging hinüber in die Küche. Einen Moment stand er unbemerkt in der Tür und beobachtete, wie Melody eifrig in einem Topf herumrührte. Aus ihren lose hochgesteckten Haaren hingen ein paar Strähnen herunter und ringelten sich um ihren schlanken Hals. Die ausgebliche-ne Jeans schmiegte sich eng um ihre schmale Figur, das bunte T-Shirt hatte sie seitlich über der Hüfte zusammengeknotet. Sie war barfuß und er stellte fest, dass ihre Fußnägel lila lackiert waren.

Plötzlich drehte sie sich um und entdeckte ihn. »Hey«, lächelte sie, »wir können gleich essen.«

Er ging auf sie zu, schaute über ihre Schulter in den Kochtopf. »Es riecht sehr gut.«

»Kosten Sie«, forderte sie ihn auf und hielt ihm den Kochlöffel hin, nachdem sie ein wenig Soße damit aufgenommen hatte.

Vorsichtig probierte er und nickte überrascht. »Lecker.«

Der Timer für die Nudeln klingelte.

»In Ordnung Chef, decken Sie noch schnell den Tisch und dann kann es losgehen.«

»Dafür, dass ich der Chef bin, sind Sie aber auch recht gut im Kommandieren«, brummte er, während er Teller hinstellte und Besteck dazulegte.

Wenig später saßen sie am Tisch und ließen sich das Essen schmecken.

»Das war wirklich sehr gut«, lobte er, als sie fertig waren.

Melody lächelte. »Wenn Sie einverstanden sind, können wir das jetzt jeden Abend so machen, solange ich hier bin. Oder sehnen Sie sich nicht nach ein bisschen Abwechslung?«

»Doch«, gab er zögernd zu, »manchmal.«

***

Am Freitagnachmittag wurde Darcy verabschiedet. Adrian hatte einen großen Blumenstrauß besorgt und überreichte ihn ihr zusammen mit einem Umschlag.

»Ein kleines Startgeld fürs Baby«, erklärte er und Darcy fiel ihm dankbar um den Hals.

Er zog sich in sein Büro zurück, Darcy packte ihre privaten Sachen in einen Karton und gab Melody dann die Hand.

»Viel Erfolg und alles Gute«, wünschte sie ihr.

»Für Sie auch, und danke, dass Sie nicht verraten haben, wie ungeschickt ich mich mit manchen Dingen anstelle.«

»Sie werden das schon hinkriegen und für den Notfall haben Sie ja meine Telefonnummer. Falls alle Stricke reißen, können Sie mich gerne anrufen.«

»Danke, ich hoffe, das wird nicht nötig sein.«

Nachdem Darcy gegangen war, angelte Melody sich mit einem kleinen Seufzen einen Keks aus der Glasdose.

»So Melody Foster«, murmelte sie mit Unbehagen, »jetzt wird es ernst.«

Ihr war schon ein wenig mulmig zumute, wenn sie daran dachte, dass sie hier ab sofort alleine klarkommen musste. Sie hatte nicht das Gefühl, der Sache gewachsen zu sein und hoffte, dass die ersten Tage nicht allzu viel los sein würde. Zwar hatte Darcy ihr alles gezeigt und ausführlich erklärt, aber es war doch etwas anderes, sich selbst darum zu kümmern, als jemandem über die Schulter zu sehen.

»Egal, jetzt ist erst mal Wochenende«, beruhigte sie sich und nahm sich ein weiteres Plätzchen.

Wenig später kam Adrian aus seinem Büro und sie machten sich auf den Heimweg. Wie am Vorabend fuhren sie am Supermarkt vorbei, um ein paar Lebensmittel einzukaufen, und als sie zu Hause eintrafen, begann Melody sofort mit der Zubereitung des Abendessens. Nachdem sie gegessen hatten, half Adrian ihr, den Tisch abzuräumen, und wollte dann in sein Arbeitszimmer verschwinden.

»Ach, könnte ich mir wohl heute Abend Ihren Wagen ausleihen?«, hielt sie ihn zurück.

Er verzog das Gesicht. »Wenn Sie mir versprechen, nicht gleich wieder irgendwelche Beulen reinzufahren.«

Der Lincoln war inzwischen repariert und zurückgebracht worden und sah aus wie neu.

»Keine Angst, ich habe nicht vor, mein Schuldenkonto weiter zu erhöhen, ich werde gut aufpassen, versprochen«, erwiderte sie schmunzelnd. »Apropos Schulden«, fuhr sie dann zaghaft fort, »könnte ich eventuell einen kleinen Vorschuss auf mein Gehalt bekommen? So ganz ohne Geld möchte ich nicht ausgehen.«

»Was haben Sie denn vor?«, fragte er, während er seine Brieftasche herausholte und ihr einen Hundertdollarschein in die Hand drückte.

»Danke. – Ich wollte nach Stillwell in die Cactus-Bar, zum Tanzabend«, erklärte sie. Als sie sah, wie er eine Augenbraue hob, fügte sie zögernd hinzu: »Vielleicht haben Sie ja Lust, mitzukommen?«

»Sie wissen doch – ich tanze nicht«, war seine ablehnende Antwort.

»Ich weiß«, sie lächelte, »und das ist eigentlich ziemlich schade.«

***

Der Abend in der Cactus-Bar war kurzweilig. Melody saß mit Lauren und ein paar Freunden von ihr zusammen am Tisch, tanzte ab und zu und unterhielt sich angeregt. Bevor sie sich verabschiedeten, verabredeten sie noch, am nächsten Tag gemeinsam den Trödelmarkt zu besuchen, der jeden Samstag in Crystal City stattfand.

Als Melody kurz nach Mitternacht zur Ranch zurückkehrte, war alles dunkel und still, es sah so aus, als wäre Adrian bereits schlafen gegangen. Müde ging sie in ihr Zimmer hinauf, zog sich aus und legte sich ins Bett. Doch obwohl sie nur mit einem dünnen Laken zugedeckt war, ließ die drückende Hitze sie nicht einschlafen. Es war schon den ganzen Tag so heiß gewesen und der große Ventilator an der Zimmerdecke verteilte die warme Luft mehr, als dass er Kühlung brachte. Nachdem sie sich eine Weile rastlos hin und her gedreht hatte, stand sie wieder auf. Sie trat hinaus auf den Balkon, und als ihr Blick auf den Pool fiel, ging ihr spontan durch den Kopf, wie angenehm es jetzt wäre, ein wenig zu schwimmen.

Wie blöd, dass ich keinen Bikini habe, dachte sie frustriert, und nahm sich vor, sich so schnell wie möglich einen zu besorgen. Sehnsüchtig schaute sie auf das Wasser, das im Mondlicht einladend glitzerte, und schließlich kam sie zu dem Entschluss, sich trotzdem ein kühles Bad zu gönnen. Adrian schlief und sonst war weit und breit niemand, der sie sehen konnte, es wäre also kein Problem, in der Unterwäsche schwimmen zu gehen.

Leise tappte sie ins Bad, schnappte sich eines der großen Badetücher, wickelte sich darin ein und schlich dann die Treppe hinunter und durchs Wohnzimmer. Am Pool warf sie das Handtuch auf einen Liegestuhl und sprang, nur mit ihrem Höschen bekleidet, ins Becken.

Obwohl die Sonne das Wasser reichlich aufgeheizt hatte, war es dennoch angenehm erfrischend, und wohlig paddelte sie hin und her. Eigentlich ist es ganz schön hier, dachte sie zufrieden, während sie sich einen Moment entspannt auf dem Rücken treiben ließ, ich könnte mich direkt daran gewöhnen.

***

Bis fast um Mitternacht hatte Adrian in seinem Arbeitszimmer gesessen und über seinen Unterlagen gebrütet. Wirklich konzentrieren konnte er sich nicht, immer wieder schaute er auf die Uhr, fragte sich, wo Melody blieb, und wünschte sich beinahe, er hätte sie doch begleitet. Schließlich schob er diese Gedanken energisch beiseite und ging hinauf in sein Schlafzimmer. Hellwach lag er in seinem Bett und starrte an die Decke, hörte wenig später einen Motor, kurz darauf klappte am Ende des Flurs leise eine Tür zu.

Als eine Weile danach sachtes Plätschern durch die offene Balkontür drang, stand er auf und trat hinaus. Von Melody unbemerkt sah er zu, wie sie im Pool herumschwamm. Ihre Haare schimmerten silbrig im Mondlicht, anmutig glitt sie im Wasser hin und her, und unwillkürlich schoss ihm durch den Kopf, dass sie wie eine Nixe aussah. Als sie sich plötzlich auf den Rücken drehte, hielt er die Luft an. Es war hell genug, um zu erkennen, dass sie nur einen winzigen Slip trug. Sein Blick blieb auf ihren Brüsten haften, die sich klein und straff in die Höhe reckten, und augenblicklich wurde sein Mund trocken. Er schluckte heftig, wandte sich hastig um, ging zurück ins Zimmer und legte sich wieder ins Bett, krampfhaft darum bemüht, diesen Anblick sofort aus seinem Gedächtnis zu verbannen. Doch schnell stellte er fest, dass das gar nicht so einfach war, und es dauerte lange, bis er endlich einschlafen konnte.

12

»Ich fahre nach Crystal City, ich muss etwas erledigen«, erklärte Adrian am Samstagmorgen nach dem Frühstück.

»In Ordnung, ich bin nachher mit Ihrer Schwester verabredet, sie holt mich ab, damit ich ein paar Sachen einkaufen kann«, informierte Melody ihn. »Ich bringe auch alles mit, was wir für das Essen am Wochenende brauchen, und wenn es für Sie okay ist, koche ich dann heute Abend.«

Er war einverstanden, gab ihr noch ein wenig Geld für die Lebensmittel und kurz darauf hörte sie seinen Wagen davonfahren.

Es dauerte nicht lange, bis Lauren erschien. Sie hatte Timmy dabei, und eine knappe halbe Stunde später schlenderten sie zu dritt über das riesige Areal, auf welchem der Trödelmarkt stattfand.

»Ich brauche unbedingt ein paar Dinge für mein Zimmer«, erklärte Melody, während sie von Stand zu Stand bummelten. »Ich muss etwas Farbe da reinbringen, sonst drehe ich durch.«

Schließlich hatte sie einige gemusterte Kissen, einen Webteppich und eine kleine Nachttischlampe mit einem geblümten Schirm gekauft. Als sie an einer der unzähligen Buden eine bunte Patchworkdecke erstand, nahm sie einer spontanen Eingebung zufolge noch eine zweite mit.

»Die ist für deinen Bruder, für sein Wohnzimmer«, erklärte sie Lauren auf ihren erstaunten Blick hin.

»Ich sehe es schon kommen, ein paar Wochen mit dir und er sitzt mit einem Hawaiihemd im Büro«, schmunzelte Lauren.

»Oh nein, das würde ich ihm nie antun«, lachte Melody, »ich mag es zwar bunt, aber das ist selbst mir ein wenig zu viel.«

Sie alberten eine Weile herum, kauften noch ein Schachspiel für Timmy, das er unbedingt haben wollte, und brachten ihre Errungenschaften schließlich zum Auto.

»Gibt es hier irgendwo ein Geschäft, wo ich einen Skizzenblock, Pastellkreide und Kohlestifte kaufen kann?«, wollte Melody dann wissen.

»Du malst?«, fragte Lauren überrascht.

»Ja, das ist eines meiner Hobbys«, nickte Melody, »malen und zeichnen. Mein größter Wunsch wäre es, einmal eine eigene Ausstellung zu haben.«

Kurz darauf standen sie in einem kleinen, aber gut sortierten Hobbyladen, und es dauerte nicht lange, bis Melody alles gefunden hatte, was sie brauchte. Anschließend aßen sie noch ein Eis, kauften in einem Supermarkt die Lebensmittel fürs Wochenende ein, und es war später Nachmittag, als Lauren Melody wieder an der Ranch absetzte.

»Es hat Spaß gemacht, vielen Dank«, lächelte Melody, nachdem sie ihre Sachen aus dem Kofferraum geholt hatte.

»Nichts zu danken«, nickte Lauren, »das können wir gerne öfter machen.« Sie umarmte Melody zum Abschied. »Ich finde es schön, dass du dich ein bisschen um Adrian kümmerst«, sagte sie leise. »Er hat es nicht verdient, so einsam zu sein.«

»Nein«, erwiderte Melody mit einem leichten Kloß im Hals, »das hat niemand.«

***

Als Melody das Haus betrat, kam Adrian aus dem Arbeitszimmer.

»Haben Sie Crystal City leergekauft?«, fragte er trocken, als sein Blick auf die zahlreichen Plastiktaschen fiel, die sie in den Händen hielt.

»Noch nicht ganz, den Rest erledige ich beim nächsten Mal«, lachte sie.

»Soll ich Ihnen helfen?«

Sie schüttelte den Kopf und drückte ihm die Tüte mit den Lebensmitteln in die Hand. »Nein, aber Sie könnten das hier in die Küche bringen.«

»Okay, ich sehe schon, Sie wollen mich nicht an Ihren Geheimnissen teilhaben lassen.«

»Stimmt«, lächelte sie und stieg die Treppe hinauf, »bis gleich.«

Als sie in ihr Zimmer kam, legte sie ihre Einkäufe auf den Tisch und zog sich die Schuhe aus. Im selben Moment fiel ihr Blick auf einen türkisfarbenen Bikini, der auf dem Bett lag. Überrascht hob sie ihn auf, betrachtete ihn und stellte fest, dass er genau ihre Größe hatte. Sofort war ihr klar, dass Adrian sie in der Nacht zuvor im Pool gesehen haben musste.

Das passt zu ihm, dachte sie amüsiert, während sie vor den Spiegel trat und sich den Bikini anhielt. Der Gedanke, dass er sie halb nackt beobachtet hatte, machte ihr seltsamerweise gar nichts aus. Im Gegenteil, als sie sich vorstellte, dass er auf dem Balkon gestanden und ihr zugeschaut hatte, lief ihr unwillkürlich ein kleiner, angenehmer Schauer über den Rücken.

Sie fragte sich, was er dabei gedacht haben mochte, und ob ihr Anblick ihm wohl gefallen hatte. Mit einem leisen Lächeln legte sie den Bikini beiseite. Er war anscheinend doch nicht so kühl, wie er sich nach außen hin gab.

Als sie in die Küche kam, war Adrian immer noch damit beschäftigt, die Lebensmittel zu verstauen.

»Was möchten Sie essen«, wollte sie wissen, »Steak mit Kartoffeln und Salat oder Chili?«

»Steak hört sich gut an. – Kann ich etwas helfen?«

Sie nickte. »Gerne.«

Wenig später saß er am Tisch und mühte sich mit den Kartoffeln ab, während sie den Salat putzte und wusch und ein Dressing anrührte.

»Ich hoffe, ich habe Sie nicht gestört letzte Nacht«, sagte sie beiläufig.

»Was?«, fragte er irritiert und stieß im gleichen Augenblick einen leisen Fluch aus. »Autsch, verdammt.«

Sie unterdrückte ein Lachen, drehte sich zu ihm um und sah, wie er den Daumen in den Mund steckte, um das Blut abzulecken, das aus einer kleinen Schnittwunde quoll.

Rasch ging sie zu ihm und nahm ihm das Messer aus der Hand. »Okay, ich sehe schon, Kartoffeln schälen gehört nicht zu Ihren herausragenden Fähigkeiten«, schmunzelte sie. »Dafür haben Sie ein sehr gutes Augenmaß – der Bikini hat genau meine Größe.«

Er sprang auf und hielt den Finger unters kalte Wasser. »Ich dachte nur, Sie würden vielleicht gern schwimmen gehen«, sagte er reserviert, ohne sie dabei anzusehen.

»Sicher, vielen Dank.« Still lächelte sie in sich hinein. »In Zukunft werde ich mich auch bemühen, etwas leiser zu sein.«

***

Den Sonntag verbrachte Melody mit Malen. Mit dem Skizzenblock auf dem Schoß saß sie auf ihrem Balkon und zeichnete munter drauf los. Gegen Mittag ging sie nach unten und bereitete das Essen zu. Adrian saß in seinem Arbeitszimmer, sie konnte ihn auf der Tastatur seines Laptops herumklappern hören. Nachdem sie den Tisch gedeckt und den Topf mit dem Chili vom Herd genommen hatte, lief sie zu ihm hinüber. Unbemerkt stand sie in der Tür und beobachtete ihn einen Moment. Wie üblich trug er einen dunkelgrauen Anzug, allerdings ohne Jackett, und ihr fiel auf, dass sich unter seinem weißen Hemd breite Schultern und ein muskulöser Brustkorb abzeichneten. Die fast schwarzen, kurzgeschnittenen Haare waren wie immer ordentlich gekämmt, seine grauen Augen blickten aufmerksam durch die Lesebrille auf den Bildschirm, sie bemerkte ein kleines Grübchen in seinem energischen Kinn.

»Sie arbeiten viel zu viel«, stellte sie laut fest und riss ihn aus seiner Konzentration. »Wenn Sie so weitermachen, werden Sie spätestens mit dreißig an einem Herzinfarkt sterben.«

»Dann müsste ich bereits seit zwei Jahren tot sein«, erwiderte er trocken und setzte die Brille ab.

Überrascht starrte sie ihn an. »Sie sind schon zweiunddreißig?«

Er stand auf und kam auf sie zu. »Geschockt?«, fragte er spöttisch. »Offenbar hält mich die Arbeit jung.«

»Da wüsste ich aber angenehmere Dinge«, platzte sie spontan heraus.

Seine Augenbraue wanderte nach oben, während er sie durchdringend anschaute. »Zum Beispiel?«

»Essen«, betonte sie hastig und ging in die Küche, »das Essen ist fertig.«

Mit einem kleinen Lächeln schaute er ihr hinterher, schüttelte dann den Kopf, folgte ihr und setzte sich an den Tisch.

»Gut, Melody Foster«, sagte er, nachdem sie eine Weile schweigend gegessen hatten, »erzählen Sie mir etwas von sich.«

»Was?«

»Mich interessiert, wer Sie sind, und was Sie normalerweise tun, wenn Sie nicht gerade damit beschäftigt sind, fremde Autos zu Schrott zu verarbeiten.«

»Nun, da gibt es eigentlich nicht viel zu sagen«, begann sie zögernd. »Ich bin Melody Foster, meine Freunde nennen mich Mel. Ich bin dreiundzwanzig Jahre alt und komme aus New Orleans.«

»Erzählen Sie mir etwas, was ich noch nicht weiß«, verlangte er und seine grauen Augen hefteten sich durchdringend auf ihr Gesicht. »Haben Sie Familie?«

»Ja, eine Halbschwester«, bekannte sie aufrichtig und fügte dann schnell hinzu: »Aber ich habe keinen Kontakt mehr zu ihr.«

»Und Ihre Eltern?«

»Mein Vater lebt im Ausland, meine Mutter und ihr zweiter Mann kamen bei einem Autounfall ums Leben«, erklärte sie wahrheitsgemäß.

»Was haben Sie bisher beruflich gemacht?«

»Ich ... äh ... mal dieses, mal jenes«, druckste sie herum.

Auf keinen Fall durfte sie ihm die Wahrheit sagen, ihm würde sofort klar sein, dass sie für sein Vorzimmer genauso wenig qualifiziert war wie ein Elefant fürs Mäusefangen.

»Sind Sie jetzt fertig mit Ihrem Verhör?«, fragte sie flapsig, bevor er weiter nachhaken konnte. »Oder möchten Sie auch noch wissen, ob ich einen Freund habe?«

»Haben Sie denn einen?«

»Nein.« Sie schüttelte den Kopf. »Nicht verliebt, nicht verlobt, nicht verheiratet.«

Zum ersten Mal, seit sie sich kennengelernt hatten, sah sie ihn lächeln. Fasziniert starrte sie ihn an und stellte fest, dass er unglaublich anziehend aussah.

»Das sollten Sie öfter tun«, entfuhr es ihr.

»Was?«, fragte er irritiert.

»Lächeln. Sie wirken sehr attraktiv, wenn Sie lächeln.«

»Tatsächlich?« Seine Augen funkelten. »Ich werde es mir merken.« Er beugte sich ein Stück zu ihr und schaute sie aufmerksam an. »Sie sind eine seltsame Frau, Melody Foster. Sprechen Sie eigentlich immer aus, was Sie denken?«

Ihr Herz klopfte ein wenig, während sie versuchte, seinem durchdringenden Blick standzuhalten. »Manchmal.«

13

Die ersten beiden Tage, die Melody alleine im Vorzimmer arbeitete, verliefen ruhig und ohne größere Zwischenfälle. Sie nahm die Telefonate für Adrian entgegen, stellte die wichtigen Gespräche zu ihm durch, notierte die übrigen. Gewissenhaft sortierte sie die Post, brachte sie ihm ins Büro, und fertigte anhand seiner Notizen entsprechende Schreiben an, die sie ihm in einer Unterschriftsmappe auf den Schreibtisch legte.

Zwischendurch vereinbarte sie Termine für ihn, organisierte Meetings mit den Abteilungsleitern und Ingenieuren, kochte ihm Kaffee, holte sein Mittagessen und erledigte diverse andere Kleinigkeiten, die er ihr auftrug. Abends fuhren sie gemeinsam nach Hause, Melody bereitete das Essen zu, sie aßen zusammen, anschließend räumte Adrian den Tisch ab. Während er sich danach in sein Arbeitszimmer zurückzog, setzte sie sich auf ihr Bett und las noch eine Weile, bis ihr die Augen zufielen.

Ist doch alles halb so wild, dachte Melody am Mittwochmorgen, als sie zum wiederholten Male vom Büro aus versuchte, ihre Schwester anzurufen.

»Kerry, zum Teufel, melde dich bei mir, dir dürfte ja wohl klar sein, dass ich bis über beide Ohren in Schwierigkeiten stecke«, sprach sie ihr zum gefühlten zwanzigsten Mal in den letzten Tagen auf die Mailbox.

»Miss Foster«, Adrian steckte den Kopf aus seiner Tür, »da müsste gestern oder vorgestern ein Angebot der Major Engineering per Post gekommen sein – können Sie mir das bitte heraussuchen und bringen?«

Rasch legte sie den Hörer auf. »Ja, sofort.«

Er verschwand wieder, und sie überlegte fieberhaft, wo sie die gewünschten Unterlagen abgeheftet hatte.

»Major Engineering«, murmelte sie nervös vor sich hin, während sie in den Aktenordnern herumkramte, »Major Engineering …«

Nirgends war Korrespondenz von dieser Firma zu finden, und plötzlich fiel ihr ein, dass sie mehrere Schreiben, die sie für Werbung gehalten hatte, in den Aktenvernichter geworfen hatte. Oh nein, bitte lieber Gott, lass dieses Angebot nicht dabei gewesen sein, fuhr es ihr entsetzt durch den Kopf. Voller Panik stürmte sie in den kleinen Raum, in welchem sich der Fotokopierer und diverses Büromaterial befanden. Sie riss den Deckel des Schredders herunter, kippte den

Inhalt auf den Fußboden, kniete sich hin und begann hektisch, die Papierstreifen zu sortieren.

»Miss Foster?«, tönte Adrians Stimme von draußen.

»Ja, gleich«, rief sie über die Schulter, und betete, dass er noch einen Moment Geduld haben würde.

Da – da war etwas, das aussah wie ein Teil eines Logos, welches ein großes ‚M' enthielt, daneben ein halb abgeschnittenes ‚a'.

»Verdammter Mist«, fluchte sie und durchwühlte fieberhaft die Schnipsel, ohne zu bemerken, dass Adrian hinter ihr stand.

Mit gerunzelter Stirn beobachtete er eine Weile schweigend ihr Tun und versuchte dabei, ihren Po zu ignorieren, der sich ihm unter dem engen Rock äußerst verlockend entgegenstreckte.

Schließlich räusperte er sich. »Gibt es ein Problem?«, fragte er ruhig.

Melody fuhr herum. »Ich ... äh ... ich glaube, ich habe das Angebot falsch abgelegt«, murmelte sie unbehaglich.

»Falsch abgelegt?«, wiederholte er gedehnt.

»Ja, ich dachte, es wäre irgendwelche Reklame«, gab sie beschämt zu.

Einen Moment lang betrachtete er ihr gerötetes Gesicht, dann nickte er. »Gut, kleben Sie es zusammen und bringen Sie es mir, sobald Sie fertig sind.«

»In Ordnung.«

Sie wandte sich wieder dem Berg aus Papierstreifen zu, bemerkte nicht das leicht erheiterte Grinsen, mit dem er in sein Büro zurückging. Nach über einer Stunde hatte sie alle Schnipsel herausgesucht.

»Oh Mann, ich werfe nie mehr etwas weg«, seufzte sie, während sie zu ihrem Schreibtisch eilte, um den Tesafilm zu holen.

Im Vorbeilaufen fischte sie sich ein Plätzchen aus der Glasdose und hockte sich dann erneut auf den Boden, um die Teile des Schreibens zusammenzukleben. Naja, nicht schön, aber man kann es halbwegs entziffern, dachte sie erleichtert, als sie endlich fertig war. Schnell schob sie sich noch einen Keks in den Mund und klopfte an Adrians Tür. Auf sein »Herein« betrat sie das Büro, trat auf seinen Schreibtisch zu und legte ihm das Kunstwerk hin.

»Besser ging es nicht, es tut mir leid«, entschuldigte sie sich.

Im gleichen Moment fiel ihr Blick auf ein Blatt Papier, das vor ihm auf dem Tisch lag. Ein großes Logo prangte darauf, deutlich war Major Engineering zu lesen.

»Aber ... aber ... da haben Sie ja das Angebot«, entfuhr es ihr irritiert.

»Ja, nachdem ich Ihre *Ablage* gesehen habe, habe ich dort angerufen und um eine Kopie gebeten.«

Sie starrte ihn entgeistert an. »Und trotzdem haben Sie mich alles mühsam zusammensuchen lassen?«

»Strafe muss sein«, grinste er, »vielleicht gehen Sie dann in Zukunft etwas sorgfältiger mit meiner Post um.«

»Machen Sie sich etwa lustig über mich?«, fragte sie verletzt. »Das ist nicht witzig.«

Sein Grinsen wurde breiter. »Sie haben mir doch selbst gesagt, ich sollte öfter lächeln.«

Mit einem vernichtenden Blick auf ihn stiefelte sie wortlos zur Tür. Nachdem sie sich mit zwei Schokoladencookies getröstet hatte, setzte sie sich an ihren Schreibtisch und seufzte. Wahrscheinlich konnte sie froh sein, dass er kein größeres Theater wegen des Schreibens gemacht hatte.

Du solltest besser aufpassen, Mel, oder willst du, dass er dich rauswirft, mahnte sie sich frustriert. Sie sah sein amüsiertes Gesicht vor sich, seine funkelnden Augen, und musste zugeben, dass er wirklich unverschämt gut aussah, wenn er lächelte. Für einen kurzen Moment klopfte ihr Herz etwas schneller, dann schob sie sich einen weiteren Keks in den Mund und wandte sich der Post zu.

***

»Herrgott noch mal, was bedeutet, du weißt es nicht?«, tobte Darren Ward. »Es kann doch nicht so schwer sein, herauszufinden, wer diese Frau ist.«

Lance Raybon zuckte mit den Achseln. »Sie heißt Melody Foster, mehr wusste Shanice nicht. Sie sagt, dass diese Foster vorher nicht in der Firma gearbeitet hat, sie muss sich wohl ganz neu beworben haben. Niemand weiß, wer sie ist oder wo sie herkommt.«

»Verdammt, dann soll deine dämliche Cousine es herausfinden, das wird sie ja wohl irgendwie hinkriegen.«

»Soll sie vielleicht einfach da ins Vorzimmer marschieren und die Frau ausfragen?«, brummte Lance missmutig.

»Ja, warum eigentlich nicht?«, erwiderte Darren genervt. »Irgendein Vorwand wird sich bestimmt finden lassen.«

»Gut, wir sehen, was sich machen lässt.«

»Und ein bisschen dalli, wenn ich bitten darf, mir läuft langsam die Zeit weg.«

Lance nickte. »Okay Boss, wird erledigt.«

Er wandte sich zur Tür, da hielt Darren ihn zurück. »Hör dich mal unauffällig in der Cactus-Bar um, vielleicht bringst du ja etwas über die Probebohrung in Erfahrung. Ich kann mich da für eine Weile erst mal nicht blicken lassen.«

»Callan McDermott ist in den Flitterwochen«, erinnerte Lance ihn.

»Ich weiß, dieser verdammte Dreckskerl lässt es sich gut gehen«, sagte Darren wütend. »Trotzdem, Neuigkeiten rund um Öl verbreiten sich immer schnell und außerdem arbeitet Jordan McDermott in der Bar, und die Schwester treibt sich da auch öfter herum. Halt einfach die Augen und Ohren offen.«

»In Ordnung, mache ich«, versprach Lance, »ich melde mich, sobald ich etwas höre.«

Er setzte seinen Hut auf und verschwand.

Nachdenklich starrte Darren hinter ihm her und dachte daran, wie gut er sich vor ein paar Jahren noch mit Callan und Adrian McDermott verstanden hatte. Bis zu dem Tag, als sie ihn aus der gemeinsamen Firma gedrängt hatten. Bis zu dem Tag, als seine Frau sich bei Callan ausgeheult und dieser ihr Geld für einen Scheidungsanwalt gegeben hatte. Sie waren ihm in den Rücken gefallen, hatten ihn ausgebootet und zum allgemeinen Gespött gemacht. Das würde er ihnen nicht vergessen, er würde nicht eher ruhen, bis die McDermotts am Boden lagen und um Gnade winselten.

***

Die restliche Woche im Büro verlief ohne größeres Chaos. Am Freitagabend zog Melody eines von Laurens Kleidern an und ging dann nach unten ins Arbeitszimmer, um Adrian um seinen Wagen zu bitten. Er hob kurz die Augenbraue, musterte sie von Kopf bis Fuß, sagte aber nichts und reichte ihr den Schlüssel. Problemlos fand sie den Weg nach Stillwell und saß eine knappe halbe Stunde später zusammen mit Lauren an einem Tisch in der Cactus-Bar.

Sie unterhielten sich angeregt, wurden ein paar Mal zum Tanzen aufgefordert und verbrachten einen vergnügten Abend. Gegen Mitternacht verließen sie gemeinsam die Bar.

»Hast du morgen schon etwas vor?«, fragte Lauren, als sie vor Adrians Lincoln standen.

Melody schüttelte den Kopf. »Nein, nichts Besonderes außer ein wenig Lesen und Malen.«

»Gut, dann komm doch mit uns zum Schwimmen an den Silver Lake. Wir sollten das Wetter ausnutzen, solange es noch warm genug ist.«

»Gerne«, stimmte Melody zu, »ich könnte ja meinen Skizzenblock mitnehmen und dort ein bisschen zeichnen.«

Lauren lächelte. »Da würde sich Timmy bestimmt freuen, seit wir deine Malsachen gekauft haben, löchert er mich ständig, ob du nicht ein Bild von ihm malen kannst.«

»Gut, also sehen wir uns morgen.«

»Ich hole dich so gegen zehn Uhr ab«, versprach Lauren.

Sie umarmten sich zum Abschied, ohne den blonden Mann zu bemerken, der sie den ganzen Abend schon von der Theke aus beobachtet hatte, und jetzt im Schutz eines Holzpfostens stand und ihnen nachschaute.

14

Nach einem entspannten Wochenende begann für Melody am Montag wieder der Alltag im Büro. Der Vormittag verlief ruhig. Sie bereitete einige Unterlagen vor, die Adrian am Nachmittag für eine Besprechung benötigte, holte ihm mittags wie gewohnt seine Sandwiches und versuchte zwischendurch vergeblich, Kerry zu erreichen. Von William hatte sie auch immer noch nichts gehört, und nervös wählte sie seine Nummer.

»Kunsthandlung Baker«, ertönte seine ihr wohlbekannte Stimme, und ihr Magen krampfte sich zusammen.

»William, ich bin es, Mel«, sprach sie leise in den Hörer.

»Dass du dich überhaupt noch traust, hier anzurufen«, begann er sofort zu schimpfen. »Hast du das Geld?«

»Nein«, gab sie unbehaglich zu, »Kerry ist verschwunden, ich habe keine Ahnung, wo sie steckt.«

»Verdammt Mel, das glaube ich nicht«, tobte er, »es geht um 30.000 Dollar.«

Melody schluckte. »Hast du meine Nachricht nicht abgehört? Du bekommst dein Geld, 1000 Dollar jeden Monat.«

»Denkst du ernsthaft, ich warte zweieinhalb Jahre? Vergiss es, ich gehe heute noch zur Polizei und erstatte Anzeige.«

»William, bitte tu das nicht«, flehte sie ihn an. »Ich kann keine weiteren Schwierigkeiten gebrauchen.«

»Das ist mir egal«, erwiderte er giftig, »du hast dir das selbst eingebrockt. Dein Zimmer habe ich übrigens schon ausgeräumt, unter den gegebenen Umständen ist es wohl besser, wenn du künftig nicht mehr hier wohnst.«

»Was?« Melody riss die Augen auf. »Aber ... das kannst du doch nicht machen ...« Es knackte in der Leitung. »William?«

Sie tippte ein paar Mal auf die Gabel, drückte dann die Wahlwiederholung, es ertönte jedoch nur noch das Besetztzeichen, offenbar hatte er den Hörer ausgehängt. Verzweifelt wählte sie nochmals Kerrys Handynummer.

»Kerry, bitte, ruf mich dringend an und lass mich nicht hängen. Ich bin in ernsthaften Schwierigkeiten, William will mich anzeigen. Ich brauche das Geld«, sprach sie ihr eindringlich auf die Mailbox.

In diesem Augenblick ging die Tür auf und ein älterer Mann betrat das Vorzimmer. »Guten Tag, ich bin Paul Angersfield und habe einen Termin mit Mr. McDermott.«

Rasch legte Melody den Hörer auf und warf einen Blick auf den Terminkalender. »Ah ja, Mr. Angersfield, guten Tag. Kommen Sie bitte mit.« Sie stand auf, klopfte kurz an Adrians Bürotür. »Mr. Angersfield ist da«, informierte sie ihn, und als er nickte, trat sie zur Seite, um den Mann vorbeizulassen. »Bitte.«

Sie schloss die Tür, setzte sich wieder an ihren Schreibtisch und überlegte, was sie nun tun sollte. Wenn William wirklich Anzeige erstattete, hätte das fatale Folgen. Es wäre nur eine Frage der Zeit, bis die Polizei sie hier finden und verhaften würde. Abgesehen davon, dass sie dann den Job los wäre, erführe Adrian, dass sie ihn angelogen hatte, und dieser Gedanke schmerzte sie mehr als die Aussicht, im Gefängnis zu landen.

»Miss Foster?«, riss Adrians Stimme sie aus ihren Grübeleien.

Sie zuckte zusammen und sah ihn fragend an. »Ja?«

»Bringen Sie uns bitte Kaffee und ein paar Plätzchen.«

»Natürlich«, nickte sie, stand auf und ging zum Sideboard. »Oh«, entfuhr es ihr betroffen, als sie sah, dass nur noch ein einziger Keks in der Glasdose lag.

Adrian war ihrem Blick gefolgt und hob in gewohnter Manier eine Augenbraue. »Haben wir seit Neuestem Mäuse hier im Büro?«

»Ich ... ich fürchte, das war ich«, gestand sie verlegen. »Es tut mir leid.«

Er schaute sie an, schüttelte den Kopf und seufzte. »Laufen Sie ins Diner rüber und holen Sie Ersatz«, ordnete er an.

»Ja, sofort.«

»Und Miss Foster«, rief er ihr hinterher, als sie schon fast zur Tür draußen war.

Sie drehte sich um. »Ja?«

»Ihnen dürfte ja klar sein, dass ich das auf Ihre Schuldenliste setze.« Seine Augen funkelten. »Irgendwie habe ich beinahe den Eindruck, als wollten Sie hier nicht wieder weg.«

***

»Ich muss heute nach Houston«, gab Adrian am Dienstagmorgen beim Frühstück bekannt. »Ich werde erst morgen Abend zurück sein.«

»Was? Das ist aber sehr kurzfristig«, entfuhr es Melody überrascht.

»Ja, es hat sich gestern so ergeben«, erklärte er. »Ich fliege in eineinhalb Stunden vom Crystal City Municipal Airport. Es wäre nett, wenn Sie mich zum Flughafen bringen würden, Sie können dann meinen Wagen haben, bis ich wieder da bin. Außerdem möchte ich Sie bitten, meine Termine für heute und morgen abzusagen.«

Sie nickte. »In Ordnung.«

Wenig später hatte er eine kleine Tasche gepackt und sie waren unterwegs zum Airport.

»Noch irgendwelche besonderen Anweisungen für die nächsten zwei Tage, Chef?«, fragte sie flapsig, um sich nicht anmerken zu lassen, dass ihr die Aussicht, ganz alleine im Büro und auf der Ranch zu sein, nicht sonderlich gefiel.

Er schmunzelte. »Nein, es würde mir schon reichen, wenn Sie kein allzu großes Chaos veranstalten.«

»Ich werde mich bemühen«, versprach sie aufrichtig.

Einen Moment schauten sie sich in die Augen und spontan hob er die Hand, strich ihr eine lose Haarsträhne hinters Ohr. »Ich hoffe, Sie sind noch da, wenn ich zurückkomme.«

Seine Berührung war nur flüchtig, brachte dennoch ihren Herzschlag für einige Sekunden aus dem Takt.

»Keine Angst«, sie lächelte ihn an, »ich werde nicht mit der Portokasse durchbrennen.«

***

Der Dienstag schien sich endlos lang hinzuziehen, und obwohl sie es sich nicht erklären konnte, stellte Melody bereits nach ein paar Stunden fest, dass ihr Adrian fehlte. Allein die Gewissheit, dass er nicht wie sonst drüben in seinem Büro saß, dass er nicht zwischendurch den Kopf zu ihr hinausstreckte, um ihr irgendeine Anweisung zu erteilen, erzeugte ein seltsames Gefühl der Verlassenheit. Sie verzichtete darauf, mittags etwas beim Diner zu holen, irgendwie hatte sie keinen großen Appetit. Stattdessen ging sie hinüber in Adrians Büro und setzte sich in seinen Schreibtischstuhl, fuhr mit den Fingern über das Leder und sog den Geruch seines Aftershaves ein, der ganz leicht im Raum hing.

»Hallo?«, hörte sie plötzlich eine Frauenstimme aus dem Vorzimmer.

Rasch sprang sie auf und lief hinaus. »Guten Tag, was kann ich für Sie tun?«, fragte sie freundlich.

Die junge, dunkelhaarige Frau lächelte. »Hallo, ich möchte zu Mr. McDermott.«

»Mr. McDermott ist nicht im Haus«, erklärte Melody, »kann ich Ihnen vielleicht weiterhelfen?«

»Ich bin Shanice Raybon, und ich wollte mich eigentlich nur für die Sonderzahlung bedanken.«

»Ach so, Sie sind die Frau, die den Job hier bekommen sollte«, murmelte Melody leicht verlegen. »Es tut mir sehr leid, dass das nicht geklappt hat, ich hoffe, Sie sind mir nicht böse.«

Shanice schüttelte den Kopf. »Ach nein, dazu gibt es gar keinen Grund. Ich fühle mich in der Buchhaltung ausgesprochen wohl und es wird bestimmt andere Gelegenheiten für mich geben.« Nach einer kleinen Pause fügte sie hinzu: »Sind Sie neu in der Firma? Ich habe Sie noch nie gesehen.«

»Ja, ich bin erst seit Kurzem hier«, nickte Melody.

»Haben Sie die Stelle über die Arbeitsagentur bekommen? Ich wusste gar nicht, dass die Position außerhalb der Dermoil ausgeschrieben war.«

»War sie auch nicht«, gab Melody arglos zu. »Ich ... ich kenne Mr. McDermott und da hat es sich so ergeben, dass er mir den Arbeitsplatz angeboten hat.«

»Ach, Sie sind mit ihm persönlich bekannt? Dann richten Sie ihm doch bitte meinen Dank aus.«

»Ja sicher, das mache ich.«

Shanice ging zur Tür. »Viel Erfolg und einen schönen Tag.«

»Danke, Ihnen auch.«

Ein wenig verwundert schaute Melody ihr hinterher, fand es schon etwas merkwürdig, dass die Frau offenbar gar nicht böse darüber war, dass sie den Job nicht bekommen hatte. Naja, was soll‘s, dachte sie schließlich achselzuckend, lange werde ich sowieso nicht hier sein, und dann hat sie ja immer noch ihre Chance.

15

Als Melody am späten Nachmittag zur Ranch zurückkehrte, machte sie sich ein Sandwich, setzte sich anschließend ins Wohnzimmer und schaltete den Fernseher ein. Doch wirklich konzentrieren konnte sie sich nicht, sie fühlte sich allein und die trostlose Atmosphäre in dem großen Raum war bedrückend. Sie schaute sich um, griff schließlich einer spontanen Eingebung folgend nach dem Telefon und rief Lauren an.

»Hi, ich bin es, Mel«, grüßte sie, »sag mal – hast du heute schon etwas vor?«

»Eigentlich nicht. Wenn du möchtest, kannst du nachher bei mir vorbeikommen, ich könnte uns irgendetwas kochen.»

»Ich habe eine andere Idee. Dein Bruder ist auf Geschäftsreise und ich habe mir gerade überlegt, dass ich das Wohnzimmer gerne ein bisschen gemütlicher machen würde. Hast du Lust, mit mir einkaufen zu gehen?«

Lauren dachte rasch nach. »Ich bin auf dem Rückweg von Carrizo Springs. Timmy ist bei Rose, wenn ich sie anrufe und ihr sage, dass ich ihn später abhole, hätte ich Zeit. Wir könnten uns in zwanzig Minuten in Crystal City vor der Firma treffen.«

»Prima«, freute Melody sich, »dann bis gleich.«

Kurz darauf bummelten sie durch die Geschäfte. Melody kaufte Sofakissen, einen kleinen, flauschigen Teppich, eine große Bodenvase, diverse Kerzen, eine Tischlampe mit einem orangefarbenen Schirm, Bilderrahmen, und schließlich luden sie noch mehrere Töpfe mit Grünpflanzen ins Auto.

»So, jetzt bin ich pleite«, seufzte Melody, als sie alles verstaut hatten.

»Warum machst du das eigentlich?«, wollte Lauren wissen. »Ich glaube nicht, dass Adrian damit einverstanden ist, dass du dein Geld für ihn ausgibst. Abgesehen davon wird ihn der Schlag treffen, wenn du ihm sein Wohnzimmer auf den Kopf stellst.«

Melody lächelte. »Es macht mir Spaß und ich denke, er wird es überleben. – Kommst du mit und hilfst mir?«

»Bleibt mir ja wohl nichts anderes übrig«, nickte Lauren mit einem schiefen Grinsen, »mitgehangen – mitgefangen.«

Eine halbe Stunde später waren die beiden Frauen mit der Umgestaltung des Wohnraums beschäftigt. Gemeinsam schoben sie die Couch vor den Kamin, drapierten die Sofakissen darauf und rollten den Teppich davor aus.

»Kannst du schon mal die Blumen vors Fenster stellen? Ich hole die Patchworkdecke von oben und ein paar Bilder.«

Während Lauren die Pflanzen zurechtrückte, nahm Melody die Zeichnungen und legte sie sorgfältig in die Bilderrahmen. Sie hatte am Samstag am Silver Lake etliche Skizzen angefertigt, die sie am Sonntag in farbenfrohe Pastellbilder umgesetzt hatte.

»Die sehen richtig toll aus«, stellte Lauren bewundert fest, nachdem Melody einige davon aufgehängt hatte.

»Danke, ich hoffe, sie gefallen deinem Bruder auch. Das hier«, sie nahm ein großes Bild der Ranch in die Hand, »werde ich morgen in seinem Büro aufhängen, das kann ebenfalls ein bisschen Farbe vertragen.«

Schließlich hatten sie alles so weit fertig. Melody verteilte noch ein paar Kerzen auf dem Kaminsims und dem kleinen Tisch neben der Couch und schaute sich zufrieden um.

»Das sieht doch schon ganz anders aus.«

»Stimmt«, nickte Lauren lächelnd, »und ich schätze, Adrian wird dich umbringen.«

Im gleichen Augenblick klingelte das Telefon.

»McDermott«, meldete Melody sich, ohne lange nachzudenken.

Sekundenlang war es völlig still in der Leitung, dann sagte eine tiefe Stimme amüsiert: »Hallo Mrs. McDermott, hier ist Mr. McDermott, ich wollte nur mal hören, ob alles in Ordnung ist.«

»Oh, Sie sind es«, entfuhr es ihr überrascht, und sie war froh, dass er ihr Gesicht nicht sehen konnte, das über und über rot geworden war. »Ja, es ist alles bestens«, fügte sie hastig hinzu, »Sie müssen sich keine Gedanken machen.«

»Gut. Übrigens brauchen Sie mich morgen nicht vom Flughafen abzuholen, ich weiß noch nicht genau, wann ich zurückkomme, es kann später werden.«

»Okay.«

»Ja, dann ...«, Adrian stockte einen Moment, »... dann gute Nacht.«

»Gute Nacht Chef, schlafen Sie gut.«

Sie hörte ihn leise lachen. »Sie auch. Bis morgen.«

Es klickte, sie legte auf und schaute einen Augenblick versonnen auf das Telefon.

»Das war mein Bruder, nehme ich an«, riss Lauren sie aus ihrer Trance.

»Was? Äh ... ja«, nickte Melody, »er wollte nur wissen, ob alles in Ordnung ist.«

Lauren warf ihr einen durchdringenden Blick zu. »Natürlich«, sagte sie gedehnt, »was denn sonst.«

***

Es war bereits spät, als das Taxi am Mittwochabend vor der Ranch anhielt. Adrian bezahlte den Fahrer, nahm seine Tasche und ging ins Haus. Aus dem Wohnzimmer fiel gedämpfter Lichtschein in die Halle, und als er den Raum betrat, hielt er die Luft an. Eine kleine Lampe auf der Fensterbank sowie etliche Kerzen und Teelichter verbreiteten ein warmes Licht. Diverse große Pflanzen, mehrere Bilder an den Wänden und ein heller Teppich ließen das Zimmer behaglich und heimelig wirken. Das Sofa stand vor dem Kamin, zwischen unzähligen bunten Kissen lag eine zierliche Gestalt, lose zugedeckt mit einer Patchworkdecke.

Ein seltsames Gefühl ergriff ihn, zum ersten Mal hatte er das Empfinden, wirklich nach Hause zu kommen. Leise ging er auf die Couch zu und betrachtete Melody, die tief und fest zu schlafen schien. Vor dem Sofa auf dem Boden lag ein Buch, offenbar war sie beim Lesen eingeschlafen. Ihre Haare ringelten sich wirr um ihr Gesicht, das weich und sehr jung wirkte. Sie trug eine geblümte Bluse, die ein wenig verrutscht war, sodass er den Ansatz ihrer Brüste und einen Teil eines weißen Spitzen-BHs sehen konnte. Die Beine waren zugedeckt, ihre Füße schauten am unteren Ende der Decke heraus. Mit einem Lächeln betrachte er die Zehen, die ihm winzig erschienen, streckte spontan die Hand aus und fuhr sachte mit einem Finger über den lila Nagellack.

»Adrian«, murmelte sie schlaftrunken.

Rasch zog er die Hand weg und räusperte sich. »Hallo.«

Sie setzte sich auf, rieb sich die Augen, strich sich die verstrubbelten Haare aus dem Gesicht und lächelte ihn an. »Ich habe Ihnen nicht das Haus ausgeräumt und bin auch nicht abgehauen.«

»Das sehe ich«, brummte er, »es scheint eher so, als wäre noch was dazugekommen.«

»Sind Sie böse?«

Er schaute sich um und seufzte. »Würde das etwas ändern?«

»Wenn es Ihnen nicht gefällt, können Sie ja alles wegwerfen, sobald ich wieder weg bin«, sagte sie, und er hörte deutlich die Enttäuschung in ihrer Stimme. »Eigentlich wollte ich Ihnen eine Freude machen.«

»Ich habe nicht gesagt, dass es mir nicht gefällt«, beruhigte er sie, »ich denke, ich werde mich daran gewöhnen.«

»Gut. Haben Sie Hunger? Im Ofen steht ein Makkaroniauflauf, ich muss ihn nur aufwärmen.«

»Gleich.« Er setzte sich zu ihr auf die Couch und reichte ihr eine Schachtel. »Ich habe Ihnen etwas mitgebracht.«

Verwundert schaute sie ihn an. »Für mich?« Gespannt hob sie den Deckel hoch und ihr Blick fiel auf eine riesige Packung Schokoladencookies.

»Damit ich nicht doch noch einen Kammerjäger für die Mäusejagd bestellen muss«, erklärte er schmunzelnd.

Sie nahm einen Keks heraus und biss genüsslich hinein. »Hm, lecker.« Ehe er wusste, wie ihm geschah, schob sie ihm ebenfalls ein Plätzchen in den Mund, beugte sich dann zu ihm und küsste ihn auf die Wange. »Vielen Dank, Chef.«

»Schon gut«, murmelte er kauend, während er sich bemühte, das warme Gefühl zu ignorieren, das ihre Lippen hinterlassen hatten.

Plötzlich verspürte er den Wunsch, sie in die Arme zu nehmen und richtig zu küssen. Hastig stand er auf, bevor die Fantasien in seinem Kopf noch ganz andere Dimensionen annehmen konnten.

»Soll ich Ihnen das Essen aufwärmen?«, bot sie an.

»Nein danke, ich mache das schon«, lehnte er ab.

»In Ordnung.« Sie erhob sich ebenfalls. »Dann gehe ich schlafen, gute Nacht.«

»Gute Nacht.« Er schaute ihr nach, wie sie zur Tür ging.

»Übrigens«, sie drehte sich noch einmal herum, »ich bin froh, dass Sie wieder da sind.«

»Ja«, sagte er leise, »das bin ich auch.«

16

»Rufen Sie Shanice Raybon in der Buchhaltung an, sie soll Sie heute hier oben vertreten«, ordnete Adrian am Freitagmorgen an.

»Was?«, fragte Melody irritiert. »Wieso?«

»Wir fliegen nach Stanton«, erklärte er kurz, als ob das alle Fragen beantworten würde.

»Stanton ... fliegen ...«, wiederholte sie verständnislos.

»Ja, es gibt da wohl auf einem der Ölfelder irgendwelche Probleme und ich muss mich darum kümmern. Ich dachte, es wäre eine gute Idee, Sie mitzunehmen, damit Sie einen kleinen Eindruck davon bekommen, was die Dermoil Company eigentlich tut. – Sobald Miss Raybon da ist, fahren wir zum Flughafen.«

Bevor sie noch etwas sagen konnte, verschwand er wieder in seinem Büro, und verblüfft schaute sie auf die geschlossene Tür. Fliegen, ging es ihr unbehaglich durch den Kopf, während sie die Nummer der Buchhaltung wählte und sich Shanice Raybon geben ließ.

Es dauerte nicht lange, bis die Brünette im Vorzimmer eintraf.

»Schön, Sie wiederzusehen«, grüßte sie freundlich, und Melody lächelte.

»Ja. Sie sollen heute hier für mich einspringen, ich nehme an, Sie kennen sich aus?«

Shanice nickte. »Sicher, ich habe Darcy in der Vergangenheit auch sporadisch vertreten.«

»Gut.« Melody klopfte an Adrians Tür. »Miss Raybon ist da.«

Er nahm seinen Aktenkoffer. »In Ordnung, dann fahren wir los.«

Ohne zu bemerken, dass Shanice jedes ihrer Worte aufmerksam verfolgte, verließen sie das Büro und waren kurz darauf unterwegs zum Municipal Airport.

»Oh mein Gott«, entfuhr es Melody, als sie das Flughafengebäude durchquert hatten und Adrian zielstrebig auf ein kleines, viersitziges Flugzeug zusteuerte, welches das Logo der Dermoil Company trug.

»Stimmt etwas nicht?«, fragte er, nachdem er dem bereits wartenden Piloten zur Begrüßung die Hand gegeben hatte.

»Nein, alles okay«, murmelte sie hastig, obwohl sich ihr allein bei dem Gedanken, in dieser winzigen Maschine zu sitzen, schon der Magen umdrehte.

Sie stiegen ein, schnallten sich an, und wenig später rollte die Piper auf die Startbahn und hob ab. Krampfhaft starrte Melody nach vorne, bemüht, sich auf die Schulter des Piloten zu konzentrieren und auf keinen Fall aus dem Fenster zu sehen. Adrian unterhielt sich eine Weile mit dem Mann, wandte sich dann zu Melody und deutete aus dem Fenster.

»Da drüben ist der Kickapoo Cavern State Park, dort gibt es über zwanzig Höhlen, in einigen davon kann man Fledermäuse beobachten.«

Sie drehte den Kopf, spürte, wie ihr hundeelend wurde, und schaute sofort wieder weg. »Wie ... wie lange dauert der Flug?«, presste sie mühsam heraus.

»Nicht lange, etwa eine Stunde«, erklärte Adrian.

Okay Mel, bleib ganz ruhig, du hast es bald geschafft, redete sie sich stumm zu, es ist alles in Ordnung, immer schön auf einen festen Punkt schauen. Doch dieser gute Vorsatz wurde kurz darauf im Keim erstickt, denn Adrian deute auf seiner Seite erneut aus dem Fenster, um sie auf etwas anderes aufmerksam zu machen.

»Ja, das ist toll«, quetschte sie heraus und spürte im gleichen Moment, wie eine Welle der Übelkeit in ihr hochstieg.

»Melody, Sie sind ja völlig grün im Gesicht, was ist los?«, fragte er besorgt, aber da war es auch schon zu spät.

Mit einer hektischen Bewegung beugte sie sich nach vorne und übergab sich. Würgend hing sie da, sah dabei hilflos zu, wie sich ihr Mageninhalt über Adrians Schuh und das untere Ende seines Hosenbeins verteilte.

Einen Moment saß er wie erstarrt da, dann strich er ihr sanft die Haare aus der Stirn und hielt ihren Kopf.

Langsam richtete sie sich wieder auf und schloss die Augen. »Es tut mir so leid«, murmelte sie unglücklich.

»Schon gut, alles halb so schlimm«, beruhigte er sie.

»Wir sind gleich da«, erklärte der Pilot, der das Ganze mitbekommen hatte.

Tatsächlich landeten sie kurz darauf und Melody kramte in ihrer Tasche nach Papiertüchern. Sie wischte sich das Gesicht ab und wollte sich dann bücken, um Adrians Schuh zu säubern, doch er hielt sie zurück.

»Ich mache das.« Er nahm die Tücher, putzte oberflächlich über seine Hose und den Slipper. »Den Rest erledige ich drinnen im Flughafen.«

Auf weichen Beinen kroch Melody aus der Maschine und schaute unglücklich zu, wie Adrian dem Piloten einen Geldschein in die Hand drückte.

»Bitte lassen Sie das säubern, bis wir zurückfliegen.«

Anschließend hakte er Melody unter, führte sie in das Flughafengebäude und zu den Toiletten. »Machen Sie sich ein bisschen frisch«, befahl er ihr, »wir treffen uns gleich wieder hier.«

Sie ging ins Damen-WC, wusch sich das Gesicht mit kaltem Wasser ab, spülte sich den Mund aus, nahm eine Haarbürste aus ihrer Tasche und fuhr sich ein paar Mal über die Haare. Nachdem sie sich noch ein Pfefferminzbonbon in den Mund geschoben hatte, verließ sie den Waschraum, und kurz darauf kam Adrian aus der Herren-Toilette. Sein Schuh war sauber, sah jedoch ziemlich mitgenommen aus, das Hosenbein war am unteren Ende völlig nass und zerknittert.

»Geht es Ihnen wieder besser?«, fragte er mit einem prüfenden Blick auf ihr blasses Gesicht.

Sie nickte. »Ja.«

»Ich weiß ja, dass Sie meine Anzüge nicht mögen, aber so deutlich hätten Sie mir das nicht zeigen müssen«, grinste er, während er sie am Arm nahm und in Richtung Ausgang führte.

Unglücklich schaute sie ihn an. »Es tut mir wirklich so leid, das wollte ich nicht«, entschuldigte sie sich erneut.

»Keine Sorge, das werde ich alles auf Ihre Schuldenliste setzen«, betonte er mit funkelnden Augen. »Es sieht wohl so aus, als müssten Sie noch recht lange bei mir bleiben.«

***

Der Tag auf den Ölfeldern war sehr interessant und kurzweilig. Nachdem Adrian eine Weile mit dem leitenden Ingenieur gesprochen hatte, führte er Melody herum, zeigte und erklärte ihr alles Mögliche. Obwohl sie sich bemühte, ihm aufmerksam zuzuhören, war sie mit ihren Gedanken jedoch bereits bei dem bevorstehenden Rückflug. Am frühen Nachmittag kehrten sie zum Flughafen zurück, und als Melody den kleinen Flieger sah, wurde ihr schon wieder flau im Magen.

»Keine Angst, Sie werden es überstehen«, sagte Adrian beruhigend.

Er schob sie in die Maschine, setzte sich neben sie und es dauerte nicht lange, bis sie zur Startbahn rollten. Als das Flugzeug abhob, griff sie unwillkürlich nach seinem Oberschenkel und krampfte ihre Finger hinein. Spontan drehte er sich ein Stück zu ihr und zog sie in seinen Arm, drückte sanft ihren Kopf an seine Brust.

»Ganz ruhig, es ist alles in Ordnung«, murmelte er in ihr Haar, »es wird nichts passieren.«

Melody lehnte sich an ihn, schloss die Augen und vergaß augenblicklich, dass sie sich rund zwei Meilen über dem Erdboden befand. Durch den dünnen Stoff seines Hemds spürte sie die Wärme seines Körpers. Er roch gut, nach Seife und Aftershave, und sie hörte seinen Herzschlag, der ihr fast ein wenig zu schnell erschien. Ein Gefühl der Geborgenheit breitete sich in ihr aus. Sie wusste plötzlich, dass sie an seiner Seite keine Angst haben brauchte und zufrieden kuschelte sie sich an ihn.

Wie gut sie sich anfühlt, ging es Adrian durch den Kopf, während er reglos dasaß und Melody festhielt. Mit jedem Atemzug sog er ihren Duft in sich auf. Ihre Haare rochen nach Shampoo und ein bisschen nach einem zarten, blumigen Parfüm, und am liebsten hätte er seine Nase darin vergraben. Der Griff ihrer Finger lockerte sich allmählich, doch sie ließ ihre Hand auf seinem Oberschenkel liegen, und diese sanfte Berührung in Kombination mit ihrem weichen Körper in seinen Armen löste in ihm eine wahre Flut von Sehnsüchten aus.

Ich war zu lange allein, redete er sich stumm ein, während er ihre Hand vorsichtig wegschob. In Gedanken ging er ein paar Verträge durch, die er in der nächsten Woche vorbereiten musste, dachte an das Großprojekt in Corpus Christi, das in Planung war, und versuchte so, sich von ihr abzulenken.

Schließlich landeten sie in Crystal City, und als sie sich von ihm losmachte, schwankte er zwischen Erleichterung und Bedauern. »Alles okay?«, fragte er leise, als sie ihre Gurte öffneten.

Sie schaute ihn an und nickte. »Ja. Vielen Dank, so hätte ich es auch noch länger ausgehalten.«

Für einen Moment hielten sich ihre Blicke fest, er bemerkte, dass ihre Augen ganz dunkelgrün aussahen und seltsam glänzten. »Schon gut«, sagte er mit belegter Stimme und fügte mit einem schiefen Lächeln hinzu: »Ich wollte nur sicher sein, dass Sie mir meinen Anzug nicht völlig ruinieren.«

17

Nach dem Abendessen machte Melody sich wie an den beiden Freitagen zuvor auf den Weg nach Stillwell in die Cactus-Bar. Wie gewohnt ließ sie sich von Adrian die Wagenschlüssel geben und für einen kurzen Augenblick war sie versucht, ihn zu fragen, ob er mitkommen wolle. Doch sie war sich sicher, dass er sowieso wieder ablehnen würde, also fuhr sie alleine los.

Als sie die Bar betrat, war Lauren bereits da und lächelte ihr freudig entgegen. »Hey, schön, dass du da bist«, grüßte sie, um sich gleich danach zu erkundigen: »Und – was hat mein Bruder zu seinem Wohnzimmer gesagt? Es scheint ja nicht allzu schlimm gewesen zu sein, immerhin ist dein Kopf noch dran.«

»Nein, es war tatsächlich nicht schlimm, er war eigentlich recht locker«, berichtete Melody und verzog dann das Gesicht. »Allerdings habe ich ihm heute seine teuren Schuhe verschandelt, ich weiß nicht, ob er das genauso locker genommen hat. Er hat zwar nichts gesagt, aber ich habe trotzdem ein ganz schön schlechtes Gewissen.«

»Wieso, was hast du denn gemacht?«

»Ich musste mich übergeben«, erklärte Melody und erzählte, was auf dem Hinflug nach Stanton passiert war.

Während sie sprach, fing Lauren an zu lachen. »Das fasse ich nicht«, sagte sie erheitert, »ich hätte zu gerne sein Gesicht gesehen.«

»Das war überhaupt nicht witzig, glaub mir«, erwiderte Melody trocken, »ich fürchte, das wird das erste und letzte Mal gewesen sein, dass ich ihn begleiten durfte.«

»Ach jetzt komm, mach dich nicht verrückt deswegen«, tröstete Lauren sie, »schließlich hast du es ja nicht mit Absicht gemacht. Ich bin mir sicher, dass er es dir nicht übel genommen hat, er ist nicht nachtragend und außerdem ein vollendeter Gentleman.«

Melody dachte an den Rückflug, dachte daran, wie fürsorglich Adrian gewesen war, und dachte an den Blick, mit dem er sie angesehen hatte, bevor sie aus der Maschine gestiegen waren.

»Ja«, lächelte sie gedankenverloren, »da hast du wohl recht.«

***

Adrian saß eine ganze Weile in seinem Arbeitszimmer und starrte nachdenklich vor sich hin. Wie so oft in den letzten Tagen war er mit seinen Gedanken bei Melody und plötzlich wünschte er sich, er hätte sie in die Cactus-Bar begleitet. Noch immer hatte er ihren Duft in der Nase, er sah sie vor sich, wie sie vorhin in einem luftigen Sommerkleid vor ihm gestanden und ihn um seinen Autoschlüssel gebeten hatte. Die Vorstellung, dass ein anderer Mann sie jetzt vielleicht beim Tanzen so im Arm hielt, wie er es am Nachmittag im Flugzeug getan hatte, gefiel ihm gar nicht.

Was ist bloß mit mir los, fragte er sich, obwohl er die Antwort bereits ahnte.

Unruhig klickerte er mit dem Kugelschreiber auf dem Tisch herum. Gerade mal drei Wochen war sie hier und sie hatte sein Leben total auf den Kopf gestellt. Nach wie vor war er davon überzeugt, dass sie etwas vor ihm verbarg, dass sie ihm vermutlich nicht die Wahrheit erzählt hatte, über das, was ihr passiert war. Dennoch fühlte er sich wohl in ihrer Nähe, sie war erfrischend aufrichtig und nahm kein Blatt vor den Mund. Sie war natürlich und bemühte sich nicht, ihm irgendein Bild einer Frau vorzuspielen, die sie nicht war. Ihr Lächeln war offen und entwaffnend, sie strahlte eine Wärme und Herzlichkeit aus, die ihn berührte. Mit einem charmanten Selbstbewusstsein krempelte sie seine Gewohnheiten um und wirkte manchmal wiederum so hilflos, dass er nur noch den Wunsch verspürte, sie in seine Arme zu nehmen und zu beschützen, so wie am Nachmittag im Flugzeug. Gleichzeitig sehnte er sich nach mehr, und das lag nicht nur daran, dass er seit seiner Scheidung mit keiner Frau mehr geschlafen hatte. Er war kein Typ für One-Night-Stands oder flüchtige Bettgeschichten, daher hatte er sich in all den Jahren darauf beschränkt, selbst Abhilfe zu schaffen, wenn sein Körper nach seinem Recht verlangte. Doch Melody weckte sein Begehren. Instinktiv ahnte er, dass sie im Bett unkompliziert und aufgeschlossen sein würde, und der Gedanke daran ließ ein brennendes Verlangen in ihm aufsteigen.

Missmutig warf er den Kuli auf den Tisch und verschränkte die Hände hinter dem Kopf. Ich sollte gar nicht an so etwas denken, hielt er sich vor. Er sollte überhaupt nicht an Melody Foster denken, es wäre besser, sich keine dummen Hoffnungen zu machen. Sie würde nicht lange hier sein, außerdem passten sie gar nicht zusammen. Sie waren wie Feuer und Wasser und noch dazu war er fast zehn Jahre älter als sie.

Doch dann spürte er wieder, wie sie sich am Nachmittag an ihn gekuschelt hatte, sah ihren Blick vor sich und war sich beinahe sicher, dass er mit seinen Gefühlen nicht alleine war.

Entschlossen stand er auf und ging nach oben in sein Schlafzimmer. Er öffnete den Kleiderschrank, kramte eine Weile darin herum und zog schließlich eine alte Jeans, ein weißes T-Shirt und ein kariertes Hemd heraus. Etliche Jahre hatte er diese Sachen nicht mehr angehabt, aber nachdem er sich umgezogen hatte, stellte er fest, dass sie noch immer tadellos passten. Er schlüpfte in ein Paar Cowboystiefel, die er ebenfalls im Schrank aufbewahrt hatte, und als er sich anschließend im Spiegel betrachtete, musste er zugeben, dass er gar nicht so übel aussah.

Mit einem kleinen Lächeln verließ er das Schlafzimmer und ging nach unten, und während er die Nummer des Taxi-Service wählte, wusste er auf einmal, was mit ihm los war: Zum ersten Mal seit Jahren fühlte er sich wieder lebendig und das lag an Melody Foster.

***

»Ach du meine Güte«, entfuhr es Lauren entgeistert, »kneif mich, ich glaube, ich träume.«

Melody folgte ihrem Blick zur Tür und riss die Augen auf, starrte ungläubig auf den Mann, der gerade hereingekommen war. »Ist das dein Bruder?«, fragte sie überflüssigerweise, denn sie hatte Adrian trotz seiner ungewohnten Kleidung natürlich sofort erkannt.

»Allerdings«, Lauren schmunzelte, »es scheint so, als hätte er seine alten Klamotten aus dem Schrank gekramt.«

»Wow«, murmelte Melody überwältigt, »er sieht wahnsinnig gut aus.«

Sie ließ keinen Blick von Adrian, der kurz an die Theke ging, Jordan begrüßte und dann mit einem Glas Bier in der Hand auf ihren Tisch zukam.

»Guten Abend Ladies«, lächelte er und seine Augen funkelten, »darf ich mich zu euch setzen oder möchtet ihr lieber alleine sein und Frauengespräche führen?«

Lauren rutschte ein Stück zur Seite und machte ihm Platz. »Ausnahmsweise«, sagte sie neckend, »obwohl wir gerade jetzt genug Gesprächsstoff hätten.«

Er grinste schief. »Tut euch nur keinen Zwang an.«

Während Melody sprachlos dasaß und den Blick nicht von ihm abwenden konnte, plauderte Lauren munter drauf los. Nach einer Weile kam ein Bekannter von Lauren an den Tisch und forderte sie zum Tanzen auf und Adrian und Melody blieben alleine zurück.

Er zögerte einen Moment, gab sich dann einen Ruck und fragte: »Möchten Sie auch tanzen?«

Überrascht sah sie ihn an. »Ich dachte, Sie tanzen nicht?«

»Normalerweise nicht«, schmunzelte er, »aber manchmal mache ich eine Ausnahme.«

Sie standen auf und gingen zur Tanzfläche. Vorsichtig zog er sie an sich, achtete jedoch darauf, genügend Abstand zwischen ihnen zu lassen. Bereitwillig überließ sie sich seiner Führung, und sie bewegten sich in so vollendetem Einklang, dass ihm unwillkürlich durch den Kopf schoss, ob sie im Bett ebenfalls so perfekt harmonieren würden.

»Sie sehen sehr gut aus«, durchbrach sie seine begehrlichen Gedanken, »dabei dachte ich schon, Sie wären bereits im Anzug auf die Welt gekommen.«

Er lachte leise. »Auch wenn Sie es nicht für möglich halten, ich bin auf einer Ranch aufgewachsen. Ich kann reiten, schießen und mit dem Lasso umgehen.«

»Also ein echter Cowboy«, schmunzelte sie. »Ehrlich gesagt gefallen Sie mir so viel besser, Sie sollten öfter Jeans anziehen.«

»Nun, was Sie von meinen Anzügen halten, weiß ich ja inzwischen«, scherzte er, »betrachten Sie mein jetziges Outfit einfach als Schutzkleidung.«

Locker und entspannt neckten sie sich eine Weile, bis irgendjemand an der Jukebox eine romantische Countryballade auswählte. Adrian zog Melody ein wenig dichter an sich und spürte, wie sie sich weich in seine Arme schmiegte. Ihre Blicke versanken ineinander, vertieften sich immer mehr, und auf einmal verschwamm alles um sie herum. Es gab nur sie beide und die Musik, zu der sie sich langsam bewegten.

Sie legte ihren Kopf an seine Brust, hörte, wie sein Herz klopfte, schnell, laut und völlig arrhythmisch. Warm und fest lagen seine Hände auf ihrem Rücken, lösten dort einen heißen Schauer nach dem anderen aus. Sein Atem streifte sachte ihr Ohr, seine Lippen berührten ihre Schläfe, kaum spürbar, aber dennoch intensiv genug, um ihre Knie weich werden zu lassen.

Das Lied klang aus und die plötzliche Stille brach den Zauber, der die ganze Zeit auf ihnen gelegen hatte.

»Wir sollten wieder an unseren Tisch gehen«, sagte er, während er sie behutsam von sich schob, »meine Schwester kommt sonst auf dumme Gedanken.«

»Ja, natürlich.«

Sie saßen noch nicht lange, als sich ein blonder Mann von der Theke löste und zielstrebig auf Melody zusteuerte. »Darf ich Sie um diesen Tanz bitten?«

Eigentlich hatte sie keine große Lust dazu, nach wie vor war sie wie benommen von dem Tanz mit Adrian. Doch der Mann sah freundlich aus und sie wollte kein Spielverderber sein, also stand sie auf und folgte ihm zur Tanzfläche.

»Sind Sie neu in Stillwell?«, fragte er nach einer Weile. »Ich habe Sie noch nie hier gesehen.«

»Ja, ich bin erst seit Kurzem in der Stadt«, nickte sie.

»Woher kommen Sie?«

»Aus New Orleans.«

»Oh, New Orleans ist schön, ich war mal zum Mardi Gras dort«, lächelte er. Er machte mit dem Kopf eine Bewegung in Richtung ihres Tisches. »Sind Sie mit den McDermotts verwandt?«

»Nein, nur bekannt, ich arbeite für Adrian McDermott«, erzählte sie freimütig.

»Ach so, ich habe mich schon gewundert. Sie sahen vorhin beim Tanzen sehr vertraut aus.«

Plötzlich wurde Melody seine Fragerei unangenehm, der letzte Satz ließ klar erkennen, dass er sie offenbar beobachtet hatte, und das gefiel ihr überhaupt nicht. Sie sagte nichts mehr, wich seinen weiteren Fragen geschickt aus und hoffte, dass das Lied bald zu Ende wäre.

18

Mit kritisch hochgezogener Augenbraue verfolgte Adrian das Geschehen auf der Tanzfläche, hörte dabei nur mit halbem Ohr zu, was Lauren ihm erzählte.

»Adrian?«

»Jaja«, murmelte er abwesend, ohne seine Augen von Melody zu lassen.

»Ich sagte gerade, dass heute Morgen in San Antonio drei UFOs mit Außerirdischen gelandet sind. Sie kommen vom Planeten Raffgier und wollen die Dermoil Company plündern.«

»Ja, das ist schön.«

Lauren folgte seinem Blick, grinste und wedelte ihm dann mit der Hand vorm Gesicht herum. »Hallo, Erde an Adrian.«

Widerstrebend drehte er den Kopf und schaute seine Schwester an. »Was ist denn?«

»Du hast in zwei Wochen Geburtstag und ich wollte wissen, ob du feiern willst, immerhin ist es eine Schnapszahl.«

»Nein, du weißt doch, dass ich keine Geburtstagsfeiern mag, und schon gar nicht meine eigenen.«

»Naja, es hätte ja sein können, dass du inzwischen anders darüber denkst«, sie warf einen bedeutungsvollen Blick in Melodys Richtung, »so wie zum Beispiel über deine Kleidung auch.«

»Nein, das tue ich nicht«, knurrte er, »und fang jetzt bloß nicht an, irgendetwas irgendwo hineinzudeuten, wo nichts ist.«

Sie lächelte. »Nach *nichts* sieht mir das aber nicht aus.« In diesem Augenblick kam Melody an den Tisch zurück und taktvoll wechselte Lauren das Thema. »Mel, ich habe eine Bitte«, begann sie zögernd, »ich weiß, es ist etwas kurzfristig und ich bin nicht böse, wenn du Nein sagst.«

»Okay, schieß los.«

»Ich muss morgen geschäftlich nach Austin, bis zum Sonntagnachmittag, und ich wollte dich fragen, ob du vielleicht zu mir kommen und auf Timmy aufpassen könntest. Callan und Joyce sind ja immer noch auf Hochzeitsreise, Jordan hat Dienst hier in der Bar und Rose habe ich in den letzten Wochen schon so oft bemüht.«

»Klar, das mache ich gerne, ich habe sowieso nichts anderes vor«, stimmte Melody sofort zu.

»Gut, dass du auch noch einen weiteren Bruder hast«, brummte Adrian und er hörte sich ein wenig verletzt an.

Erstaunt hob Lauren die Augenbrauen. »Seit wann hast du denn Zeit, Babysitter zu spielen? Ich dachte, du hast so viel zu tun.«

»Jetzt stell mich nicht so hin, als hätte ich dir noch nie Hilfe angeboten«, sagte er trocken. »Warum bringst du Timmy nicht einfach zu mir?«

Lauren schaute fragend zu Melody und diese nickte. »Eine gute Idee. Bestimmt würde es ihm gefallen, ein bisschen im Pool zu schwimmen, und ich kann mit ihm malen, langweilig wird es garantiert nicht werden.«

»Also gut, dann liefere ich ihn morgen früh bei euch ab. Ich hoffe, ihr wisst, worauf ihr euch da einlasst, einen Sack Flöhe zu hüten ist im Moment leichter. Er ist in der letzten Zeit so quirlig und kaum zu bändigen.«

»Ich glaube, ihm fehlt ab und zu nur eine männliche Hand«, mutmaßte Adrian, »Onkels sind nun mal kein Ersatz für einen Vater.«

»Jetzt fang nicht wieder damit an«, seufzte Lauren und verdrehte die Augen.

»Schon gut, du weißt, dass ich es nicht böse meine«, beschwichtigte er sie. »Und mach dir keine Gedanken, wir kommen bestimmt mit ihm klar.« Mit einem kleinen Seitenblick auf Melody fügte er schmunzelnd hinzu: »Schlimmer kann das Chaos ja nicht werden.«

»Hey«, sie knuffte ihn scherzhaft in die Seite, »was soll denn das heißen?«

»Nun, Sie haben mein Auto zu Schrott gefahren, schreddern meine wichtige Geschäftspost, stellen mein Wohnzimmer auf den Kopf, ruinieren mir meine Schuhe – da wird mir doch so ein neunjähriger Knirps nichts anhaben können«, erklärte er grinsend.

Amüsiert verfolgte Lauren den Wortwechsel der beiden. »Du Ärmster«, sagte sie dann ironisch zu ihrem Bruder, »so, wie ich das sehe, scheint es dir mit Melody ja wirklich richtig schlecht zu gehen.«

***

»Hast du eigentlich eine Ahnung, wie spät es ist?«, knurrte Darren Ward ungehalten ins Telefon.

»Tut mir leid Boss, aber ich dachte, das würde Sie interessieren, sonst hätte ich Sie nicht aus dem Bett geklingelt.«

»Dann los, und wehe, es ist nichts Wichtiges.«

»Es geht um die Frau in McDermotts Vorzimmer, Melody Foster«, begann Lance, »so wie es aussieht, läuft da was zwischen den beiden.«

»Was? Das kann nicht sein«, unterbrach Darren ihn. »Adrian McDermott hat seit seiner Scheidung keine Frau mehr angerührt. Der Kerl sitzt entweder in seinem Büro oder zu Hause, das Einzige, womit er sich vergnügt, ist seine Arbeit.«

»Ich könnte meinen Hintern darauf verwetten, Boss. Ich war vorhin in der Cactus-Bar, und die zwei haben zusammen getanzt. Sie hätten mal sehen sollen, wie die sich angeschaut haben. Anschließend ist sie mit ihm weggefahren und ich kann mir sehr gut vorstellen, weshalb.«

»Bist du denn sicher, dass es überhaupt Melody Foster war?«

»Absolut sicher. Shanice war zweimal oben im Vorzimmer und hat mit ihr gesprochen. Die Beschreibung, die sie mir gegeben hat, passt eindeutig auf die Frau, die heute Abend mit McDermott in der Bar war. Sieht so aus, als wäre da etwas Ernstes zwischen den beiden, seine Schwester saß mit am Tisch und sie wirkten äußerst vertraut. Außerdem war sie letzte Woche auch schon mit Lauren McDermott in der Bar, sie scheint also bereits halb zur Familie zu gehören«, berichtete Lance. »Später habe ich mit ihr getanzt, aber außer dass sie mit ihm bekannt ist und aus New Orleans kommt, konnte ich nichts aus ihr herausbekommen, sie war nicht sonderlich gesprächig.«

Darren überlegte einen Moment. »Falls sie wirklich seine Geliebte ist, haben wir keine Chance, sie auf unsere Seite zu ziehen«, murmelte er dann verdrossen. »Finde heraus, ob das tatsächlich so ist, ich will mir nicht die Finger verbrennen. Wenn wir sie ansprechen und sie rennt danach sofort zu ihm, ist alles gelaufen.«

»Okay Boss, ich versuche, noch etwas in Erfahrung zu bringen.«

»Und sei diskret und unauffällig, wir können uns keinen Fehler erlauben.«

Ohne sich zu verabschieden, legte Darren den Hörer auf und starrte nachdenklich aus dem Fenster in die Dunkelheit. Der gute Adrian hat also nach all den Jahren anscheinend doch wieder Feuer gefangen, ging es ihm durch den Kopf, und er grinste. Das machte die Sache zwar schwierig, aber nicht unmöglich.

***

Am Samstagmittag brachte Lauren Timmy bei Adrian vorbei. Der Kleine war völlig aufgedreht und freute sich riesig, das Wochenende zusammen mit seinem Onkel und Melody verbringen zu dürfen.

»Ich wünsche euch viel Spaß«, seufzte Lauren und schaute Timmy nach, der hinter Adrian die Treppe hinauf stürmte.

»Mach dir keine Gedanken, wir kriegen das bestimmt hin«, beruhigte Melody sie, und fügte schmunzelnd hinzu: »Notfalls schicke ich die beiden an den See, dann habe ich hier meine Ruhe.«

Lauren lachte. »Eine gute Idee. Außerdem kann Adrian sich schon mal daran gewöhnen, falls er irgendwann selbst Nachwuchs bekommen sollte.«

Sie zwinkerte Melody zu und verabschiedete sich. Wenig später brummte ihr Wagen davon und mit einem leisen Lächeln ging Melody in die Küche, um das Mittagessen zuzubereiten.

Nachdem sie gegessen hatten, wollte Timmy unbedingt schwimmen, und kurz darauf tollte er mit Adrian im Pool herum. Melody rührte einen Kuchenteig an und beobachtete die beiden dabei durch das Küchenfenster. Sie stellte fest, dass Adrian sehr liebevoll mit seinem Neffen umging, und selbst offenbar auch eine Menge Spaß daran hatte, mit dem Kleinen herumzutoben. Ausgelassen lieferten sie sich Wasserschlachten, tauchten sich gegenseitig unter und schwammen um die Wette.

Sie schob die Backform in den Ofen, ging dann hinüber ins Wohnzimmer und trat auf die Terrasse hinaus. »Nicht so wild, du hast gerade erst gegessen«, mahnte sie Timmy, »du willst doch nicht, dass dir schlecht wird.«

»Du solltest auf Melody hören, sie weiß, wovon sie spricht«, grinste Adrian in Anspielung auf die Szene im Flugzeug.

»Melody, komm auch rein«, forderte Timmy sie auf.

»Ich muss noch auf den Kuchen warten«, erklärte sie und setzte sich auf einen der Liegestühle.

Versonnen schaute sie den beiden zu und bemerkte, dass Adrian in seiner Badeshorts unglaublich sexy aussah. Sein Körper war gut trainiert, ohne übertrieben muskulös zu wirken, seine Haut hatte einen goldbraunen Farbton, was sie angesichts seiner Bürotätigkeit gar nicht vermutet hätte. Seine Haare glänzten durch die Nässe in einem satten Schwarz und waren verstrubbelt, was ihm ein leicht verwegenes Aussehen verlieh.

Ab und zu sah er zu ihr, lächelte sie an, und seine Augen, die noch heller und leuchtender wirkten als sonst, brachten ihr Herz zum Klopfen. Sie dachte daran, wie er sie im Flugzeug und beim Tanzen in den Armen gehalten hatte, an die Wärme seiner Hände und seines Körpers, und plötzlich wünschte sie sich, mehr von ihm zu spüren. Im gleichen Moment wurde ihr bewusst, dass sie auf dem besten Weg war, sich in diesen Mann zu verlieben, und als sie erneut einen seiner Blicke auffing, fragte sie sich, ob er wohl ähnliche Gedanken hegte.

19

Adrian, Melody und Timmy verbrachten den ganzen Nachmittag am Pool, aßen zwischendurch ein wenig Kuchen, und zum Abend hin wurde der Kleine allmählich etwas ruhiger. Nach dem Abendessen spielten sie noch zwei Partien Schach miteinander, Melody unterstützte Timmy bei seinem Spiel gegen Adrian. Schließlich ging es auf zweiundzwanzig Uhr zu und Timmy rieb sich müde die Augen.

»Okay Zwerg, Schlafenszeit«, lächelte Melody. »Wünsch deinem Onkel eine gute Nacht, ich bringe dich ins Bett.«

Liebevoll umarmte Adrian seinen Neffen und drückte ihn an sich. »Träum etwas Schönes.«

»Ich lege mich auch hin«, sagte Melody leise, »gute Nacht.«

»Schlafen Sie gut.«

Sie nahm Timmy an die Hand und ging mit ihm nach oben, brachte ihn in das zweite Gästezimmer, das sich zwischen Adrians Schlafzimmer und dem ihren befand. Es dauerte nicht lange, bis er im Bett lag, und sie setzte sich zu ihm, schaute mit ihm ein Comicheft an, das er mitgebracht hatte. Bereits nach ein paar Seiten war er eingeschlafen. Fürsorglich deckte sie ihn zu, schaltete das Licht aus und verließ leise den Raum, ließ die Tür einen Spalt weit offen.

Knapp fünfzehn Minuten später lag sie ebenfalls in ihrem Bett, las noch ein wenig in ihrem Buch und nickte schließlich ein.

Irgendwann in der Nacht wurde sie wach, und obwohl sie müde war, konnte sie nicht mehr einschlafen. Sie drehte sich eine Weile hin und her, dann stand sie auf. Mit einem Blick auf den Wecker stellte sie fest, dass es gerade erst halb eins war, und sie beschloss, nach unten zu gehen und sich einen Kakao zu machen.

Nur in T-Shirt und Höschen tappte sie leise die Treppe hinunter. In der Küche wärmte sie sich Milch auf, goss etwas davon in einen großen Becher, gab Kakaopulver dazu und nahm das Ganze anschließend mit ins Wohnzimmer. Sie knipste die kleine Lampe auf der Fensterbank an und setzte sich auf die Couch. Nach kurzem Überlegen sprang sie wieder auf, ging zur Schrankwand und ließ ihren Blick über die DVDs schweifen, die dort in einem Regal standen. Zu ihrer Freude entdeckte sie etliche Hitchcock-Filme und entschied sich für ‚Cocktail für eine Leiche'. Rasch legte sie die Scheibe in den Player, schaltete den Fernseher ein und machte es sich dann auf dem Sofa gemütlich.

»Wie ich sehe, haben Sie meine DVD-Sammlung gefunden«, hörte sie nach einer Weile plötzlich Adrians Stimme hinter sich.

Erschrocken fuhr sie herum. »Was machen Sie denn hier?«

Er stand in der Tür, trug nur eine Shorts und ein T-Shirt. »Zufällig wohne ich hier«, erwiderte er amüsiert. »Können Sie auch nicht schlafen?«

Sie schüttelte den Kopf. »Nein. Ich habe mir einen Kakao gemacht und dachte, ich schaue mir lieber einen Film an, anstatt mich im Bett hin und her zu wälzen.«

»Kakao ist eine gute Idee.« Er ging hinüber in die Küche, kam wenig später mit einem Becher zurück und setzte sich zu ihr auf die Couch. »Mögen Sie Hitchcock?«

»Ja, und wie. Mein absoluter Lieblingsfilm ist ‚Psycho'.«

»Den habe ich auch.«

»Ich weiß, aber so ganz alleine kann ich mir den nicht ansehen«, gestand sie, »sonst mache ich gar kein Auge mehr zu.«

Adrian lächelte. »Jetzt sind Sie ja nicht allein. Trauen Sie sich?«

Nach kurzem Zögern nickte sie. »Okay.«

Er stand auf, wechselte die DVD und machte es sich dann neben ihr gemütlich. Als die berühmte Duschszene kam, griff Melody unwillkürlich nach seiner Hand. Mit einem kleinen Lächeln schloss er seine Finger um die ihren, hielt sie fest, warm und sicher.

»Entschuldigung«, murmelte sie verlegen, »ich habe den Film schon so oft gesehen, aber es gruselt mich jedes Mal aufs Neue.«

Statt einer Antwort zog er sie ein Stück zu sich heran und mit einem kaum hörbaren, zufriedenen Seufzen kuschelte sie sich in seinen Arm. So saßen sie, bis der Abspann begann und schließlich richtete Melody sich widerstrebend auf.

»Dann werde ich jetzt mal versuchen, wieder einzuschlafen.«

»Sie können auch noch einen Moment hierbleiben«, sagte er leise.

Unsicher schaute sie ihn an, ihre Blicke trafen sich, hielten sich fest, tauchten ineinander. Sie bemerkte, dass seine Augen ganz dunkel geworden waren, ein seltsames Glitzern lag darin, und ihr Herz fing an, wie verrückt zu hämmern.

Langsam hob er seine Hand, legte sie an ihre Wange, strich mit dem Daumen sanft über ihren Mund und beugte sich zu ihr.

»Melody, kann ich bei dir schlafen?«, ertönte in diesem Augenblick eine kleine Stimme hinter ihnen.

Erschrocken fuhren sie herum und schauten auf Timmy, der in der Tür stand und sich schlaftrunken die Augen rieb.

»Natürlich«, nickte sie und sprang hastig auf.

Adrian erhob sich ebenfalls. »Komm, ich trage dich nach oben.«

Er nahm Timmy auf seine Arme und stieg die Treppe hinauf, Melody folgte ihm auf weichen Beinen. In ihrem Zimmer legte Adrian ihn vorsichtig aufs Bett und deckte ihn zu. Dann richtete er sich auf und drehte sich zu Melody um.

»Wir sollten vielleicht auch lieber schlafen gehen, es ist schon spät«, sagte er und es klang ein bisschen wie eine Frage.

»Ja«, stimmte sie zögernd zu, »das ist wohl besser.«

Er trat zur Tür, wandte sich dort noch einmal zu ihr um. »Gute Nacht.«

»Gute Nacht«, wünschte sie ihm leise, »und danke für den Film.«

***

Es dauerte lange, bis Melody endlich einschlafen konnte. Ununterbrochen dachte sie an Adrian, an seine Berührung und fragte sich, was geschehen wäre, wenn Timmy nicht plötzlich in der Tür gestanden hätte.

Ob er mich küssen wollte, überlegte sie, oder vielleicht sogar mehr? Der Gedanke daran jagte ihr ein verlangendes Kribbeln durch den Bauch. Sehnsüchtig drehte sie sich im Bett hin und her, spürte immer noch die Wärme und Geborgenheit seiner Umarmung, seinen Finger auf ihren Lippen, und schließlich schlief sie ein.

Beim Frühstück am Sonntagmorgen warf sie Adrian sporadisch einen verstohlenen Blick zu, versuchte irgendetwas in seinem Gesicht zu erkennen, doch er benahm sich völlig unauffällig. Irgendwann gab sie es auf und sagte sich, dass es wohl nur eine freundliche Geste gewesen war und er sich nichts dabei gedacht hatte.

»Ich muss die Angersfield-Unterlagen durchgehen, ich möchte diese Woche noch ein Angebot erstellen«, erklärte er im Anschluss an das Frühstück. »Kommen Sie eine Weile alleine mit Timmy zurecht?«

»Au ja, dann malen wir ein bisschen«, nickte Timmy begeistert, und Melody lächelte.

»Wie Sie sehen, Chef, habe ich alles im Griff.«

Sie ging nach oben, holte ihren Skizzenblock, Bleistifte und Kohlestifte und kurz darauf saß sie mit Timmy auf der Terrasse am Tisch. Mit Feuereifer zeichnete er die große Lebenseiche, die hinter dem Haus stand, und unter Melodys Anleitung gelang ihm das Ganze recht gut.

»Malst du auch wieder ein Bild von mir?«, bat er anschließend.

»Du weißt aber, dass du sehr lange still sitzen musst«, erinnerte sie ihn schmunzelnd an den Nachmittag am See, als sie ebenfalls ein Porträt von ihm angefertigt hatte.

»Klar, das ist kein Problem«, bestätigte er mit kindlichem Ernst und setzte sich in Positur.

Mit raschen Strichen fertigte sie zunächst eine grobe Skizze an, machte sich danach mit den Kohlestiften an die detaillierte Ausarbeitung.

»Darf ich mal gucken?«, fragte Timmy mehrmals zwischendurch, und lächelnd drehte sie den Skizzenblock um und zeigte ihm, wie weit sein Bild bereits gediehen war.

Unterdessen saß Adrian im Arbeitszimmer, doch wie so oft in den letzten Tagen hatte er Mühe, sich auf seine Papiere zu konzentrieren. Ständig schweifte sein Blick aus dem Fenster, er sah Melody draußen auf einem Liegestuhl sitzen, die Knie angezogen, einen Block gegen die Oberschenkel gelehnt. Sie schien Timmy zu zeichnen, der regungslos auf einem Stuhl vor ihr saß. Die Sonne ließ ihre Haare golden leuchten, sie hingen ihr in wilden Locken über den Rücken, und er stellte sich vor, wie er mit den Fingern hineingriff, ihren Kopf zu sich heranzog und sie küsste.

Ein Kuss. Er sehnte sich so sehr danach, ihre Lippen zu schmecken. Gestern Nacht wäre es beinahe passiert, er hätte sie geküsst, wenn Timmy nicht plötzlich aufgetaucht wäre. Vielleicht hätte er noch ganz andere Dinge getan. Nein, nicht vielleicht – mit Sicherheit. Mit jedem Tag begehrte er sie mehr, wünschte sich, herauszufinden, wie sich ihr nackter Körper unter dem seinen anfühlte.

Mit einem tiefen Seufzer schob er die Unterlagen beiseite, stand auf und ging hinaus auf die Terrasse. Völlig auf ihre Zeichnung konzentriert bemerkte Melody nicht, dass er aus dem Haus gekommen war und ihr über die Schulter sah.

»Das sieht sehr gut aus«, sagte er anerkennend, und sie zuckte zusammen.

»Danke.«

»Ich nehme an, die Bilder, die Sie drinnen und bei mir im Büro aufgehängt haben, sind auch von Ihnen?«

Sie nickte verlegen. »Ja.«

»Sie sind wirklich talentiert. Haben Sie schon mal darüber nachgedacht, Ihre Werke zu verkaufen?«

»Manchmal«, sagte sie zögernd und dachte wehmütig an die unzähligen Zeichnungen, die sie in New Orleans aufbewahrt hatte und an ihren Traum von einer eigenen Ausstellung. William hatte ihr gesagt, er hätte ihr Zimmer ausgeräumt, und sie fragte sich, was er wohl mit ihren Sachen gemacht hatte.

Adrian warf ihr einen prüfenden Blick zu. »Ist alles in Ordnung?«

Sie schaute ihn an, sah die ehrliche Besorgnis in seinen Augen, und wünschte sich für einen Moment, sie könne ihm erzählen, was sie bedrückte. Doch dafür war es zu spät, nachdem sie ihn die ganze Zeit über belogen hatte, würde er ihr diese verrückte Geschichte jetzt garantiert noch weniger glauben als vorher.

»Alles okay«, erwiderte sie daher nur und widmete sich wieder Timmys Porträt.

Eine Weile sah Adrian ihr zu, verschwand dann im Haus.

Eine knappe Dreiviertelstunde später war Melody fertig, und voller Begeisterung nahm Timmy das Bild und stürmte damit ins Arbeitszimmer, um es seinem Onkel zu zeigen. Lächelnd räumte sie die Malsachen zusammen, ging anschließend in die Küche und bereitete das Mittagessen zu.

Sie hatten gerade die Mahlzeit beendet, als Lauren erschien, um Timmy abzuholen. Natürlich musste sie auch erst ausgiebig seinen Baum und dann das Porträt bewundern.

»Ich hoffe, es war nicht allzu anstrengend«, seufzte sie, als Melody und Adrian sie und Timmy zum Auto begleiteten.

»Nein, mach dir keine Gedanken, er war sehr brav«, beruhigte Melody sie.

»Das stimmt, und du kannst ihn jederzeit wieder herbringen, wir passen gerne auf ihn auf«, pflichtete Adrian ihr bei.

»*Wir?*«, fragten Melody und Lauren wie aus einem Mund.

Er starrte die zwei Frauen verwirrt an. »Ja, ich oder Miss Foster oder was auch immer«, brummte er dann verlegen, als ihm bewusst wurde, dass er von sich und Melody wie von einem Paar gesprochen hatte. Hastig verabschiedete er sich von Timmy und Lauren, murmelte noch etwas wie »ich muss weiterarbeiten« und verschwand eilig im Haus.

Lauren schaute ihm schmunzelnd nach und wandte sich wieder Melody zu. »Vielen Dank fürs Aufpassen, und ich hoffe, wir sehen uns am Freitagabend in der Cactus-Bar.«

»Bestimmt«, nickte Melody. Sie umarmte Timmy zum Abschied und winkte ihm nach, bis das Auto um eine Wegbiegung verschwunden war.

Mit einem kleinen Lächeln ging sie zurück ins Haus. Sie dachte an das ‚Wir', das Adrian so unbewusst und dennoch wie selbstverständlich herausgerutscht war, und stellte fest, dass sich dieses ‚Wir' ziemlich gut anfühlte.

20

Den restlichen Sonntag bekam Melody Adrian nicht mehr zu Gesicht. Er brütete in seinem Arbeitszimmer über irgendwelchen Unterlagen und sie wollte ihn nicht stören. Erst am Abend klopfte sie kurz bei ihm an, stellte ihm einen Teller mit Sandwiches und einen großen Becher Kaffee hin. Er schenkte ihr ein dankbares Lächeln, vertiefte sich dann jedoch sofort wieder in den Berg Papiere, der vor ihm auf dem Schreibtisch lag, und leise zog sie die Tür hinter sich zu.

Der Montag begann zunächst ganz geruhsam, aber als sie vom Diner zurückkam und Adrian das Mittagessen brachte, nahm das Chaos seinen Lauf.

»Wir fahren morgen nach Corpus Christi und bleiben bis zum Donnerstag, buchen Sie dort im Bayfront Inn eine Suite mit zwei Schlafzimmern«, ordnete er an. Bevor sie dazu kam, sich zu wundern oder irgendwelche Fragen zu stellen, fuhr er auch schon fort: »Kopieren Sie mir bitte alle Daten zum Texco-Projekt auf einen USB-Stick, die brauche ich für die Konferenz. Hier«, er reichte ihr einen Stapel Blätter, »sind meine Notizen, bitte erstellen Sie mir daraus eine Präsentation. Sagen Sie mir Bescheid, sobald Sie damit fertig sind, ich möchte mir das dann anschauen.«

»Okay«, murmelte sie unbehaglich, obwohl sie keine Ahnung hatte, was er von ihr wollte.

»Rufen Sie Shanice Raybon an, sie soll Sie die nächsten drei Tage hier oben vertreten«, fuhr er fort. »Und das«, er legte ihr einen weiteren Zettel auf den Tisch, »ist der Entwurf für das Angebot für Paul Angersfield. Setzen Sie dazu ein entsprechendes Schreiben auf, das brauche ich so schnell wie möglich.«

Vollkommen überrollt nickte sie nur wortlos, nahm die ganzen Papiere an sich und verließ sein Büro, hörte im Hinausgehen, wie er ihr »und bringen Sie mir bitte noch einen Kaffee« hinterher rief.

Sie legte die Zettel auf ihren Schreibtisch und schaltete die Kaffeemaschine an.

Texco kopieren, Präsentation, Shanice anrufen, Angebot schreiben, wiederholte sie im Geiste, als sie sich wieder an ihren Tisch setzte. Sie schob einen USB-Stick in den Rechner, öffnete den Explorer und begann nach den Texco-Daten zu suchen.

Das Telefon läutete, sie angelte nach dem Hörer und meldete sich mit der üblichen Begrüßungsformel.

»Hier ist ein Mr. Garth, er möchte zu Mr. McDermott«, informierte die Empfangsdame sie.

»Jaja, er soll hochkommen«, murmelte sie abwesend, und kramte gleichzeitig mit der anderen Hand in der Schublade nach Darcys Telefonnummer, denn sie hatte keinen blassen Schimmer, wie sie diese Präsentation erstellen sollte.

Während sie anschließend Darcys Nummer wählte, kopierte sie die Dateien auf das USB-Laufwerk. Im gleichen Moment ging die Tür auf und ein Mann kam herein.

»Guten Tag, Neil Garth ist mein Name, ich habe einen Termin mit Mr. McDermott.«

Sie legte den Hörer wieder auf, bestätigte rasch irgendeine Meldung auf dem Monitor mit einem Klick auf ‚Ja', schaute dabei in den Kalender und zuckte dann bedauernd mit den Achseln. »Tut mir leid, Mr. Garth, aber ich kann für Sie keinen Eintrag finden«, sagte sie irritiert.

Im selben Augenblick kam Adrian aus seiner Tür. »Melody, ist der Kaffee fertig?« Sein Blick fiel auf den Mann vor ihrem Schreibtisch. »Neil, schön Sie zu sehen«, begrüßte er ihn freundlich, »was machen Sie denn hier? Ich habe Sie erst nächste Woche erwartet.«

»Hallo Adrian«, Neil Garth schüttelte ihm die Hand, »irgendwie muss das ein Missverständnis sein, wir haben heute unseren Termin, hier ist die Mail mit der Bestätigung.«

Stirnrunzelnd überflog Adrian das Schreiben. »Ja, es scheint wohl wirklich ein Irrtum vorzuliegen«, stellte er fest und schaute Melody vorwurfsvoll an.

»Da habe ich offenbar einen Fehler gemacht und das Datum verwechselt«, murmelte sie bedrückt, »es tut mir sehr leid.«

»Schon gut«, lächelte Neil Garth charmant, »einer so hübschen, jungen Frau verzeiht man so ein Versehen doch gerne.« Er wandte sich an Adrian. »Wenn es Ihnen lieber ist, können wir uns auch ein anderes Mal unterhalten.«

Adrian schüttelte schnell den Kopf. »Nein, das ist kein Problem.« Er geleitete Neil in sein Zimmer und drehte sich an der Tür zu Melody um. »Bringen Sie uns Kaffee und Gebäck, und falls es möglich ist, nicht erst die nächste Woche.«

Er hörte sich leicht genervt an und sie sprang auf. »Ja, sofort«, murmelte sie schuldbewusst.

Rasch stellte sie alles auf ein Tablett und balancierte es in Adrians Büro. Anschließend eilte sie wieder nach draußen. Shanice Bescheid geben, dachte sie, und im gleichen Moment fiel ihr ein, dass sie auch noch die Hotelreservierung vornehmen musste.

Hektisch suchte sie die Nummer des Bayfront Inn aus dem Internet heraus, hatte knapp fünfzehn Minuten später die Reservierungsbestätigung in der Mailbox und atmete durch. Okay, jetzt rufe ich Darcy an und kümmere mich in Ruhe um die Präsentation, nahm sie sich vor.

»Darcy, Sie müssen mir helfen, ich bin fix und fertig«, sprudelte sie aufgeregt ins Telefon, als ihre Vorgängerin sich meldete. »Adrian ... Mr. McDermott will eine Präsentation haben, und ich habe keine Ahnung, was ich machen soll.«

»Regen Sie sich nicht auf, das kriegen wir schon hin«, beruhigte Darcy sie.

Schritt für Schritt erläuterte sie Melody, wie sie in dem entsprechenden Programm eine neue Präsentation anlegen musste, und wie sie die einzelnen Seiten dafür erstellen konnte.

»Dann brauchen Sie jetzt einfach nur Mr. McDermotts Notizen eintippen, und fertig. Es ist ganz leicht«, beendete sie ihre Erklärungen.

»In Ordnung, ich denke, das bekomme ich auf die Reihe«, sagte Melody erleichtert, »vielen Dank.«

»Keine Ursache, und falls noch etwas sein sollte, rufen Sie ruhig wieder an.«

Melody verabschiedete sich und legte auf.

Mist, das Angebot für Angersfield, fiel es ihr im gleichen Moment siedend heiß ein. Rasch öffnete sie das Schreibprogramm, suchte die entsprechende Vorlage heraus und trug die Zahlen und Daten von Adrians Entwurf ein. Anschließend druckte sie das Ganze aus und schob es in die Unterschriftsmappe. Sie wandte sich erneut der Präsentation zu, begann, Adrians Notizen abzutippen.

Shanice, schoss es ihr unvermittelt durch den Kopf, ich muss Shanice noch Bescheid sagen. Fünf Minuten später hatte sie auch das erledigt, und aufatmend setzte sie ihre Arbeit an der Präsentation fort.

»Hier Kostenaufstellung aus der entsprechenden Datei einfügen«, las sie vom Zettel ab. »Okay, damit meint er wohl die Texco-Daten.«

Sie öffnete wieder den Explorer, suchte nach den Dateien. »Verdammt, das gibt es doch nicht«, fluchte sie leise, als sie den Texco-Ordner nirgends finden konnte. Hektisch navigierte sie durch die Verzeichnisse, aber die Daten blieben verschwunden.

»Der Stick, die Daten müssen auf dem Stick sein.«

Sie schob den USB-Stick erneut in den PC, klickte auf das Laufwerkssymbol, um entsetzt festzustellen, dass er leer war. Das kann nicht sein, dachte sie hilflos. Voller Panik wählte sie wieder Darcys Nummer, diese war jedoch offenbar weggegangen, denn es meldete sich niemand.

»Oh Gott, er wird mich umbringen«, stöhnte sie verstört auf.

In diesem Augenblick öffnete sich Adrians Bürotür. Er verabschiedete Neil Garth, der ihr noch einmal freundlich zulächelte, und kam dann zu ihrem Tisch.

»Haben Sie das Angebot für Paul Angersfield fertig?«

Sie nickte zaghaft und legte ihm die Unterschriftsmappe hin. Er schaute hinein und überflog das Schreiben. »Die Zahlen stimmen nicht«, stellte er ruhig fest.

»Auch das noch«, entfuhr es ihr unglücklich.

Auf seine typische Art hob er eine Augenbraue und sah sie fragend an. »Was ist los?«

Hilflos senkte sie den Kopf, kratzte mit dem Daumennagel nervös auf der Schreibtischunterlage herum. »Ich glaube, ich habe die Texco-Dateien gelöscht«, flüsterte sie kaum hörbar.

Ungläubig starrte er sie an, bohrte seinen Blick in sie hinein. »Das ist jetzt nicht Ihr Ernst, oder?«

»Doch«, gestand sie bedrückt.

»Wie kann denn so etwas passieren?«, fragte er ungehalten.

Ihr schossen die Tränen in die Augen. »Ich weiß es nicht, Sie wollten so viele Sachen gleichzeitig, und ich habe telefoniert, und dabei die Dateien kopiert, und plötzlich kam Mr. Garth, und ich wollte dann diese blöde Präsentation machen, und jetzt ist alles weg«, sprudelte sie schluchzend heraus.

»Bitte hören Sie auf zu weinen«, brummte er nach einem kurzen Moment des Schweigens unbehaglich, »es ist zwar ärgerlich, aber wir werden das irgendwie wieder hinkriegen.«

Er ging in den kleinen Waschraum, der neben dem Kopierraum lag, kam mit einem Papiertuch zurück und wischte ihr sanft die Tränen ab.

»Es tut mir so leid«, schniefte sie, »ich weiß, ich bin eine wandelnde Katastrophe.«

»Ja«, er seufzte, »manchmal schon.«

21

Um zweiundzwanzig Uhr saßen Adrian und Melody immer noch im Büro. Nachdem Adrian in der IT-Abteilung angerufen hatte, war ein Back-up der gelöschten Dateien eingespielt worden, die jetzt jedoch nicht mehr auf dem neuesten Stand waren. In mühevoller Kleinarbeit ging er jede einzelne Kalkulation und jedes Schriftstück durch, ergänzte und korrigierte, bis schließlich alles wieder in Ordnung war.

Melody saß neben ihm, schaute ihm schweigend zu und wagte es nicht, auch nur einen Ton zu sagen. Ab und zu brachte sie ihm frischen Kaffee, holte am Abend etwas zu essen vom Diner und verhielt sich ansonsten äußerst still und zurückhaltend. Sie war erleichtert, dass Adrian so ruhig geblieben war und sie nicht gleich auf die Straße gesetzt hatte.

»So, jetzt noch die Präsentation«, seufzte er und rieb sich den Nacken, »wie weit sind Sie damit gekommen?«

»Nicht sehr weit«, gab sie verschämt zu, »ich ... ich hatte ein paar Probleme mit dem Programm.«

Er verzog das Gesicht. »Kann es sein, dass Sie mit dem PC generell auf dem Kriegsfuß stehen?«

»Was? Nein ... ich ... also ...«, stammelte sie verlegen, um dann einzugestehen: »Naja, manchmal.«

Mit gehobener Augenbraue schaute er sie einen Moment prüfend an, und sie senkte betreten den Kopf.

»Gut«, sagte er schließlich, »ich mache das selbst. Bessern Sie inzwischen das Angebot für Angersfield aus und bringen es mir.«

Sie sprang auf und eilte hinaus, froh, seinem durchdringenden Blick entkommen zu sein. Es dauerte nicht lange, bis sie die Zahlen korrigiert hatte und ihm das Schreiben auf den Tisch legte. »Kann ich sonst noch etwas tun?«

»Nein«, er schüttelte den Kopf und reichte ihr seinen Wagenschlüssel, »am besten fahren Sie nach Hause. Nehmen Sie mein Auto, ich rufe mir dann ein Taxi.«

»Okay.« Ihr Blick fiel auf seine Tasse, deren Inhalt inzwischen kalt geworden war. »Ich mache Ihnen aber wenigstens noch einen frischen Kaffee.«

»Nein, danke.«

»Das geht doch schnell«, beharrte sie.

Hastig griff sie nach dem Becher und nahm ihn vom Tisch, dabei schwappte ein Teil des Kaffees über den Rand und auf seinen Schoß. Adrian sprang auf, sah fassungslos an sich herunter.

»Oh verdammt«, stieß sie hervor, »ich hole etwas zum Abwischen.«

Eilig stürmte sie in den Waschraum und kam mit einem Handtuch zurück. »Es tut mir so leid«, entschuldigte sie sich, und begann, an seiner Hose herumzureiben.

Ruckartig hielt er ihre Hand fest. »Das sollten Sie jetzt besser nicht tun«, murmelte er mit belegter Stimme.

»Was? Aber ...«

Irritiert schaute sie ihn an, bemerkte ein seltsames Glimmen in seinen Augen, die auf einmal ganz dunkel schienen, und im gleichen Moment begriff sie.

»Oh.«

Er nahm ihr das Handtuch weg und räusperte sich. »Sie sollten lieber nach Hause fahren«, sagte er leise und wich ihrem Blick aus.

»Ich ... ja ... ja, natürlich.« Auf weichen Beinen stakste sie aus seinem Büro.

»Melody«, rief er ihr hinterher, als sie schon fast zur Tür draußen war, »hat das mit der Hotelreservierung wenigstens geklappt?«

Sie drehte sich um und nickte. »Ja.«

»Gut. Wir fahren morgen um neun Uhr los, sehen Sie zu, dass Sie bis dahin fertig sind.«

»Warum wollen Sie mich überhaupt mitnehmen?«, platzte sie spontan heraus. »Ich mache doch sowieso nur Chaos.«

»Eben – deswegen möchte Sie auch nicht mehr aus den Augen lassen.«

***

Als Melody am Dienstagmorgen zum Frühstück in die Küche kam, hatte Adrian zu ihrer Überraschung Jeans und Cowboystiefel an. Er trug dazu ein schwarzes Hemd und sah äußerst attraktiv aus.

»Wir fahren zuerst ins Hotel und haben genug Zeit zum Umziehen«, erklärte er, als er ihren erstaunten Blick bemerkte.

»Gut, dann werde ich mir auch etwas Bequemeres anziehen«, nickte sie, froh darüber, nicht den ganzen Tag in Kostüm und Pumps herumlaufen zu müssen.

Rasch schlang sie eine Scheibe Toast und ein bisschen Rührei hinunter, trank ihren Kaffee und eilte zurück nach oben. Nach kurzem Überlegen entschied sie sich für ein weißes Sommerkleid mit kleinen, dunkelblauen Tupfen, schlüpfte dazu in ein Paar Riemchensandaletten mit flachem Absatz. Das ist viel besser, dachte sie zufrieden, während sie das Kostüm und die High Heels in ihre Tasche stopfte.

Wenig später waren sie unterwegs, und entgegen ihren Befürchtungen, dass sie wieder fliegen würden, schlug Adrian nicht den Weg zum Flughafen ein, sondern bog auf den State Highway in Richtung Corpus Christi ab.

Obwohl er zügig fuhr, war Adrian ein sicherer Fahrer und entspannt kuschelte Melody sich in den weichen Ledersitz und schloss die Augen. Sie hatte in der Nacht kaum geschlafen. Zum einen war sie immer noch verstört gewesen von dem Durcheinander, das sie angerichtet hatte, zum anderen hatte sie bei dem

Gedanken an die bevorstehenden Übernachtungen im Hotel ein wenig Herzklopfen gehabt. Zwar besaß die Suite zwei Schlafräume, und sie schliefen auf der Ranch ja auch unter einem Dach, dennoch erschien ihr ein gemeinsames Hotelzimmer wesentlich intimer.

Schweigend rollten sie über den Highway, und nach einer Weile klappte Melody ihre Rückenlehne ein Stück nach hinten, zog die Schuhe aus und legte die Füße auf die vordere Konsole. Sie spürte seinen Blick, und als sie den Kopf drehte, bemerkte sie, dass er mit zusammengepressten Lippen auf ihre Beine starrte.

»Entschuldigung«, murmelte sie und nahm rasch die Füße herunter.

Idiotin, schalt sie sich im Stillen, erst bringst du ihm sein Büro durcheinander, und dann flegelst du dich hier in sein Auto, als ob du keinerlei Manieren hättest. Wenn du so weiter machst, schmeißt er dich garantiert raus.

»Sind Sie immer noch böse?«, fragte sie zaghaft.

Er schüttelte den Kopf. »Nein. Ich war auch nicht böse, ich habe mich nur ein bisschen gewundert, wie ein einzelner Mensch so viel Chaos verbreiten kann.«

»Wie gesagt, es tut mir sehr leid«, murmelte sie zerknirscht, »und das mit Ihrer Hose war auch keine Absicht, ich wollte Ihnen nicht zu nahe treten.«

Sie sah, wie er schluckte, sein Adamsapfel sprang auf und ab, und im gleichen Moment wurde ihr bewusst, dass sie schon wieder ins Fettnäpfchen getreten war.

»Was tun wir eigentlich in Corpus Christi?«, fragte sie rasch, um ein unverfänglicheres Thema anzuschlagen.

»Wir verhandeln über den Anteil an einer Ölplattform«, erklärte er. »Die Firma Texco plant den Bau einer Bohrinsel im Golf, direkt vor Corpus Christi, und sucht noch Investoren.«

Ausführlich erläuterte er ihr die Einzelheiten, sie hörte ihm interessiert zu, stellte einige Zwischenfragen und bemerkte dann: »Das scheint spannend zu werden.«

»Täuschen Sie sich nicht, es wird garantiert sehr langweilig. Es geht nur um Zahlen, das ist alles reichlich trocken und nüchtern.«

Sie lächelte. »Kein Problem, ich werde es überleben.«

»Das hoffe ich doch«, er erwiderte ihr Lächeln, »schließlich brauche ich Sie noch.«

***

Die Fahrt nach Corpus Christi dauerte dreieinhalb Stunden, und wie angekündigt fuhr Adrian nach ihrer Ankunft zunächst ins Hotel. Das Bayfront Inn lag direkt am Meer, von ihrer Suite aus hatten sie einen herrlichen Ausblick auf Padre Island und den Golf von Mexiko.

Von dem geräumigen Wohnraum führten zwei Türen in die Schlafzimmer, die durch ein luxuriöses Bad voneinander getrennt waren. Es gab eine gemütliche Sitzecke, einen kleinen Kochbereich mit Herd, Kühlschrank und Spüle, sowie einen Schreibtisch und einen großen Flachbildfernseher.

»Das ist ja fast wie eine richtige Wohnung«, stellte Melody erstaunt fest, nachdem sie sich umgesehen hatte.

»Wir nutzen den Wohnraum als Arbeitszimmer«, nickte Adrian, öffnete die Tür eines Schlafzimmers und machte eine einladende Handbewegung. »Bitte, da ich ein Gentleman bin, überlasse ich Ihnen auch das Zimmer mit Meerblick.«

»Danke.« Sie schob sich an ihm vorbei.

»Machen Sie sich in Ruhe fertig, in einer halben Stunde fahren wir los.«

Er zog die Tür hinter sich zu und zufrieden schaute Melody sich um. An einer Wand gab es einen Einbauschrank, vor dem Fenster standen ein kleiner Tisch und ein Sessel, auf der anderen Seite ein Kingsizebett, das fast den ganzen Raum einnahm.

Übermütig ließ sie sich darauf fallen, rollte sich ein paar Mal hin und her und schloss die Augen. Sofort gingen ihr Bilder durch den Kopf, Bilder von Adrian und ihr, wie sie sich eng umschlungen zwischen den Laken wälzten und sich leidenschaftlich liebten.

Hör auf damit, Mel, er ist mit dir zum Arbeiten hier und sonst nichts, befahl sie sich energisch und sprang wieder auf. Sie öffnete das Fenster, atmete einen Moment die klare, salzige Luft ein und zog sich dann um. Als sie den Wohnraum betrat, wartete Adrian bereits auf sie. Mit einem merkwürdigen Blick musterte er sie von oben bis unten und sie hatte plötzlich das Gefühl, dass er ganz genau wusste, woran sie eben in ihrem Schlafzimmer gedacht hatte.

»Alles in Ordnung?«

Melody nickte. »Ja, alles bestens.«

»Gut, dann lassen Sie uns gehen. Je eher wir das hinter uns bringen, desto mehr Zeit haben wir für andere Dinge.«

22

Die Konferenz im Firmengebäude der Texco war entgegen Adrians Ankündigung alles andere als langweilig. Das lag hauptsächlich daran, dass eine Umweltschutzorganisation unerwarteterweise eine Eingabe gegen den Bau der Plattform eingereicht hatte, und nun zahlreiche Auflagen einzuhalten waren, die eine Menge zusätzliches Geld verschlingen würden. Eine hitzige Diskussion zwischen den potenziellen Investoren war die Folge, die sich bis zum späten Abend hinzog, jedoch zu keiner befriedigenden Einigung führte.

»Wir drehen uns im Kreis, das hat so keinen Sinn«, sagte Adrian schließlich. »Ich schlage vor, dass wir uns vertagen. Ich für meinen Teil würde mir morgen Vormittag gerne den Standort ansehen und mir vor Ort einen Eindruck der Umgebung verschaffen.«

»In Ordnung«, stimmte Wayne Moreland, der Inhaber der Texco, zu. »Dann sehen wir uns morgen Mittag um zwölf Uhr wieder hier, bis dahin kann sich jeder überlegen, ob er bereit ist, Mehrkosten zu tragen oder aus dem Geschäft aussteigen will.«

Die Männer verabschiedeten sich, und wenig später saßen Adrian und Melody in seinem Wagen.

Er sah auf die Uhr. »Okay, was machen wir nun? Eigentlich hatte ich vor, Sie zum Essen einzuladen. Andererseits müsste ich aber die Kosten noch einmal neu kalkulieren, was eine Weile dauern wird.«

»Wir könnten uns eine Kleinigkeit mit ins Hotel nehmen«, schlug sie vor. »Das ist mir sowieso lieber, als stundenlang in einem Restaurant zu sitzen.«

Unsicher schaute er sie an. »Und das macht Ihnen wirklich nichts aus?«

»Nein«, erwiderte sie ein wenig erstaunt, »warum soll mir das etwas ausmachen? Wir sind ja schließlich nicht auf einer Vergnügungsreise.«

Kurz darauf hatten sie eine Tüte mit Hamburgern, Fries, Jalapeños und zwei riesigen Bechern Cola im Wohnraum auf dem Tisch stehen. Während Adrian Jackett und Krawatte auszog, den Hemdkragen lockerte und es sich auf dem Boden gemütlich machte, zog Melody sich um, kam in Shorts und T-Shirt zurück und setzte sich zu ihm.

»Schade, ich hatte mir das anders vorgestellt«, sagte er und biss in einen Burger, »vielleicht klappt es morgen Abend.«

»Jetzt machen Sie sich nicht so viele Gedanken, es ist alles okay«, beruhigte sie ihn.

»Hm«, brummte er nur und sie hatte den Eindruck, als wäre er wirklich enttäuscht.

»Sie sind manchmal schon sehr merkwürdig, Chef«, stellte sie kopfschüttelnd fest. »Darf ich Sie etwas Persönliches fragen?«

»Was möchten Sie denn wissen?«

»Sie haben gesagt, Sie sind auf einer Ranch aufgewachsen – wie kamen Sie in die Ölbranche? Hat Ihnen das Cowboy-Dasein nicht gefallen?«

»Wollen Sie die weichgespülte Version hören oder die traurige Wahrheit?«

Sie hörte den bitteren Unterton in seiner Stimme und spürte, dass er nicht gerne über diese Dinge sprach. »Erzählen Sie mir das, wozu Sie bereit sind«, sagte sie leise.

Forschend schaute er sie an, bemerkte das aufrichtige Interesse in ihren Augen. »Also gut«, nickte er nach kurzem Zögern, »dann die Wahrheit. Unser Vater und unsere Mutter sind nicht unbedingt das gewesen, was man sich unter liebevollen Eltern vorstellt. Ich kann mich kaum an einen Tag erinnern, an dem Vater einmal nüchtern war. Er hat getrunken, hat unsere Mutter und meine Geschwister verprügelt, ich war der Einzige, den er nicht angerührt hat. Irgendwann hat er unsere Mutter hinausgeworfen, weil sie ihn ständig betrogen hat, danach wurde das Leben auf der Ranch unerträglich.«

Er stockte kurz und trank einen Schluck von seiner Cola.

»Als meine Schwester mit sechzehn Jahren schwanger wurde, und nicht sagen wollte, von wem das Kind war, hat er sie ebenfalls einfach auf die Straße gesetzt. Das war der Zeitpunkt, an dem ich es zu Hause nicht mehr ausgehalten habe. Ich war damals zweiundzwanzig, hatte kaum einen Cent in der Tasche, nur ein paar Ersparnisse von kleinen Aushilfsjobs, die ich neben meinem Studium gemacht hatte.

Ich hatte ein Stipendium für die Uni in San Antonio, aufgrund der Nähe musste ich nicht auf dem Campus wohnen und konnte einige Dollar abzweigen. Zu dieser Zeit gab es rund um Stillwell lauter Ölfunde, und ein ehemaliger guter Freund schlug mir vor, gemeinsam eine Firma zu gründen. Er hatte die finanziellen Mittel und ich das Know-how, also taten wir uns zusammen, und es lief erstaunlich gut. Nachdem Callan sein Studium abgeschlossen hatte, ist er ebenfalls eingestiegen, und das hat eine Weile prima funktioniert. Als Callan dann allerdings herausfand, dass unser Teilhaber seine Frau verprügelte, gab er ihr Geld, damit sie ihren Mann verlassen konnte, und danach kam es zu einem riesigen Krach. Wir bezahlten ihn aus und seitdem gehört die Firma uns. Callan springt aber nur sporadisch ein, er interessiert sich mehr für Pferde, als hinter einem Schreibtisch zu sitzen, also obliegt die Verantwortung mir.«

»Haben Sie noch Kontakt zu Ihren Eltern?«, wollte Melody wissen.

Er schüttelte den Kopf. »Nein. Unsere Mutter ist verschwunden und der Einzige, der meinen Vater ab und zu besucht, ist Jordan, wir anderen haben uns komplett zurückgezogen.«

»Das tut mir wirklich leid, das muss alles sehr schlimm für Sie gewesen sein.« Sie schwieg einen Moment, fragte dann: »Ich weiß, dass mich das nichts angeht, aber weshalb wohnt Lauren in so einer kleinen, schäbigen Wohnung? Sie besitzen das große Haus, dort wäre doch genug Platz für Ihre Schwester und Timmy.«

»Lauren ist zu stolz, um etwas anzunehmen«, erklärte er achselzuckend. »Sie hat sich in den Kopf gesetzt, ohne fremde Unterstützung zurechtzukommen, und das zieht sie auch durch. Nachdem das Haus fertig war und ich feststellen musste, dass ich ganz alleine darin wohnen würde, habe ich ihr natürlich angeboten, zu mir zu ziehen, aber das hat sie abgelehnt.«

»Sie haben die Ranch für sich und Ihre Frau gebaut?«

»Ja. Ich hatte damals naive Vorstellungen von Ehe und Familie, wollte uns ein behagliches Heim schaffen.« Seine Stimme wurde bitter. »Tja, dummerweise kam es anders.«

Mitfühlend legte sie ihm die Hand auf den Unterarm, streichelte sanft über die feinen, dunklen Härchen. »Was ist passiert?«

»Nicht viel. Sie ist fremdgegangen und ich ließ mich scheiden, das ist alles.« Er schwieg einen Moment, fügte dann hinzu: »Ich habe mich oft gefragt, was ich falsch gemacht habe. Ich habe alles für sie getan, ich habe mich abgerackert, um ihr ein schönes Leben zu bieten und uns etwas aufzubauen. Aber offenbar war das ein Fehler, sie war der Meinung, ich wäre spießig, langweilig und verkniffen, und so hat sie sich ihren Spaß anderweitig gesucht. Vermutlich wollte ich zu viel und was ist mir geblieben? Die Firma. Also begnüge ich mich mit meiner Arbeit, das ist ausreichend.«

»Nein«, sagte sie leise, »das ist es nicht. Wünschen Sie sich nicht mehr?«

Adrian schaute sie an, seine Augen waren dunkel und unergründlich. »Doch«, gab er zu, »manchmal.«

Für einen Moment wurde es still, eine ganz merkwürdige Spannung lag auf einmal im Raum. Dann stand er plötzlich auf. »Genug davon, man kann eben nicht alles haben. Außerdem bin ich nicht mit Ihnen hierher gefahren, um Ihnen mein Leid zu klagen. Ich muss jetzt noch ein bisschen arbeiten.«

»Soll ich Ihnen helfen?«

»Nein«, er schüttelte den Kopf und zwinkerte ihr mit einem kleinen Grinsen zu, »besser nicht.«

Er setzte sich an den Schreibtisch, klappte seinen Laptop auf und vertiefte sich in seine Berechnungen. Lautlos ging Melody in ihr Zimmer, nahm sich ihr Buch, das sie sich eingepackt hatte, und machte es sich damit im Wohnzimmer auf der Couch bequem. Doch sie konnte sich nicht wirklich darauf konzentrieren. Immer wieder hob sie den Blick, schaute zu Adrian und dachte an das, was er ihr erzählt hatte.

Ein tiefes, warmes Gefühl stieg in ihr auf, und als sie nach einer ganzen Weile sah, wie er sich müde seinen Nacken rieb, stand sie spontan auf und trat zu ihm. Vorsichtig legte sie ihm die Hände auf die Schultern, begann ihn sanft zu massieren. Sie spürte, wie er kurz zusammenzuckte, sich dann aber sofort entspannte und ihre Berührungen genoss. Langsam ging sie in ein behutsames Streicheln über, strich zärtlich über seinen Rücken.

Am liebsten hätte sie ihn in ihre Arme gezogen und sein Hemd geöffnet, um seine Haut unter ihren Fingern zu spüren. Doch sie wusste, dass es nicht der richtige Zeitpunkt dafür war, nicht nach diesem Gespräch. Außerdem war es besser, ihn den Anfang machen zu lassen – sofern er es denn wollte. Alles andere würde nur unnötige Komplikationen mit sich bringen.

Sie beugte sich zu ihm herunter, küsste ganz sacht den kleinen Haarwirbel in seinem Nacken, drückte dabei liebevoll seine Schultern. »Ich gehe jetzt schlafen«, sagte sie leise, »gute Nacht, und machen Sie nicht mehr so lange.«

»Gute Nacht.« Er hob den Kopf, setzte seine Lesebrille ab und schaute ihr nach, wie sie zu ihrer Zimmertür ging. »Danke fürs Zuhören.«

»Schon gut.« Sie lächelte. »Und übrigens: Man kann alles haben – manchmal kommt es nur auf den richtigen Zeitpunkt an.«

23

Am Mittwochmorgen saß Adrian auf dem Balkon und frühstückte, als Melody aus ihrem Schlafzimmer kam. Sie war bereits fix und fertig angezogen, trug eines ihrer Kostüme, dazu eine weiße Bluse und hochhackige Pumps. Zum wiederholten Male stellte er fest, dass ihre Figur darin perfekt zur Geltung kam, und als sie jetzt lächelnd zu ihm auf den Balkon trat, schlug sein Herz ein wenig höher.

Ich hätte sie gestern Abend nicht alleine ins Bett gehen lassen sollen, ging es ihm frustriert durch den Kopf, während er ihr Kaffee eingoss. Die halbe Nacht hatte er wach gelegen und an ihre zärtlichen Berührungen gedacht, hatte sich danach gesehnt, sie in seinen Armen zu halten und mehr von ihr zu bekommen.

»Also Chef, was liegt heute an?«, fragte sie jetzt fröhlich und riss ihn aus seinen Wunschträumen.

»Am besten ziehen Sie sich flache Schuhe an, wir machen gleich einen kleinen Ausflug«, erklärte er. »Wir fahren nach Padre Island und sehen uns mal an, wo die Plattform gebaut werden soll. Von dort aus geht es anschließend direkt zur Texco, und ich hoffe, dass die Gespräche heute etwas produktiver verlaufen als gestern.«

Sie frühstückten gemütlich und waren kurz darauf unterwegs zu der länglichen, vorgelagerten Insel vor Corpus Christi. Auf einem Parkplatz am Rande des Mustang Island State Park stellte Adrian den Wagen ab und sie gingen zu Fuß weiter. Gemächlich spazierten sie durch das Naturschutzgebiet, bis sie schließlich auf der dem Ozean zugewandten Seite der Insel ankamen.

»Es ist wunderschön hier«, sagte Melody fasziniert, »es wäre wirklich schade, das durch den Bau einer Ölplattform zu verschandeln.«

»Die Bohrinsel wird viel weiter draußen sein, man wird sie von hier aus kaum sehen können«, erläuterte er.

»Trotzdem«, beharrte sie, »denken Sie nur mal daran, was mit der Deepwater Horizon passiert ist. Nicht auszudenken, wenn das hier alles durch die Folgen einer Ölpest zerstört werden würde.«

Wie so oft hob er in gewohnter Manier eine Augenbraue und schaute sie an. »Sind Sie etwa eine von diesen verkappten Umweltschützern?«

»Und wenn es so wäre?«, fragte sie herausfordernd. »Denkt irgendeiner von euch Firmenbossen eigentlich auch mal an etwas anderes als Geldscheffeln?«

Einen Moment starrte er sie irritiert an, sah das Funkeln in ihren grünen Augen, sah, wie der Wind ihre Haare zerzauste, und hätte sie am liebsten in seine Arme gerissen.

»Oh ja, das tue ich allerdings«, murmelte er mehr zu sich selbst. Dann hatte er sich wieder im Griff. »Sie tun ja gerade so, als ob täglich solche Unglücke geschehen würden. Das sind Einzelfälle, die von den Medien überdimensional aufgebauscht werden.«

»Aufgebauscht?«, wiederholte sie streitlustig. »Fragen Sie doch mal die ganzen Tiere, die ölverschmiert gestorben sind. Bestimmt sind die auch der Meinung, dass das alles nur *aufgebauscht* ist.«

Er seufzte. »Ja, es ist mir durchaus bewusst, dass diese Dinge schlimm sind, ich bin schließlich kein gefühlloser Klotz. Aber dafür werden zusätzliche Sicherheitsmaßnahmen verlangt, und was mich anbetrifft, habe ich kein Problem damit, die entsprechenden Unkosten in Kauf zu nehmen.«

Langsam schlenderten sie am Strand entlang, während sie hitzig diskutierten. Melody hatte sich richtig in Rage geredet, und die Leidenschaft, mit der sie ihre Meinung vertrat, weckte in ihm bereits wieder ganz andere Sehnsüchte.

»Wir sollten zum Auto zurückgehen«, schlug er vor, als er plötzlich feststellte, dass sich über ihnen dunkle Wolken zusammengezogen hatten. »Es sieht so aus, als würde es jede Minute anfangen zu regnen.«

Sie drehten um und liefen zurück, hatten gerade erst die Hälfte des Wegs hinter sich gebracht, als das Unwetter losbrach. Zunächst waren es nur einzelne, dicke Regentropfen, die sich jedoch rasch in eine wahre Sintflut verwandelten, und binnen Sekunden waren sie bis auf die Haut durchnässt.

»Schnell.«

Er griff nach ihrer Hand und im Laufschritt eilten sie durch den Park. Schließlich erreichten sie seinen Wagen, ließen sich tropfnass und außer Atem in die Sitze fallen. Der Wind peitschte die Wassermassen über das Auto hinweg, es war, als hätte jemand ein riesiges Schleusentor geöffnet.

»Wir müssen warten, bis das aufgehört hat, so kann ich nicht losfahren«, stellte er fest.

»Toll«, seufzte Melody und warf ihre Sandalen, die sie während des Laufens ausgezogen hatte, auf den Rücksitz. »Genau so hatte ich mir diesen Ausflug vorgestellt.«

Er schaute sie an, sah, dass ihre Bluse ihr nahezu durchsichtig am Körper klebte, und sich die Spitzen ihrer Brüste durch den nassen Stoff deutlich abzeichneten.

»Ist Ihnen kalt?«, fragte er mit leicht belegter Stimme.

Sie bemerkte seinen Blick und ein sehnsüchtiges Kribbeln schoss durch ihren Bauch. »Ehrlich gesagt wird es mir gerade ziemlich heiß«, gab sie offen zu.

Eine Welle des Verlangens durchflutete ihn, und es kostete ihn alle Kraft, sich nicht einfach auf sie zu stürzen. »Nun, wenn das so ist, könnten wir etwas dagegen tun«, schlug er mit einem bedeutungsvollen Unterton vor.

»Und an was hatten Sie da gedacht?«

Er klappte die Armlehne zwischen ihnen nach oben und rutschte ein Stück zu ihr, zog sie vorsichtig näher zu sich heran. »Was halten Sie davon, wenn ich Sie in ein neues Aufgabengebiet einweise?«, raunte er weich.

Ein heißer Schauer rieselte ihr über den Rücken, als sie seinen warmen Atem an ihrem Ohr spürte. »Einverstanden Chef, darauf habe ich schon seit einer ganzen Weile gewartet«, flüsterte sie sehnsüchtig.

Ihre Augen schimmerten tiefgründig, ihr Mund öffnete sich einladend und er beugte sich weiter zu ihr, griff mit seinen Fingern in ihren Nacken, zog ihren Kopf behutsam zu sich heran. Als ihre Lippen sich berührten, schoss ihr Puls in die Höhe, tausend Schmetterlinge schienen plötzlich in ihrem Bauch zu tanzen.

Einen Moment lang verharrte er völlig regungslos, dann verstärkte er den Druck ein wenig, strich zärtlich mit seiner Zungenspitze über ihre Unterlippe und zog sich wieder zurück, schaute sie fragend an.

»Ich glaube, das habe ich nicht richtig verstanden«, ermutigte sie ihn, »können Sie mir das vielleicht noch einmal zeigen?«

Mit einem leisen Aufstöhnen presste er seinen Mund auf den ihren, drang fordernd mit seiner Zunge in das Innere vor. Ein heißes Verlangen stieg in ihr auf, sie schlang ihre Arme um seinen Hals, streichelte seinen Nacken. Genüsslich erkundete er mit seiner Zunge ihren Mund, suchte die ihre, forderte sie zu einem sinnlichen Tanz heraus, auf den sie sich willig einließ.

»Wir sollten das noch etwas ausführlicher besprechen«, murmelte sie zwischen zwei Küssen und knöpfte sein Hemd auf.

Sehnsüchtig fuhr sie mit den Händen über seine Brust, betastete seine Muskeln und die weichen Härchen, die sich in einem schmalen Streifen über seinen Bauch bis zu seinem Hosenbund hinunterzogen.

»Sehr ausführlich«, stimmte er zu und öffnete ihre Bluse. »Das ist also die Unterwäsche, die ich bezahlt habe«, stellte er dann fest und bedeckte den Ansatz ihres Busens mit Küssen.

»Ich hoffe, sie gefällt Ihnen, Chef.«

Er lächelte. »Ja, aber ich glaube, der Inhalt wird mir noch besser gefallen.«

Geschickt streifte er die Träger ihres BHs über ihre Schultern, schob die Körbchen hinunter und liebkoste die Spitzen ihrer Brüste zärtlich mit seinen Lippen. Sie bog sich ihm entgegen, vergrub ihre Finger in seinem Haar und presste seinen Kopf an sich.

»Ich würde das Thema gerne vertiefen«, sagte er nach einer Weile rau und strich mit einer Hand langsam an ihrem Bein hinauf.

»Oh ja, vertiefen hört sich sehr gut an«, seufzte sie, »bitte zeigen Sie mir mehr.«

Seine Finger wanderten höher, streichelten aufreizend über ihr Höschen, während er sie leidenschaftlich küsste.

»Mehr«, flüsterte sie erregt an seinem Mund, »mehr.«

Er zog an ihrem Slip, riss ihn schließlich ungeduldig weg, drückte ihre Schenkel ein Stück auseinander und liebkoste mit kleinen, geschickten Berührungen ihren Schoß. Beinahe sofort kam sie zum Höhepunkt, mit einem leisen Schrei bäumte sie sich auf, presste ihre Beine um seine Hand zusammen und genoss das Vergnügen, das er ihr bereitete.

Zufrieden betrachtete er ihr erhitztes Gesicht. »Mehr?«, fragte er heiser.

»Ja, mehr«, verlangte sie atemlos, »viel mehr.«

Er setzte sein Streicheln fort, intensiver als zuvor, und als er mit seinen Fingern zielstrebig das Innere ihres Schoßes erkundete, wurde sie von einer neuerlichen Welle der Lust durchflutet.

»Adrian«, stöhnte sie auf, »oh mein Gott, was machst du mit mir?«

Mit zitternden Händen griff sie nach seinem Gürtel, bekam ihn irgendwie auf und öffnete seine Hose. Sie schob ihre Hand in seine Shorts und begann, ihn verlangend zu liebkosen. Eine Weile genoss er ihre Berührungen, rutschte dabei dichter an sie heran und legte schließlich eines ihrer Beine über die Rückenlehne.

»Manchmal ist so ein großes Auto doch sehr praktisch«, murmelte er rau, während er sich vorsichtig über sie senkte.

»Adrian«, flüsterte sie, ohne ihr Streicheln zu unterbrechen, »du musst ein Kondom benutzen, ich nehme keine Pille.«

Er stöhnte auf. »Ich habe keine Kondome dabei.«

»Dann sollten wir vielleicht besser aufhören«, sagte sie enttäuscht.

»Nein«, presste er mühsam heraus, »untersteh dich. Du wirst deine Hand genau da lassen, wo sie ist.«

»Nur wenn du mir versprichst, dass du die Reinigungskosten nicht auf meine Schuldenliste setzt«, raunte sie zärtlich und streichelte ihn weiter, fordernder, intensiver, spürte, wie sein Körper sich plötzlich anspannte.

»Ja«, keuchte er, »ja ... ich ... verspreche ... Melody ...«

24

»Gute Nachrichten Boss«, grinste Lance Raybon breit und legte einen großen Umschlag auf den Schreibtisch von Darren Ward.

Mit gerunzelter Stirn öffnete Darren das Kuvert, überflog den Inhalt. »Na das nenne ich doch mal saubere Arbeit«, lobte er zufrieden, »ein Angebot für Paul Angersfield und Informationen zum Texco-Projekt. Ich wusste gar nicht, dass McDermott daran interessiert ist. – Wo hast du das her?«

»Shanice vertritt diese Melody Foster, McDermott ist mit ihr nach Corpus Christi gefahren.«

»Und das war alles, was sie herausbekommen hat?«

Lance zuckte mit den Achseln. »Das waren die einzigen Unterlagen, die sie finden konnte, der Rest befindet sich wohl im Safe.«

»Hat sie denn keinen Zugang zum PC? Es ist doch garantiert alles Mögliche auf dem Computer abgespeichert.«

»Nein, sie hat kein Kennwort dafür. Sie nimmt lediglich Anrufe entgegen, notiert Termine und kümmert sich um die Post. – Allerdings habe ich noch eine Information für Sie. Wie es aussieht, ist diese Melody Foster tatsächlich die Freundin von Adrian McDermott. Sie wohnt bei ihm, ich habe am Wochenende das Haus beobachtet und gesehen, wie sie mit ihm herauskam, um seine Schwester zu verabschieden. Außerdem fahren die beiden morgens gemeinsam in die Firma und abends zusammen zurück.«

»Mist«, fluchte Darren, »das passt mir überhaupt nicht. Muss dieser Trottel ausgerechnet sein Betthäschen in sein Vorzimmer setzen?«

Er lief ein paar Mal auf und ab, dachte nach, schließlich grinste er. »Egal, dann greifen wir eben zu

Plan B, und ich weiß auch schon genau, wie der aussieht.«

»Gut Boss«, nickte Lance, »kann ich noch etwas für Sie tun?«

»Shanice soll dran bleiben. Sie soll mir alles zukommen lassen, was ihr in die Hände fällt«, ordnete Darren an. »Um den Rest kümmere ich mich. Es wäre doch gelacht, wenn ich diese verdammten McDermotts nicht zu Fall bringen könnte.«

***

Mit einer halben Stunde Verspätung trafen Adrian und Melody im Gebäude der Texco ein. Ihr erster Weg führte sie in die Waschräume, wo sie versuchten, sich ein wenig herzurichten, da die Zeit nicht mehr gereicht hatte, um noch einmal ins Hotel zu fahren. Als sie ein paar Minuten später im Fahrstuhl standen, musterten sie sich gegenseitig. Melodys Locken waren völlig zerzaust, an ihrer Bluse fehlte ein Knopf, einer ihrer Strümpfe hatte eine Laufmasche. Adrian sah genauso ramponiert aus, seine Haare waren ebenfalls verstrubbelt, das Hemd zerknittert. Beide waren sie komplett durchnässt und erschienen eher wie Landstreicher als wie Geschäftsleute.

»Mein Gott, wir haben uns benommen wie zwei Teenager«, stellte Melody fest.

Adrian grinste. »Allerdings, ich glaube, ich war sechzehn, als ich so etwas zum letzten Mal gemacht habe.« Er beugte sich zu ihr, küsste sie zärtlich auf die Wange und raunte ihr dann ins Ohr: »Ich muss jedoch zugeben, dass ich es sehr genossen habe. – Du hast da übrigens einen Fleck auf deinem Rock.«

Ein kleiner Schauer lief ihr über den Rücken, sie schaute an sich herunter und seufzte. »Na toll, ich habe es ja geahnt«, murmelte sie gespielt vorwurfsvoll und hielt ihre Tasche so, dass sie das Corpus Delicti verdeckte.

Als sie kurz darauf den Konferenzraum betraten, waren die anderen Teilnehmer bereits vollzählig versammelt. Sie ignorierten geflissentlich die erstaunten Blicke und begaben sich zu ihren Plätzen.

»Wir sind in das Unwetter gekommen«, erklärte Adrian entschuldigend.

»Ja, das war ein ganz schöner Regenguss«, nickte Wayne Moreland, »ich hoffe, ihr hattet nicht zu viele Unannehmlichkeiten.«

»Nein«, Adrian schüttelte den Kopf und lächelte, »die hatten wir nicht.«

Die Besprechung begann und wie am Tag zuvor verliefen die Gespräche alles andere als zufriedenstellend. Geistesabwesend verfolgte Melody die Diskussion, machte ein paar Notizen für Adrian und musste die ganze Zeit daran denken, was im Auto geschehen war. Ab und zu schaute sie ihn verstohlen von der Seite an, bemerkte, dass er zwar ein wenig mitgenommen, aber irgendwie zufrieden aussah. Seine Augen strahlten und ein kaum wahrnehmbares Lächeln spielte um seine Mundwinkel. Es kostete sie sämtliche Beherrschung, nicht mit den Händen durch sein zerzaustes Haar zu fahren, am liebsten hätte sie sich in seine Arme geworfen und ihn geküsst.

»Die Sicherheitsmaßnahmen sind nun mal nötig und so etwas ist eben nicht billig«, sagte Adrian gerade pragmatisch, während er versuchte, zu vergessen, dass Melody kein Höschen unter ihrem Rock trug. Der Gedanke daran erregte ihn dermaßen, dass es ihm schwerfiel, sich auf die Gespräche zu konzentrieren. Ihre Nähe wirkte auf ihn wie eine Droge. Sie saß dicht neben ihm, roch nach Parfüm, nach Regen und nach Sex und dieser Geruch, zusammen mit der Erinnerung an ihre lustvollen Schreie, vernebelte ihm völlig den Verstand.

Die Debatte uferte immer weiter aus, eine Einigung schien nicht in Sicht und gegen Abend stand

Adrian plötzlich auf. »Tut mir leid Gentlemen, aber ich sehe nicht, dass das hier noch irgendeinen Sinn hat. Meine Meinung dazu kennen Sie, ich befürworte die zusätzlichen Sicherheitsmaßnahmen, egal was sie kosten werden. Wir können es uns nicht leisten, irgendwann ein ähnliches Desaster wie auf der Deepwater Horizon zu erleben. Abgesehen von den Schäden, die dabei entstehen könnten, haben wir alle einen guten Namen zu verlieren. Da die meisten von Ihnen jedoch offenbar mehr daran interessiert sind, die Ausgaben zu dämpfen, ziehe ich mich aus dem Projekt zurück.«

Er ging zu Wayne Moreland, gab ihm die Hand. »Tut mir leid Wayne, ich hoffe, du verstehst mich. Wir sehen uns auf dem Jahresball.«

Mit einem kurzen Nicken in die Runde verließ er den Konferenzraum, Melody murmelte hastig ein »Auf Wiedersehen« und folgte ihm nach draußen. Eilig stürmte er auf sein Auto zu, sie hatte Mühe, mit ihm Schritt zu halten. Die Fahrt zum Hotel verlief schweigend, irgendwie wirkte er sehr angespannt, und sie wagte nicht, ihn zu fragen, was plötzlich los war.

»Pack deine Sachen ein, wir fahren nach Hause«, befahl er ihr, als sie in ihrem Zimmer angekommen waren.

»Okay.«

Es dauerte nicht lange, bis sie sich umgezogen und alles eingepackt hatten. Adrian bezahlte die Rechnung für die Suite und zwanzig Minuten später fuhren sie auf dem Highway in Richtung Crystal City.

Nach einer Weile hielt Melody es nicht mehr aus. »Warum bist du aus dem Projekt ausgestiegen?«, fragte sie leise.

»Du hast ja gesehen, dass es zu nichts führt. Ich hatte keine Lust, meine Zeit weiter dort zu vertrödeln – Zeit, die ich viel lieber mit dir genießen möchte.«

Überrascht sah sie ihn an. »Aber ... wir hätten doch noch den Abend für uns gehabt?«

»Ja, damit wir morgen wieder den ganzen Tag mit sinnlosen Diskussionen verplempern«, sagte er trocken. Dann fügte er lächelnd hinzu: »Nein, so ist es besser. Wir fahren nach Hause und werden die restliche Zeit zusammen im Bett verbringen.«

Seine Stimme klang auf einmal sehr weich und tief, und ein heißes Verlangen stieg in ihr auf.

»Wenn das so ist, sollten wir vorher noch ...«

»Ich weiß«, unterbrach er sie und nickte mit dem Kopf in Richtung einer Tankstelle, die direkt vor ihnen lag. »Das erledige ich jetzt gleich, ich muss sowieso tanken.«

Er stellte den Lincoln an einer Zapfsäule ab, beugte sich zu ihr und gab ihr einen Kuss. »Nicht weglaufen, ich bin sofort zurück.«

Sie lächelte und kuschelte sich in ihren Sitz, schloss die Augen und dachte daran, dass sie in dreieinhalb Stunden erneut in seinen Armen liegen würde. Bei diesem Gedanken wurde ihr fast schwindlig, und als er wieder einstieg und ihr eine Schachtel mit Kondomen in die Hand drückte, schoss ihr Puls unkontrolliert in die Höhe.

»Adrian«, sagte sie, nachdem er losgefahren war, und strich ihm sanft mit den Fingerspitzen über den Oberschenkel, »vielleicht könnten wir irgendwo eine kurze Pause einlegen?«

Er schmunzelte. »Das hatte ich mir auch gerade überlegt.«

Bei der nächsten Ausfahrt verließ er den Highway, fuhr ein Stück die Landstraße entlang und bog in einen Feldweg ein. Dort schaltete er den Motor aus, rutschte zu ihr herüber und küsste sie leidenschaftlich.

»Sind Sie bereit, die Einweisung fortzusetzen, Miss Foster?«, murmelte er sehnsüchtig.

»Oh ja, sehr bereit, Chef«, nickte sie, während sie seine Hose öffnete.

»Gut, also müssen wir uns ja nicht lange wiederholen, ich nehme an, Sie wissen, wo wir aufgehört haben.«

Wie am Morgen zerriss er einfach ihren Slip und zog sie auf seinen Schoß. Langsam senkte sie sich auf ihn herab, bis sie ihn ganz in sich aufgenommen hatte, verharrte dann einen Moment regungslos, um ihn mit allen Sinnen zu spüren.

»Wenn du mir weiter meine Höschen zerreißt, habe ich bald keine mehr und muss ohne ins Büro gehen«, murmelte sie, während sie anfing, sich auf ihm zu bewegen.

Er stöhnte leise auf, packte ihre Hüften und bestimmte ihr Tempo. »Das geht schon in Ordnung, ich glaube, ich kann da mal eine Ausnahme von der üblichen Kleiderordnung machen.«

Wenig später hielten sie sich atemlos in den Armen und Melody küsste ihn zärtlich. »Also eines muss ich Ihnen aber sagen Chef«, flüsterte sie ihm liebevoll ins Ohr, »Sie sind weder langweilig noch spießig.«

25

Es war bereits nach Mitternacht, als sie auf der Ranch eintrafen. Sofort nahm Adrian Melody an der Hand und zog sie die Treppe hinauf in sein Schlafzimmer.

»So«, verkündete er und schob sie zum Bett, »hier gehen wir erst wieder raus, wenn die Schachtel leer ist.«

Sie lachte. »Adrian, das sind noch neunzehn Stück, wenn du die bis zum Freitagmorgen wirklich alle aufbrauchen willst, werde ich nicht mehr sitzen können und du nicht mehr laufen.«

»Hey, schließlich war ich acht Jahre alleine, ich habe einiges nachzuholen«, grinste er, während er sich auszog, »und notfalls machen wir den Freitag eben blau.«

»Tss, was ist das denn für eine Arbeitsmoral«, tadelte sie ihn neckend und ließ ihr Kleid fallen, »als Chef solltest du eigentlich eine Vorbildfunktion haben.«

Er zog sie mit sich aufs Bett und küsste sie verlangend. »Habe ich doch«, raunte er ihr ins Ohr, »ich weise meine Sekretärin in neue Arbeitsabläufe ein.«

***

Tatsächlich verbrachten sie den ganzen Donnerstag im Bett, unterbrachen ihre Liebesspiele nur, um etwas zu essen oder sich auszuruhen.

»Müssen wir wirklich schon aufstehen?«, fragte Melody am anderen Morgen schlaftrunken, als Adrian aus dem Bett stieg.

Er beugte sich zu ihr herunter, drückte ihr einen liebevollen Kuss aufs Haar. »Bleib liegen und schlaf weiter, ich erledige ein paar Dinge, mache uns Frühstück und komme dann wieder zu dir.«

Müde sah sie ihm zu, wie er sich seine Shorts überzog und das Schlafzimmer verließ. Glücklich kuschelte sie sich in sein Kopfkissen, sog seinen Duft in sich auf.

Die vergangenen dreißig Stunden waren die besten ihres Lebens gewesen. Adrian war ein fantasievoller und unermüdlicher Liebhaber, mal wild, mal zärtlich, aber stets sehr gefühlvoll, und zum ersten Mal hatte sie gespürt, was es bedeutete, sich vollständig fallen zu lassen. Doch es war nicht nur der Sex, der ihr gefiel, es war der ganze Mann, der ein tiefes, inniges Gefühl in ihr hervorrief, und sie wünschte sich, es könne für immer so bleiben.

»Es könnte alles so schön sein«, seufzte sie wehmütig, »wenn da nicht diese dumme Geschichte mit dem Geld wäre.«

Sie hatte keine Ahnung, wie es mit Adrian und ihr weitergehen würde, wusste nicht, welche Absichten er hatte und ob er überhaupt an eine feste Beziehung dachte. Natürlich würde sie ihn nicht danach fragen, es war nicht ihre Art, Dinge zu zerreden oder gar Druck auszuüben. Sie würde es genießen, solange es möglich war, alles andere würde sich finden. Eines jedoch musste sie tun, egal, wie sich die Sache zwischen ihnen weiter entwickelte: Sie musste schnellstens dafür sorgen, dass William sein Geld bekam, bevor Adrian herausfand, dass sie ihn die ganze Zeit belogen hatte. Es tat ihr weh, ihn so zu hintergehen, doch es war bereits viel zu spät, um ihre Lügen rückgängig zu machen.

***

Unterdessen saß Adrian in seinem Arbeitszimmer und kümmerte sich um ein paar geschäftliche Dinge. Er hatte veranlasst, dass Shanice einen weiteren Tag das Vorzimmer übernahm, und hatte sich von ihr die wichtigsten Sachen zufaxen lassen. Jetzt rief er gerade seine Mailbox ab, um zu sehen, ob etwas Dringendes anlag. Nachdem er einige Mails beantwortet hatte, ging er hinüber in die Küche, um Frühstück zu machen. Gut gelaunt stellte er das Radio an, summte leise die Melodie des Countrysongs mit, und als er bemerkte, dass er das zum ersten Mal seit Jahren wieder tat, musste er lächeln.

Melody. Sie hatte in der kurzen Zeit sein ganzes Leben umgekrempelt, hatte ihm bewusst gemacht, dass er ein Mann mit Sehnsüchten und Bedürfnissen war, und nicht nur eine Maschine, die mechanisch ihre Arbeit verrichtete. Die Stunden mit ihr im Bett waren die besten seines Lebens gewesen, sie war genauso unkompliziert und leidenschaftlich, wie er es sich vorgestellt hatte. Völlig ungeniert hatte sie sich ihm hingegeben, war auf jeden seiner Wünsche eingegangen, ohne sich lange zu zieren, und es war ihm nicht schwergefallen, seine gewohnte Kontrolle aufzugeben und sich vollständig gehen zu lassen.

Doch es war nicht nur der Sex mit ihr, der ihm gefiel, es war die ganze Frau, die er begehrte, die Gefühle in ihm hervorrief, die er so noch nie zuvor empfunden hatte. Alles erschien ihm plötzlich so leicht und unbeschwert, und er wünschte sich nichts sehnlicher, als dass es so bleiben würde.

Ich möchte, dass sie bei mir bleibt, dachte er sehnsüchtig, ich kann sie nicht einfach gehen lassen, wenn die vier Monate um sind. Er hatte keine Ahnung, wie es in ihr aussah, glaubte zu spüren, dass er ihr auch nicht gleichgültig war, dafür ging sie viel zu zärtlich und liebevoll mit ihm um. Aber er war sich nicht sicher und diese Unsicherheit behagte ihm gar nicht.

Es ist ja noch ein bisschen Zeit, sagte er sich, und nahm sich vor, sie auf keinen Fall zu drängen. Er würde das Zusammensein mit ihr genießen und abwarten, und vielleicht entschloss sie sich ja von selbst dazu, Stillwell und ihn nicht zu verlassen.

***

Vorsichtig balancierte Adrian das Tablett mit dem Frühstück über den Flur. Oben hörte er díe Dusche rauschen, und als er mit einem kleinen Lächeln gerade die unterste Treppenstufe betrat, klopfte es an die Haustür. Verwundert über die frühe Störung drehte er um, trat zur Tür und drückte mit dem Ellbogen die Klinke herunter.

»Cal«, entfuhr es ihm überrascht, als er seinen Bruder erkannte, »was machst du denn hier?«

»Wir sind gestern Abend von der Hochzeitsreise zurückgekommen. Ich habe in der Firma angerufen, weil ich dich besuchen wollte, aber deine Vorzimmerdame sagte mir, dass du heute nicht im Büro bist, da dachte ich mir, ich versuche es hier«, erklärte Callan fröhlich. Sein Blick fiel auf das Tablett. »Hast du etwa geahnt, dass ich vorbeikomme?«, fragte er erstaunt.

»Ähm ... also ... eigentlich nicht«, murmelte Adrian leicht verlegen.

Im gleichen Augenblick bemerkte Callan erst, dass sein Bruder nur eine Shorts trug, und hörte dann das Wasser im Obergeschoss rauschen. »Oh«, er grinste über das ganze Gesicht, »ich verstehe, ich habe wohl einen ungünstigen Moment erwischt.«

Adrian räusperte sich. »Das könnte man so sagen.«

Amüsiert schüttelte Callan den Kopf. »Mein lieber Bruder, du erstaunst mich. Das muss ja eine tolle Frau sein, wenn sie es sogar schafft, dich von deinem Büro fernzuhalten. Kenne ich sie?«

»Ich glaube nicht.«

»Schade. Ich hätte doch sehr gerne gewusst, wer dich nach der langen Zeit endlich wieder ins normale Leben zurückgeholt hat.«

»Jetzt übertreib es mal nicht«, brummte Adrian, »du tust ja gerade so, als wäre ich bereits tot gewesen.« Im Stillen musste er sich jedoch eingestehen, dass er sich all die Jahre genau so gefühlt hatte.

Callan grinste. »Naja, auf jeden Fall wünsche ich dir viel Spaß. Ich kann ja morgen noch mal vorbeikommen.«

»Also«, Adrian räusperte sich erneut, »ehrlich gesagt wäre es mir ganz lieb, wenn wir uns am Montag treffen würden. Sei mir nicht böse, aber ich habe einiges zu tun und kaum Zeit.«

Einen Augenblick starrte Callan ihn fassungslos an, dann fing er an zu lachen. »Oh mein Gott, nun begreife ich es erst. Blaumachen in der Firma, Frühstück im Bett, ein lauschiges Wochenende zu zweit – du hast dich wohl ernsthaft verliebt«, stellte er trocken fest.

»Das, kleiner Bruder, geht dich nichts an«, erklärte Adrian, »und ich glaube, ich sollte jetzt nach oben gehen, bevor der Kaffee kalt wird.«

»Schon gut«, winkte Callan ab und ging auf seinen Pick-up zu, »amüsier dich ruhig, ich wünsche dir viel Spaß.«

26

»Callan, Joyce«, rief Lauren erfreut aus, als ihr Bruder und ihre Schwägerin am Abend die Cactus-Bar betraten. »Wie waren eure Flitterwochen? Kommt, setzt euch und erzählt mir jedes schmutzige Detail«, lachte sie.

Callan schüttelte den Kopf. »Nein, danke, das überlasse ich euch Frauen«, brummte er, »ich gehe lieber an die Theke und führe vernünftige Männergespräche.« Er küsste Joyce liebevoll auf die Wange und gab ihr einen kleinen Klaps auf den Po. »Aber nicht alles verraten, Sprosse, einige Dinge, die wir angestellt haben, solltest du besser für dich behalten, sonst meldet Lauren uns bei der Sittenpolizei.«

Mit einem anzüglichen Zwinkern zu seiner Frau wandte er sich um und ging auf den Tresen zu, schob sich neben seinem Freund Reece auf einen Barhocker und bestellte sich ein Bier.

»Na dann komm, wir können uns auch alleine amüsieren«, schmunzelte Lauren. »Vermutlich bist du sowieso froh, wenn du nach den vier Wochen endlich mal ein paar Stunden Ruhe vor ihm hast.«

Die beiden Frauen setzten sich an einen Tisch und ausführlich berichtete Joyce von ihrer Hochzeitsreise.

»Und was macht das Baby?«, fragte Lauren mit einem Blick auf Joyces Bauch, der nach wie vor kaum etwas von ihrer Schwangerschaft erkennen ließ.

»Alles bestens«, lächelte Joyce. »Ich war heute Morgen beim Arzt, es ist alles in Ordnung, und obwohl ich nicht danach gefragt habe, sah es auf dem Ultraschallbild so aus, als würde es ein Junge werden.«

»Dann bekommt Callan tatsächlich seinen Quarterback«, schmunzelte Lauren.

»Ja, aber sag ihm bitte noch nichts«, bat Joyce. »Ich glaube, er wünscht sich einen Sohn, und ich will nicht, dass er enttäuscht ist, falls es doch ein Mädchen wird. Ich möchte ihn lieber überraschen.«

»Wen willst du überraschen?«, hörte sie im gleichen Moment Callans Stimme hinter sich.

»McDermott, du sollst dich nicht immer so anschleichen«, schalt sie ihn, »irgendwann kriege ich einen Herzinfarkt.«

»Eigentlich wollte ich mit dir tanzen, aber wenn du es mit dem Herz hast, lassen wir das wohl besser«, zog er sie auf und setzte sich an den Tisch. »Apropos überraschen«, wandte er sich dann an seine Schwester, »wusstest du, dass Adrian eine Freundin hat?«

»Was?«, fragte sie irritiert.

»Ich wollte heute Morgen zu ihm, um mit ihm wegen der Probebohrung auf Roses ... auf unserem Grundstück zu sprechen. Im Büro war er nicht, und als ich bei ihm zu Hause vorbeigefahren bin, stand er halb nackt im Flur und hatte ein Frühstückstablett in den Händen – für zwei Personen«, berichtete Callan.

»Ach so«, winkte Lauren ab, »das ist Melody.«

»Melody?«, wiederholten Joyce und Callan wie aus einem Mund. »Etwa die Melody, die er zu unserer Hochzeit mitgebracht hat?«

»Ja, sie wohnt bei ihm«, nickte Lauren.

Callan fiel beinahe das Bierglas aus der Hand. »Sie wohnt bei ihm?«, echote er ungläubig. »Das ging aber schnell.«

»Unsinn, doch nicht so, wie du denkst«, betonte Lauren und berichtete ihrem fassungslos dreinschauenden Bruder kurz, wie es dazu gekommen war. »Auf jeden Fall sieht es so aus, als würde ihre Gesellschaft ihm ganz gut tun, er war sogar letzte Woche in Jeans hier in der Bar und hat mit ihr getanzt.«

»Ich habe nicht den Eindruck, dass es beim Tanzen geblieben ist«, erwiderte Callan trocken, »zumindest nicht nur hier auf dem Parkett.«

»Unsinn, das ist völlig harmlos. Die beiden verstehen sich eben gut.«

Callan grinste. »Oh ja, so gut, dass er ihr fast nackt das Frühstück ans Bett bringt. Aber vermutlich gehört das zum Standardservice für Hausgäste. Und zusätzlich erklärt er mir noch ganz gelassen, dass er am Wochenende nicht mal eine halbe Stunde für mich Zeit hat, weil er angeblich ‚so viel zu tun hat'.«

»Du weißt doch, wie er ist« beschwichtigte Lauren ihn. Dann wurde sie nachdenklich. »Andererseits ...«

»Andererseits?«

»Naja, eigentlich waren Melody und ich für heute Abend hier verabredet, so wie die letzten Freitage auch. Sie hat mich vorhin angerufen und abgesagt, weil sie erkältet ist. Ich dachte mir nichts dabei, aber jetzt im Nachhinein ...«

Callan grinste. »Da haben wir es ja. Diese Erkältung hat zwei Beine und heißt Adrian.«

»Dann lass ihn doch«, mischte Joyce sich nun ein, »er ist schließlich alt genug, und sein Intimleben geht dich nichts an.«

»Das sehe ich allerdings anders, Sprosse«, knurrte Callan. »Immerhin ist er schon einmal so fürchterlich auf die Nase gefallen, ich möchte gerne sicher sein, dass das nicht wieder passiert.«

Lauren schüttelte den Kopf. »Ich glaube, darüber müssen wir uns keine Gedanken machen. Melody ist wirklich sehr nett, sie hat eine äußerst positive Wirkung auf ihn, und ich denke nicht, dass sie etwas tun würde, was Adrian verletzen wird.«

***

Adrian und Melody verbrachten ein entspanntes und behagliches Wochenende. Sie schauten sich ein paar Filme aus Adrians Sammlung an, schwammen im

Pool, kochten zusammen oder saßen aneinandergekuschelt auf der Couch und lasen. Zwischendurch liebten sie sich immer wieder, konnten nicht genug voneinander bekommen.

Am Montagmorgen fuhren sie zusammen in die Firma und hatten zunächst alle Hände voll zu tun, um die angefallene Post und diverse andere Dinge zu erledigen.

Gegen Mittag kam Adrian aus seinem Büro. »Miss Foster, kommen Sie doch bitte mal mit mir«, befahl er und der lockende Unterton in seiner Stimme ließ sie erschauern.

Er schob sie in den Kopierraum, zog ihren Rock nach oben und setzte sie auf den Kopierer.

»Adrian«, entfuhr es ihr entgeistert, als er auf den Startknopf drückte, »was soll das denn werden?«

Er grinste frech. »Das wollte ich immer schon mal tun«, raunte er ihr ins Ohr und küsste sie verlangend.

»Sie sind unmöglich, Chef«, schmunzelte sie und fuhr ihm mit den Fingern durchs Haar, »so etwas nennt man sexuelle Belästigung am Arbeitsplatz, das ist Ihnen doch wohl klar, oder?«

»Das nennt man intensive Personalbetreuung«, murmelte er und knöpfte ihre Bluse auf, »aber wenn es Ihnen nicht gefällt, können Sie sich ja gerne bei Ihrem Vorgesetzten beschweren.«

»Hallo, ist jemand da?«, rief in diesem Augenblick eine tiefe Stimme aus dem Vorzimmer.

»Mist, das ist mein Bruder«, sagte Adrian erschrocken. »Ich nehme ihn mit in mein Büro, damit du dich in Ruhe anziehen kannst.« Er gab ihr einen raschen Kuss. »Wir vertagen das auf später.«

Kopfschüttelnd schaute sie ihm nach, wie er mit großen Schritten den Raum verließ, und mit einem leisen Seufzen richtete sie ihre Kleidung. Dann ging sie zu ihrem Schreibtisch, faltete das Blatt mit der Kopie zusammen, legte es in die Unterschriftsmappe und vertiefte sich wieder in die Post.

Etwa eine halbe Stunde darauf kam Callan aus Adrians Büro. Er warf Melody ein charmantes Lächeln zu. »Könnte ich vielleicht noch eine Tasse Kaffee bekommen, bevor ich gehe? Mein Bruder war leider so unhöflich, mir keinen anzubieten.«

»Natürlich«, nickte sie und stand auf.

Während sie die Kaffeemaschine füllte und einschaltete, betrachtete Callan sie eingehend, und musste zugeben, dass Adrian einen guten Geschmack bewies. Diese Frau war hübsch und strahlte viel Wärme und Freundlichkeit aus. Zumindest rein äußerlich war sie das genaue Gegenteil von Florence, die immer mit einem mürrischen Gesicht und einem verkniffenen Ausdruck um den Mund herumgelaufen war. Ob sie ebenso wie Florence nur hinter Adrians Geld her war, würde er noch herausfinden.

»Sie sind also Adrians neue Sekretärin«, stellte er liebenswürdig fest, als sie ihm den Becher reichte. »Meine Schwester hat gesagt, dass Sie bei ihm wohnen.«

Melody nickte. »Ja, es hat sich so ergeben«, erklärte sie zurückhaltend, während sie sich fragte, ob Adrian ihm etwas von ihren außergeschäftlichen Aktivitäten erzählt hatte.

»Er scheint mir irgendwie verändert«, sinnierte Callan und beobachtete aufmerksam ihr Gesicht, »offenbar bekommt ihm Ihre Gesellschaft.«

Sie lächelte und er stellte fest, dass sie sehr offen und ehrlich wirkte. »Ja, wir verstehen uns ganz gut.«

»Das freut mich. Übrigens – Adrian hat nächsten Montag Geburtstag, was halten Sie davon, ihn mit einer Party zu überraschen?«

»Ich weiß nicht«, sie zögerte, »ich habe keine Ahnung, ob ihm das recht sein wird, Sie sollten das mit ihm besprechen.«

»Ach«, Callan winkte ab, »wenn wir ihn erst lange fragen, wird er garantiert Nein sagen, deswegen wollte ich das ja mit Ihnen ausmachen. Es soll auch nur eine kleine Feier werden, im engsten Familienkreis. Also – können wir auf Sie zählen?«

»Sein Vater wird nicht dabei sein, oder?«, fragte sie zaghaft.

Callan stutzte einen Moment, dann wurde ihm klar, dass Adrian mit ihr offenbar über seine Vergangenheit gesprochen hatte. Es sah folglich danach aus, als wäre es nicht nur eine flüchtige Bettgeschichte. Und die Tatsache, dass sie versuchte, Adrian vor einer unliebsamen Begegnung zu schützen, zeigte, dass sie sich Gedanken um ihn machte, und brachte ihr einige Pluspunkte ein.

»Nein«, beruhigte er sie, »das wird er nicht, Sie können unbesorgt sein.«

»In Ordnung«, stimmte sie dann zu, »es wird Adrian bestimmt guttun, einen Abend mit seiner Familie zu verbringen.«

»Prima«, sagte Callan zufrieden, »also sehen wir uns spätestens am Montagabend, und machen Sie sich nicht zu viel Arbeit, wir bringen alles mit, was nötig ist.«

Er trank seinen Kaffee aus, verabschiedete sich von ihr und zwinkerte ihr von der Tür aus noch einmal zu. »Und das Gespräch bleibt natürlich unter uns, es soll ja eine Überraschung werden.«

27

Die Woche verging, ohne dass etwas Nennenswertes passierte. Die Tage im Büro verliefen ruhig, die Nächte auf der Ranch umso aufregender. Adrian und Melody ließen keine Gelegenheit aus, um sich zu lieben, und mit jedem Tag wurden Melodys Gefühle für Adrian tiefer. Je näher sie sich kamen, desto größer wurde ihr schlechtes Gewissen und desto mehr wurde ihr bewusst, dass sie diese leidige Sache mit den 30.000 Dollar unbedingt aus der Welt schaffen musste.

Fieberhaft versuchte sie, ihre Schwester zu erreichen, allerdings nach wie vor vergeblich. »Kerry, bitte, ich flehe dich an, melde dich bei mir«, sprach sie ihr zum wiederholten Male auf die Mailbox. »Falls dir nur das Geringste an mir liegt, dann ruf mich an. Es geht nicht nur um das Geld. Ich habe mich verliebt, und wenn wir die Sache nicht irgendwie wieder in Ordnung bringen, werde ich vielleicht den tollsten Mann verlieren, den ich mir wünschen kann. Bitte lass mich nicht hängen, ich bin dir auch nicht böse, ich möchte nur nicht mein Glück aufs Spiel setzen.«

Frustriert legte sie den Hörer auf, wählte anschließend Williams Nummer. »William, ich bin es, bitte leg nicht auf«, brachte sie hastig hervor, als er sich meldete. »Hast du irgendetwas von Kerry gehört?«

»Du hast vielleicht Nerven«, knurrte er, »was denkst du? Dass sie hier hereinspaziert und freiwillig die 30.000 Dollar auf den Tisch blättert?«

»Hätte ja sein können«, murmelte sie unglücklich. Dann fügte sie hoffnungsvoll hinzu: »Du hast doch nicht wirklich Anzeige gegen mich erstattet, oder?«

»Glaubst du etwa, ich bin Mutter Theresa? Natürlich habe ich Anzeige erstattet, schließlich will ich mein Geld haben.«

»Aber du bekommst es ja, ich habe es dir versprochen, und außerdem müsste die erste Rate bereits auf deinem Konto sein«, sagte sie eindringlich. »Bitte, geh zur Polizei und zieh die Anzeige zurück.«

Er lachte trocken auf. »Sobald ich mindestens die Hälfte des Betrags habe, können wir darüber reden. Bis dahin bleibt alles, wie es ist, ich lasse mich von dir nicht einwickeln.«

»Das habe ich doch gar nicht vor«, redete sie verzweifelt auf ihn ein.

»Dann frage ich mich, warum du dich irgendwo versteckst, anstatt hierher zu kommen und der Polizei zu erklären, was wirklich passiert ist.«

»Ich verstecke mich nicht«, erklärte sie aufgebracht, »ich habe hier eine Arbeit angenommen, damit du dein Geld bekommst.«

»Ach ja? Und was ist das für ein Job?«

»Ich arbeite als Sekretärin.«

»Als Sekretärin – *du?«* Er schien sich plötzlich köstlich zu amüsieren. »Naja, das dürfte wohl nur eine Frage der Zeit sein, bis der Mann dich auf die Straße setzt, und dann schaue ich in die Röhre. Deswegen werde ich die Anzeige bestehen lassen, sicher ist sicher.«

»William, bitte«, flehte sie verzweifelt, »ich kann keinen Ärger mit der Polizei gebrauchen.«

»Melody«, hörte sie in diesem Moment Adrians Stimme.

»Ich muss Schluss machen, ich melde mich wieder«, sagte sie hastig und legte schnell den Hörer auf.

Adrian trat zu ihr und runzelte die Stirn. »Ist alles in Ordnung? Du hast dich so aufgeregt angehört.«

»Ja, alles prima. Das war nur so ein nerviger Werbeanruf, und der Kerl wollte sich einfach nicht abwimmeln lassen, du kennst diese Vertretertypen ja«, erklärte sie und bemühte sich, locker zu klingen.

Wie gewohnt hob er eine Augenbraue, schaute sie einen Moment prüfend an, fragte zu ihrer Erleichterung jedoch nicht weiter. »Ich fahre jetzt zu Paul Angersfield, er wird seine Entscheidung hinsichtlich des Verkaufs bekannt geben.«

»Soll ich mitkommen?«

»Nein, du hältst hier die Stellung, ich hole dich anschließend ab. Ich nehme an, es wird nicht lange dauern.« Er gab ihr einen zärtlichen Kuss. »Drück mir die Daumen.«

Liebevoll strich sie ihm über die Wange. »Mache ich, ich bin sicher, dass du den Zuschlag bekommen wirst.«

***

Eine knappe halbe Stunde später traf Adrian auf der Angersfield-Ranch ein. Paul Angersfield begrüßte ihn freundlich und bat ihn hinein. Drinnen war bereits ein weiterer potenzieller Käufer anwesend und Adrian gab ihm höflich die Hand.

»Bitte gedulden Sie sich einen Moment, ich erwarte noch jemanden«, erklärte Paul und nahm eine Kristallflasche mit Whiskey von einem Barwagen. »Möchten Sie etwas trinken?«

Adrian schüttelte den Kopf. »Nein danke, ich muss noch fahren.«

Im Geiste ging er noch einmal sein Angebot durch, er hatte es sehr großzügig bemessen und war sich ziemlich sicher, dass er der Höchstbietende war. Dann wanderten seine Gedanken zu Melody und er musste lächeln. Seine Arbeit hatte ihm schon immer gut gefallen, doch seit sie bei ihm war, machte es wesentlich mehr Spaß. Allein das Wissen, dass sie in seinem Vorzimmer saß und er sie nur zu rufen brauchte, wenn er sich nach ihren Zärtlichkeiten sehnte, beflügelte ihn. Sie ist das Beste, was mir je passiert ist, dachte er glücklich.

Im gleichen Moment klopfte es an die Tür und Paul Angersfield bat seinen dritten Besucher herein. Überrascht riss Adrian die Augen auf, als er erkannte, dass es sich um Darren Ward handelte.

Mit einem siegessicheren Lächeln reichte Darren dem anderen Interessenten die Hand, nickte dann kühl in Adrians Richtung. »McDermott.«

Adrian begnügte sich ebenfalls mit einem knappen Nicken. »Darren.«

»Gut, nachdem wir jetzt vollzählig sind, kommen wir gleich zum Geschäft, ich denke, Sie haben alle keine Zeit zu verschenken«, begann Paul Angersfield ohne Umschweife. »Ich habe hier Ihre Gebote vorliegen und werde sie nun öffnen. Das höchste Angebot bekommt den Zuschlag, wie üblich.«

Er öffnete den ersten Umschlag. »Dermoil Company – 750.000 Dollar.«

Das zweite Kuvert folgte. »Henry Parson – 500.000 Dollar.«

Der andere Mann verzog enttäuscht das Gesicht.

Gespannt sah Adrian zu, wie Paul Angersfield das dritte Kuvert aufriss, und hielt unwillkürlich die Luft an.

»Ward Corporation – 755.000 Dollar.«

Fassungslos saß Adrian da, bekam nur mit halbem Ohr mit, wie Paul Angersfield Darren die Hand schüttelte und ihm gratulierte. Er sah Darrens selbstgefälliges Grinsen und fragte sich, wie es sein konnte, dass dessen Angebot gerade mal 5000 Dollar über seinem eigenen gelegen hatte.

Er stand auf, bemühte sich um ein gleichgültiges Gesicht und verabschiedete sich von Paul Angersfield. »Glückwunsch, Ward«, murmelte er dann in Darrens Richtung und verließ das Haus.

Wenig später war er wieder unterwegs nach Crystal City und versuchte, seinen Ärger herunterzuschlucken. Es war nicht so, dass dieses entgangene Geschäft der Firma irgendwelche Einbußen brachte, er war nicht darauf angewiesen. Viel mehr wurmte ihn, dass ausgerechnet Darren Ward ihm den Deal vor der Nase weggeschnappt hatte, und das mit einem Gebot, welches nur lächerlich gering höher gewesen war als sein eigenes. Als hätte er genau gewusst, wie viel ich biete, schoss es ihm durch den Kopf.

Als er das Gebäude der Dermoil erreichte, versuchte er, die Gedanken an Darren und das geplatzte Geschäft zu verdrängen und sich auf Melody und den Abend mit ihr zu freuen.

»Wie ist es gelaufen?«, begrüßte sie ihn erwartungsvoll, als er sein Vorzimmer betrat. »Hast du den Zuschlag bekommen?«

»Nein, aber lass uns jetzt nicht mehr davon reden. Wir fahren nach Hause.«

Zwanzig Minuten später trafen sie auf der Ranch ein, und während Melody das Abendessen kochte, saß Adrian in seinem Arbeitszimmer und grübelte, ob das Ganze wirklich ein Zufall sein konnte. Nach einer Weile steckte sie den Kopf in die Tür, wollte ihn zum Essen rufen. Doch dann bemerkte sie, dass er sehr niedergeschlagen wirkte. Sie trat hinter ihn, legte liebevoll die Arme um ihn, schmiegte ihre Wange gegen die seine.

»Du ärgerst dich, oder?«

Er nickte. »Ja. Ausgerechnet unser ehemaliger Teilhaber schnappt mir die Beteiligung an dem Ölfeld vor der Nase weg, und dazu mit einem äußerst kuriosen Gebot, das gerade mal 5000 Dollar höher war als meins.«

Zärtlich strubbelte sie mit ihren Fingern durch sein Haar. »Nimm es dir nicht so zu Herzen, das nächste Mal bist du wieder an der Reihe.« Sie setzte sich auf seinen Schoß, knöpfte sein Hemd auf und streichelte über seine Brust. »Ich könnte Sie ein wenig trösten, Chef.«

Er lächelte und küsste sie. »Das ist allerdings ein Angebot, das niemand übertreffen kann.«

28

»Eigentlich habe ich gar keine große Lust«, brummte Adrian, als er am Abend den Wagen vor der Cactus-Bar parkte.

»Ach komm schon, ein bisschen Ablenkung tut dir gut«, munterte Melody ihn auf. »Außerdem habe ich es deiner Schwester versprochen.«

In der Kneipe herrschte wie jeden Freitag reges Treiben, und als Adrian und Melody den Gastraum betraten, sahen sie Joyce und Lauren bereits an einem der Tische sitzen. Callan hockte an der Theke, Jordan stand wie üblich dahinter und schenkte Getränke aus.

Adrian beugte sich zu Melody herunter. »Okay, ich setze mich zu meinem Bruder. Viel Spaß beim Tratschen mit den Damen.«

Sie nickte und steuerte auf Lauren und Joyce zu.

»Hey Melody«, empfing Lauren sie fröhlich. »Ich hoffe, du hast deine Erkältung auskuriert?«

»Ja«, lächelte sie, »ich bin wieder fit.«

Nachdem sie auch Joyce begrüßt und sich etwas zu trinken bestellt hatte, dauerte es nicht lange, bis die drei Frauen munter miteinander plauderten.

Unbewusst schaute Melody immer wieder zur Theke, betrachtete Adrian, der neben seinem Bruder saß und sich angeregt mit ihm unterhielt. Ab und zu drehte er den Kopf in ihre Richtung, und jedes Mal, wenn ihre Blicke sich trafen und sie das Funkeln in seinen Augen sah, schoss ihr Puls in die Höhe. Ein unbeschreibliches Gefühl breitete sich auf einmal in ihr aus. Es ist verrückt, durchfuhr es sie im gleichen Moment, völlig verrückt. Vor ein paar Wochen war sie noch in New Orleans gewesen und hatte ein geregeltes Leben geführt. Jetzt saß sie hier, hatte gar nichts mehr und war bis über beide Ohren verliebt in einen Mann, den sie kaum kannte.

»Mel?«, riss Laurens Stimme sie aus ihren Gedanken.

Sie zuckte zusammen. »Was hast du gesagt?«

»Callan hat doch mit dir wegen der Party für Adrian gesprochen«, wiederholte Lauren geduldig. »Wir werden da sein, wenn ihr aus der Firma kommt, und du brauchst dir keine Mühe zu machen, wir bringen Essen und Getränke mit. Wir warten in der Küche, lotse Adrian einfach ins Wohnzimmer und gib uns dann ein Zeichen.«

»Ja, das ist prima«, nickte Melody abwesend und bemerkte, dass Callan und Adrian aufstanden und auf den Tisch zukamen. Sofort fing ihr Herz wieder an, zu rasen.

»Wie wäre es mit einem Tanz Sprosse?«, fragte Callan Joyce. »Solange du dich noch bewegen kannst und ich dich nicht rollen muss, sollten wir das ausnutzen.«

»Sehr charmant, McDermott, wirklich«, sagte Joyce trocken und stand auf. »Dafür sollte ich dich heute Nacht auf dem Sofa schlafen lassen.«

Er grinste. »Ach komm schon, damit bestrafst du dich doch mehr als mich.«

Kopfschüttelnd folgte sie ihm und Adrian nickte Melody zu.

»Miss Foster, darf ich Sie um diesen Tanz bitten?«, fragte er förmlich.

»Sehr gerne.«

Er führte sie zur Tanzfläche, zog sie an sich und wenig später bewegten sie sich gleichmäßig zum Takt der Musik.

»Das war eben ziemlich geschickt von dir«, schmunzelte Melody.

»Was meinst du?«

»Komm schon, du weißt genau, was ich meine. Wäre es dir unangenehm, wenn deine Geschwister von uns erfahren?«

Mit einem leisen Seufzen schüttelte er den Kopf. »Nein. Ich möchte uns nur ersparen, dass sie uns mit tausend Fragen löchern. Ich habe keine Ahnung, wie es mit uns weitergeht, und es ist vielleicht auch noch ein bisschen zu früh, um darüber zu sprechen. Ich will nicht, dass du dich zu irgendetwas gedrängt fühlst, deswegen sollten wir in aller Stille genießen, was wir haben.«

Sie sah ihm in die Augen, sah Zuneigung, Aufrichtigkeit – und Hoffnung. Er war keineswegs so gelassen, wie er sich nach außen gab, sie spürte, dass er sich insgeheim wünschte, sie würde ihm widersprechen, würde ihm sagen, dass sie genau wusste, wie es weiterging. Doch das konnte sie nicht, nicht zum jetzigen Zeitpunkt, nicht, bevor sie die Sache mit dem Geld geregelt hatte.

Sekundenlang war sie drauf und dran, ihm die Wahrheit zu erzählen. Aber damit würde sie alles zerstören, nach allem, was er erlebt hatte, könnte er es sicher nicht verstehen.

Mühsam versuchte sie, den Schmerz zu verdrängen, der sich wie ein Messerstich durch ihr Herz bohrte, und lächelte ihn liebevoll an. »Mach dir keine Gedanken«, sagte sie leise, »es wird sich alles finden. Und es ist in Ordnung, wenn wir es erst mal für uns behalten.«

»Gut«, nickte er und es hörte sich ein wenig enttäuscht an.

Sie reckte sich auf die Zehenspitzen, legte ihren Mund an sein Ohr und flüsterte: »Außerdem ist es ziemlich aufregend, Ihre heimliche Geliebte zu sein, Chef.«

***

Unterdessen waren Callan und Joyce wieder zum Tisch zurückgekehrt, und während Adrian und Melody noch tanzten, erhitzten sich die Gemüter der übrigen McDermotts.

»Sagt mal, läuft da was zwischen den beiden?«, fragte Jordan, der neue Getränke gebracht und sich für einen Moment zu ihnen gesetzt hatte.

»Das sieht doch ein Blinder«, brummte Callan, »schau nur, wie sie ihn anlächelt.«

»Du solltest nicht von dir auf andere schließen, Liebling«, zog Joyce ihn auf. »Nur weil du früher mit keiner Frau tanzen konntest, ohne anschließend mit ihr im Bett zu landen, muss das bei deinem Bruder ja nicht genauso sein.«

»Touché«, lachte Lauren.

»Adrian ist viel zu besessen von seiner Arbeit, um Zeit für Frauen zu haben«, winkte Jordan ab. »Ich wette, dass er das Wort Sex nicht mal mehr buchstabieren kann.«

»Na hör mal, er ist ein Mann und hat schließlich auch seine Bedürfnisse«, erklärte Callan trocken. Er warf einen Blick auf Adrian und Melody und stupste Jordan an. »Da, ich sage es doch – schau nur, wie eng sie tanzen.«

»Ich weiß nicht, was du willst, das ist alles im grünen Bereich«, betonte Joyce kopfschüttelnd, »ich erinnere mich sehr gut daran, dass du mit mir noch ganz anders getanzt hast.«

»Davon wollen wir jetzt nicht anfangen, Sprosse, sonst bringst du mich auf dumme Gedanken und wir müssen sofort nach Hause fahren«, brummte Callan. »Außerdem geht es hier nicht um mich, sondern um Adrian.«

»Also, wenn da wirklich etwas zwischen den beiden ist, dann garantiert nicht nur Sex«, sagte Lauren. »Sie scheinen sich tatsächlich zu mögen.«

Callan grinste. »Ich wette zehn Dollar, dass sie miteinander schlafen.«

»Ich halte dagegen«, erklärte Jordan. »Adrian ist viel zu verklemmt für so was.«

»In Ordnung«, nickte Lauren, »ich bin dabei. Zehn Dollar darauf, dass die zwei sich verliebt haben.«

»Das zählt nicht«, sagte Callan, »mit Sex oder ohne?«

Lauren überlegte einen Moment. »Ohne Sex.«

»Und was sagst du, Sprosse?«

Entgeistert starrte Joyce ihren Mann an. »Ich sage, dass du einen kleinen Knall hast, McDermott.«

»Nun komm schon, es bleibt in der Familie und wir meinen es schließlich nicht böse.«

Sie verdrehte die Augen und seufzte. »Also gut, zehn Dollar darauf, dass die beiden sich einfach nur gut verstehen und mehr nicht.«

»Jetzt müssen wir nur noch rauskriegen, was da wirklich los ist«, schmunzelte Callan, »und ich bin mir sicher, dass ich gewinnen werde.«

»Was gewinnst du?«, ertönte in diesem Moment Adrians Stimme hinter ihm.

»Oh, nichts Besonderes«, betonte Callan hastig und legte seinen Arm um Joyce, »ich habe nur gerade festgestellt, dass ich glücklich bin, diese Frau für mich gewonnen zu haben.«

***

Auf ein entspanntes, zweisames Wochenende folgte ein recht hektischer Arbeitstag im Büro, und als Adrian und Melody am späten Montagnachmittag nach Hause fuhren, freuten sie sich auf ihren Feierabend.

»Ich mache gleich das Essen«, sagte Melody, nachdem Adrian die Haustür aufgeschlossen hatte. »Worauf hast du Lust?«

Er warf sein Jackett über einen Stuhl und zog sie in seine Arme. »Wenn du mich schon so fragst, hätte ich gerne etwas Scharfes – wie wäre es mit ein paar Überstunden, Miss Foster?«, raunte er ihr ins Ohr und küsste sie verlangend.

»Einverstanden.«

Langsam schob er sie ins Wohnzimmer, zog ihr dabei die Bluse aus. »Sie haben entschieden zu viel an, Miss Foster.« Er öffnete ihren BH, ließ ihn achtlos zu Boden fallen.

»Das ist unfair, Chef, eigentlich sollten Sie doch mit gutem Beispiel vorangehen«, murmelte sie und knöpfte sein Hemd auf, schmiegte sich sehnsüchtig an ihn.

»Du fühlst dich so gut an«, seufzte er lustvoll, »darauf habe ich mich den ganzen Tag schon gefreut.«

Seine Hände glitten unter ihren Rock, schoben ihren Slip herunter. Rasch streifte sie ihn vollständig ab und stöhnte leise auf, als er ihren Schoß liebkoste.

Er griff in seine Hosentasche und nahm ein kleines Folienpäckchen heraus. »Was hältst du von schnell und wild?«

»Das hört sich gut an«, flüsterte sie erregt und öffnete mit fliegenden Fingern seine Hose.

»Dreh dich um«, verlangte er rau.

Sie befolgte seinen Wunsch, er drückte ihren Oberkörper auf die Rückenlehne der Couch und zog sich rasch das Kondom über.

»Halt dich fest«, befahl er ihr und drang ohne zu zögern vollständig in sie ein.

Mit einem kleinen Aufschrei krallte sie ihre Hände ins Sofa, er packte ihre Hüften und fing an, sich in ihr zu bewegen, stieß kräftig und gleichmäßig in sie hinein. Begierig stemmte sie sich ihm entgegen, beantwortete jeden seiner Stöße mit einem leisen Stöhnen, spürte, wie er sich kurze Zeit später anspannte.

»Jetzt Liebling«, keuchte er heiser, »schnell.«

Seine Erregung riss sie mit, sie bäumte sich auf und kam gleichzeitig mit ihm zum Höhepunkt. »Ja«, schrie sie laut heraus, als die Lust sie davontrug, »ja.«

29

»Wann ist es denn so weit?«, wollte Timmy ungeduldig wissen.

»Gleich, Schatz«, beschwichtigte Lauren ihn, während sie die Kerzen auf der Torte anzündete, »noch einen kleinen Moment.«

»Hoffentlich hat Melody sich nicht verplappert«, murmelte Callan.

Joyce schüttelte den Kopf. »Quatsch, warum sollte sie?«

»Seid ihr auch sicher, dass es Adrian recht ist?«, fragte Rose. »Immerhin hat er seit Jahren keinen Geburtstag gefeiert.«

»Wir konnten ihn wohl schlecht fragen«, feixte Callan, »sonst wäre es ja keine Überraschung gewesen.«

»Ich glaube, es ist so weit«, sagte Millie.

Sie lauschten, hörten ein lautes »Ja« durch die geschlossene Tür zwischen Küche und Wohnzimmer.

»Okay, los geht's«, kommandierte Jordan und riss die Tür auf.

»Überraschung«, riefen sie alle im Chor und blieben dann wie angewurzelt stehen.

Adrian hing, mit dem Rücken zu ihnen und heruntergelassener Hose, halb über Melody, die sich vor ihm über die Rückenlehne der Couch beugte. Obwohl sein Körper die Sicht verdeckte, gab es keinen Zweifel daran, was sich hier gerade abspielte.

»Oh mein Gott«, entfuhr es Millie spontan, »was für ein knackiger Po.«

Heftig atmend drehte Adrian den Kopf herum, starrte entsetzt auf seine Geschwister, seinen Neffen und die zwei älteren Damen, die allesamt mit offenem Mund in der Tür standen.

»Mom, was macht Onkel Adrian da?«

»Er hat nur ein bisschen mit Melody gekuschelt«, erklärte Joyce eilig, während sie Timmy zurück in die Küche schob.

»Und warum ist er dabei nackt?«

»Bestimmt war es ihm zu heiß.«

Callan grinste. »Ja, das glaube ich allerdings auch – sehr heiß. Sieht so aus, als wäre uns die Überraschung gelungen.«

Adrian warf ihm einen bösen Blick zu, löste sich von Melody und zog seine Hose hoch. Schweigend hob er sein Hemd auf und legte es ihr über.

Mit hochrotem Kopf drehte sie sich um. »Was macht ihr denn hier?«, fragte sie verstört. »Der Geburtstag ist doch erst nächste Woche.«

»Das hast du wohl falsch verstanden, Adrian hat heute Geburtstag«, sagte Lauren.

Vorwurfsvoll schaute Melody ihn an. »Und warum sagst du mir das nicht?«

»Weil ich kein großes Aufheben darum machen wollte, und um mir«, Adrian machte eine Handbewegung in Richtung seiner Familie, »genau so etwas zu ersparen.« Er runzelte die Stirn. »Hast du etwa davon gewusst?«

Schuldbewusst senkte sie den Kopf. »Ja, doch ich habe offenbar die Termine verwechselt.«

»Das glaube ich nicht«, stöhnte er, »das glaube ich einfach nicht.«

»Wie wäre es, wenn ihr zwei euch erst einmal wieder anzieht?«, mischte Rose sich jetzt ein. »Wir gehen solange in die Küche, und sobald ihr so weit seid, könnten wir ja vielleicht noch mal von vorne anfangen.« Energisch schob sie die anderen aus der Tür, wandte sich zu Adrian und Melody um und zwinkerte ihnen zu. »Aber nicht ganz von vorne – nur damit wir uns richtig verstehen.«

***

»Es tut mir so leid«, flüsterte Melody unglücklich, nachdem sich die Küchentür geschlossen hatte. »Ich dachte, du würdest dich freuen, an deinem Geburtstag deine Familie bei dir zu haben.«

»Schon gut.« Adrian bückte sich, hob ihr Höschen auf, sammelte dann ihren BH und ihre Bluse ein, und drückte ihr alles in die Hand. »Du solltest dich jetzt besser anziehen.«

Sie streifte sein Hemd ab, gab es ihm und zog ihre Bluse über. »Ich ... ich gehe kurz nach oben.«

Er nickte wortlos und niedergeschlagen verließ sie das Wohnzimmer. Kopfschüttelnd knöpfte er sein Hemd zu, stopfte es in die Hose, atmete ein paar Mal tief durch und öffnete die Tür zur Küche. »In Ordnung, ihr könnt rüberkommen.«

Timmy war der Erste, langsam balancierte er die Torte vor sich her und stellte sie auf den Tisch. »Herzlichen Glückwunsch zum Geburtstag, Onkel Adrian.«

»Danke.« Adrian drückte ihn an sich und nahm dann sein Geschenk entgegen. Vorsichtig entfernte er das Papier und ein großes Blatt mit einer Zeichnung kam zum Vorschein.

»Das sind du, Melody und ich, wie wir alle drei im Pool schwimmen«, erklärte Timmy eifrig, und Adrian lächelte. »Das hast du prima gemacht, vielen Dank.«

Nacheinander traten seine Geschwister, Rose und Millie zu ihm, umarmten ihn ebenfalls und gratulierten ihm.

»Wir haben dir ein gemeinsames Geschenk gekauft«, sagte Callan und reichte seinem Bruder ein kleines Päckchen.

Adrian wickelte das Papier ab und ein Etui mit Füller, Kugelschreiber und Bleistift kam zum Vorschein, alles vergoldet und mit seinem Namen eingraviert.

»Ich danke euch«, murmelte er gerührt, »aber das wäre nicht nötig gewesen.«

Timmy zupfte ihn am Ärmel. »Du musst die Kerzen auspusten und dir etwas wünschen.«

»Hilfst du mir?«, fragte Adrian. »Alleine schaffe ich das bestimmt nicht.«

Der Kleine nickte, beugte sich zusammen mit ihm über die Torte.

»Drei – zwei – eins – jetzt«, zählte Adrian und gemeinsam bliesen sie die Kerzen aus.

»Was hast du dir gewünscht?«, wollte Timmy wissen.

»Das darf ich dir nicht sagen, sonst geht es nicht in Erfüllung.«

»Das ist nicht schwer zu erraten«, zog Callan ihn auf, »ich wette, es ist blond.«

»McDermott«, mahnte Joyce vorwurfsvoll, »hör auf damit.«

»Was denn?«, erwiderte er ungeniert. »Es ist ja nicht so, dass uns das Thema nicht alle interessieren würde, oder?«

Adrian schnaufte genervt. »Also gut, damit erst gar keine große Diskussion aufkommt: Ja, Melody und ich sind uns etwas nähergekommen, wie ihr wohl unschwer erkennen konntet. Nein, wir werden nicht in absehbarer Zeit heiraten, und nein, ich weiß noch nicht, was daraus wird. Mehr sage ich dazu nicht, und ich möchte euch vor allem bitten, Melody nicht mit Fragen zu löchern.«

»Apropos – wo ist sie eigentlich?«, fragte Rose. »Ich hoffe, wir haben sie nicht allzu sehr erschreckt.«

»Daran dürfte sie wohl nicht ganz unschuldig sein«, brummte Adrian. »Sie ist oben und zieht sich um.«

»Ich glaube, ich gehe mal nach ihr schauen«, bot Lauren an. »Und wehe, ihr schneidet die Torte an, bevor wir da sind.«

Sie verließ den Raum und eilte die Treppe hinauf. Nachdem sie leise angeklopft hatte, betrat sie das Gästezimmer. Ihr Blick fiel auf Melody, die zusammengesunken auf dem Bett saß und weinte.

»Hey, ich wollte dich holen, du willst doch sicher ein Stück Torte essen.«

»Danke, mir ist der Appetit vergangen.«

»Jetzt komm schon«, Lauren setzte sich zu ihr und nahm sie in den Arm, »es ist alles halb so wild.«

»Ich glaube, Adrian ist ziemlich sauer auf mich«, schniefte Melody unglücklich.

»Dazu hat er gar keinen Grund«, betonte Lauren. »Meine Güte, du hast eben die Termine verwechselt, das kann vorkommen. Außerdem ist nichts Schlimmes passiert, und dass wir euch erwischt haben, ist auch kein Beinbruch. Wir sind schließlich alle erwachsen und Timmy hat sich nichts dabei gedacht.«

Melody schwieg und Lauren zog sie vom Bett hoch. »Auf, du ziehst dich jetzt um und kommst mit mir nach unten.«

Widerstrebend nahm Melody ein leichtes Sommerkleid aus dem Schrank, schlüpfte aus ihrem Kostüm und zog das Kleid über. Anschließend lief sie ins Bad, wusch sich kurz das Gesicht ab und fuhr sich mit der Bürste durch die Haare.

»Na also, so gefällst du mir wieder besser«, lächelte Lauren.

»Moment.« Melody eilte zurück in ihr Zimmer und kam mit einem großen, flachen Paket heraus. »Adrians Geschenk«, erklärte sie, »wenigstens habe ich das schon seit ein paar Tagen fertig.«

Zusammen gingen sie nach unten und betraten das Wohnzimmer. Sofort wurde es still im Raum und alle schauten Melody an.

Unbehaglich trat sie auf Adrian zu und reichte ihm das Päckchen. »Alles Gute zum Geburtstag.«

Er nahm es und wickelte das Papier ab. Als er den Inhalt sah, weiteten sich seine Augen ungläubig und er schluckte heftig. »Melody ...«

Es war ein Porträt von ihm, mit farbigen Pastellkreiden auf einen hellblauen Karton gezeichnet, versehen mit einem Passepartout und einem fein verzierten, silbernen Rahmen. Er hatte darauf den Kopf leicht geneigt, als würde er von oben auf den Betrachter herabsehen. Der Mund war zu einem liebevollen

Lächeln verzogen, die Augen leuchteten, die Haare waren ein wenig zerzaust.

»Wow, das ist toll«, entfuhr es Lauren, die ihm über die Schulter gesehen hatte, »wie lange hast du dafür Modell gesessen?«

»Gar nicht«, murmelte er mit rauer Stimme. Er legte das Bild beiseite und zog Melody in seine Arme. »Ich weiß überhaupt nicht, was ich dazu sagen soll. Es ist wirklich sehr schön, ich danke dir. Es wird einen Ehrenplatz bekommen.«

»Bist du noch böse?«

»Nein«, er lächelte, »allmählich gewöhne ich mich an das Chaos, das du verbreitest.«

Einen Moment schauten sie sich schweigend in die Augen, dann durchbrach Rose die Stille. »Meine Güte, jetzt küss sie schon, damit wir endlich die Torte anschneiden können.«

30

Trotz des etwas unglücklichen Beginns verlief die restliche Geburtstagsfeier fröhlich und entspannt. Gemütlich saßen alle im Wohnzimmer, aßen von der Torte und den anderen Kleinigkeiten, welche die Frauen mitgebracht hatten, tranken Kaffee und plauderten miteinander.

»Hier hat sich ja einiges verändert«, stellte Callan fest und schaute sich um. »Hast du einen Innenausstatter angeheuert?«

»Ja, das könnte man so sagen«, schmunzelte Adrian. Er warf einen liebevollen Blick zu Melody. »Wobei es wohl eher so ist, dass die Dekorateurin mich angeheuert hat.«

Joyce stand auf und betrachtete die Zeichnungen, die an den Wänden hingen, und wandte sich an Melody. »Sind die auch von dir?«, wollte sie wissen.

»Ja.«

»Du hast wirklich Talent«, betonte Joyce, »und das Porträt ist toll. Hast du das tatsächlich aus dem Kopf gemalt?« Als Melody verlegen nickte, fügte Joyce lächelnd hinzu: »Man sieht, dass es mit Liebe gemacht ist.«

»Apropos Liebe«, grinste Callan, »ich kriege noch Geld von euch.« Er streckte die Hand in die Runde. »Zahltag. Mein Glück, dass wir den Beweis schneller bekommen haben, als gedacht.«

Mit einem bedeutungsvollen Blick auf Adrian rammte Lauren ihm den Ellbogen in die Seite. »Cal, hör auf damit. Nicht jetzt.«

Adrian runzelte die Stirn. »Was ist los? Raus mit der Sprache.«

»Wir hatten da so eine kleine Wette abgeschlossen«, erklärte Jordan amüsiert. »Callan war sicher, dass du mit Melody schläfst, und wir anderen haben dagegen gewettet.«

»Was?« Entgeistert riss Adrian die Augen auf.

»Tja, sieht wohl so aus, als hätte Callan gewonnen«, fuhr Jordan fort.

»Und wie ich gewonnen habe«, Callan zwinkerte ihm zu, »von wegen, er ist zu verklemmt.«

»Oh nein, danach sah es allerdings wirklich nicht aus«, warf Rose trocken ein.

»Das glaube ich nicht«, entfuhr es Adrian fassungslos, »ihr habt Wetten über mein Liebesleben abgeschlossen?«

»Naja, wir waren eben ein bisschen besorgt um dich«, gab Callan zerknirscht zu. »Nun komm schon, sei nicht sauer. Du kennst uns doch, wir haben es nicht böse gemeint.«

Adrian schnaubte und schaute zu Melody, die das Ganze schweigend und mit großen Augen verfolgt hatte. »Verstehst du jetzt, warum ich der Meinung war, dass wir es besser für uns behalten?«

»Dann hättet ihr euch aber nicht erwischen lassen dürfen«, war Callans erheiterter Kommentar.

»Du brauchst gar nicht so schadenfroh zu sein, McDermott«, funkelte Joyce ihn an. »Ich kann mich da nur allzu gut an einen gewissen Moment auf einem Küchentisch erinnern, wo du es nicht so lustig fandest, dass Granny und Millie plötzlich in der Tür standen.«

»Ich auch«, lächelte Millie verschmitzt. »Sagt mal, habt ihr McDermott-Jungs eigentlich alle so knackige Hintern?«

»Millie«, entfuhr es Rose vorwurfsvoll.

Jordan sprang auf und öffnete seinen Gürtel. »Soll ich es dir beweisen?«

Lachend zog Lauren ihn auf die Couch zurück. »Das lassen wir lieber, ich glaube, den Beweis dafür konnten wir vorhin bereits ausreichend bewundern.«

»Womit habe ich das nur verdient?«, seufzte Adrian, doch seine Augen funkelten. »Ihr seid eine verrückte Bande.«

»Oh ja, das sind wir«, schmunzelte Lauren und schaute dann Melody an. »Du solltest dir gut überlegen, ob du dir das wirklich antun willst.«

»Ja«, murmelte sie und bemühte sich, das schmerzhafte Stechen in ihrem Herzen zu ignorieren, »das werde ich.«

***

Ein paar Tage vergingen und allmählich pendelte sich Melodys Leben mit Adrian ein. Die Stunden im Büro verliefen entspannt, das Chaos hielt sich im Rahmen, was vor allem daran lag, dass Adrian sich viel Zeit nahm, um Melody etliches zu zeigen und zu erklären. Ihre Freizeit verbrachten sie vorwiegend auf der Ranch, unterbrochen durch gelegentliche Besuche von seinen Geschwistern. Sie liebten sich, so oft ihnen der Sinn danach stand und die Nähe zwischen ihnen wurde größer und tiefer. Es war beinahe so, als führten sie eine ganz normale Beziehung. Den Gedanken daran, dass Melody irgendwann abreisen würde, verdrängten sie beide energisch, ohne je miteinander darüber zu sprechen.

An einem Samstagmorgen fuhr Adrian kurz nach Crystal City, um einige Dinge zu erledigen. Als er zurückkam, hatte er einen Stapel Kataloge unter dem Arm, den er im Wohnraum auf den Tisch legte.

Nach dem Essen nahm er Melody an der Hand. »Komm mit, ich möchte dir etwas zeigen.« Er führte sie ins Wohnzimmer hinüber, zeigte auf die Prospekte. »Was hältst du davon, wenn wir ein paar Möbel kaufen?«

Irritiert schaute sie ihn an. »Möbel?«

»Ja.« Er setzte sich vor dem Kamin auf den Boden, zog sie zu sich hinunter, drückte ihr einen der Kataloge auf den Schoß, schlug ihn auf und deutete auf eine Seite. »Wir könnten mit einer Küche anfangen – wie findest du zum Beispiel diese hier?«

»Adrian«, sagte sie zögernd, »es ist dein Haus und du solltest dir aussuchen, was *dir* gefällt.«

Mit einem leisen Seufzen klappte er den Katalog zu und legte ihn beiseite. »Okay, das war wohl keine gute Idee.«

Sie drehte sich zu ihm um, nahm sein Gesicht in beide Hände und schaute ihn an. »Du bist ein wundervoller Mann und ich habe dich wirklich sehr gern«, sie stockte und korrigierte sich, »nein, mehr als das, und ich denke, das weißt du. Aber ich bin mir nicht sicher, ob ich hierbleiben kann, deswegen solltest du deine Pläne nicht nach mir ausrichten.«

»In Ordnung.« Er schluckte. »Ich möchte dich zu nichts drängen, das ist nicht meine Absicht.«

Zärtlich streichelte sie ihm über die Wange. »So habe ich es auch nicht aufgefasst.«

Er hielt ihre Hand fest, küsste ihre Handfläche und ihre Fingerspitzen. »Sagst du mir wenigstens, warum du nicht bleiben willst? Liegt es an mir? Ist es der Altersunterschied?«

»Nein, es liegt nicht an dir«, flüsterte sie mit einem Kloß im Hals, »du bist der tollste und beste Mann, den ich mir nur wünschen kann. Und das Alter spielt keine Rolle, schließlich sind es nur zehn Jahre und davon ist überhaupt nichts zu spüren.« Sanft ließ sie ihre Hände zu seinem Nacken gleiten, strich über den kleinen Haarwirbel, vergrub ihre Finger in seinem Haar und zog seinen Kopf zu sich. »Lass uns einfach die Zeit genießen«, bat sie ihn leise. »Ich möchte bei dir sein und dich glücklich machen, solange es möglich ist, aber ich will dir nichts versprechen, was ich vielleicht nicht halten kann.«

Einen Moment lang sah er ihr forschend in die Augen, versuchte darin zu erkennen, was sie ihm verschwieg, doch er sah nur Zuneigung und Aufrichtigkeit.

Schließlich nickte er. »Gut. Ich werde dich nicht mehr danach fragen.« Er zog sie dichter an sich und küsste sie, erst zärtlich, dann immer leidenschaftlicher. »Lass uns dieses Gespräch vergessen«, murmelte er zwischen zwei Küssen, »lass uns alles vergessen außer dir und mir.«

***

Eng umschlungen lagen Adrian und Melody im Wohnzimmer auf dem Teppich vor dem Kamin, zugedeckt mit der Patchworkdecke, die er von der Couch gezogen hatte.

»Was hältst du davon, wenn ich dich zum Essen einlade?«, schlug er vor und wickelte spielerisch eine ihrer Locken um seinen Finger.

Zufrieden kuschelte sie sich an ihn, streichelte liebevoll über seine Brust. »In Ordnung, aber kein teures Lokal, und kein Fast Food.«

»Sie sind ganz schön anspruchsvoll, Miss Foster«, schmunzelte er. »Also gut, ich glaube, ich kenne da ein gemütliches italienisches Restaurant – damit das jedoch gleich klar ist, das setze ich auf Ihre Schuldenliste.«

Sie hob den Kopf und schaute ihn gespielt vorwurfsvoll an. »Hey, ich würde doch sagen, dass ich mir das Essen gerade mühsam verdient habe, Chef.«

»Ach, und was bekomme ich für meinen Arbeitseinsatz?«

Im selben Moment klopfte es an die Haustür.

»Wer ist denn das jetzt?« Rasch sprang Melody auf und zog sich ihr Kleid über.

»Vermutlich wieder eines von meinen Geschwistern«, brummte er ungnädig, »so langsam wachsen sie sich zu einer wirklichen Plage aus.«

Während er in seine Shorts schlüpfte, ging Melody nach draußen und öffnete die Tür. Eine etwa dreißigjährige Frau stand davor, mit brünetten Haaren und eleganter, teuer aussehender Kleidung.

Abschätzig ließ sie ihren Blick über Melody gleiten. »Ist Adrian da?«

»Ich ... ja ...«, stammelte Melody irritiert, drehte sich um und sah im selben Augenblick Adrian in Shorts und T-Shirt aus dem Wohnzimmer kommen.

Als er die Frau erblickte, verfinsterte sich sein Gesicht. »Was suchst du hier?«, fragte er abweisend. »Welchen Teil des Satzes ‚Ich will dich nie wieder sehen' hast du nicht verstanden?«

31

»Adrian«, Florence McDermott lächelte, »können wir uns bitte einen Moment unterhalten?«

»Ich wüsste nicht, worüber«, sagte er kalt.

»Ich weiß, du hast allen Grund, sauer auf mich zu sein. Aber du könntest mich wenigstens kurz anhören.«

»Was willst du?«

»Kann ich nicht reinkommen?«

Er schnaufte genervt, trat dann an die Seite. »Also gut, ich gebe dir fünf Minuten. Danach wirst du verschwinden und dich nie mehr hier blicken lassen.«

Florence stöckelte auf ihren hohen Absätzen ins Haus, schaute sich rasch um und ging zielstrebig ins Wohnzimmer, wo sie sich auf die Couch setzte. »Schön hast du es hier.«

»Du bist wohl nicht gekommen, um mir Komplimente über meine Einrichtung zu machen«, knurrte er. »Die Zeit läuft, also fasse dich kurz.«

»Könnten wir uns bitte unter vier Augen unterhalten?«, fragte sie mit einem schiefen Blick auf Melody. »Es ist nicht nötig, dass deine Haushälterin alles mitbekommt.«

Eine steile Falte bildete sich zwischen seinen Augenbrauen. »Melody ist nicht meine Haushälterin und sie wird hierbleiben. Sie kann ruhig hören, was du zu sagen hast, ich habe keine Geheimnisse vor ihr.«

»Melody«, wiederholte Florence gedehnt und schaute anzüglich auf die Decke und die restlichen Kleidungsstücke, die vor dem Kamin lagen. »Na gut, wenn du es so möchtest. Allerdings gibt es da wohl doch etwas, was sie sicher noch nicht weiß.«

»Verdammt, hör auf mit diesen Spielchen und sag endlich, was du willst«, fuhr er sie an.

»Ich werde hier einziehen«, erklärte sie seelenruhig, und fügte nach einer kleinen Pause triumphierend hinzu: »Immerhin gehört die Hälfte der Ranch mir.«

Einen Moment lang sah Adrian sie entgeistert an, dann fing er an, zu lachen. »Florence, das ist ein toller Witz. Ich hatte ja gar keine Ahnung, dass du so viel Sinn für Humor hast, wo du doch damals immer so verbiestert und schlecht gelaunt warst.«

Verärgert schaute sie ihn an. »Dir wird das Lachen bald vergehen, mein Lieber, spätestens, wenn du Post von meinem Anwalt bekommst. Als du dieses Haus hier gebaut hast, waren wir noch verheiratet, und wie du dich vielleicht erinnern kannst, hatten wir keinen Ehevertrag. Ergo gehört die Hälfte davon mir, und diese Hälfte werde ich jetzt geltend machen. Du hast gedacht, du könntest mich mit ein paar Brosamen abspeisen, aber das lasse ich mir nicht gefallen. Ich will das haben, was mir zusteht.«

Er machte einen Schritt auf sie zu und für einen Moment sah es so aus, als wolle er sie ohrfeigen. Doch er starrte sie nur an, in seinen Augen blitzte es wütend.

»Das hast du dir ja fein ausgedacht, nur bist du dummerweise an den Falschen geraten. Ich bin nicht mehr der naive Trottel, den du damals kennengelernt hast. Du wirst keinen Cent von mir bekommen, nicht nach allem, was du dir erlaubt hast. Ich werde meinen Anwalt anrufen, dann sehen wir, was dir zusteht.«

»Tu das«, sagte sie spitz, »und bis die Sache geklärt ist, bleibe ich hier.«

***

»Ich drehe ihr den Hals um«, ohnmächtig ballte Adrian die Fäuste, »damit kommt sie nicht durch, das schwöre ich dir.« Aufgebracht lief er in seinem Arbeitszimmer hin und her, konnte immer noch nicht begreifen, was da gerade geschah. »Das ist ein Albtraum.«

Doch der Lärm, den Florence mit ihren Koffern draußen im Flur veranstaltete, war unüberhörbar, und machte ihm klar, dass das, was sich hier abspielte, die traurige Realität war.

»Was denkt sie sich nur?«, murmelte er vor sich hin, während er sich in seinen Stuhl fallen ließ und zum wiederholten Male vergeblich versuchte, seinen Anwalt zu erreichen. »Ich wusste, dass sie es faustdick hinter den Ohren hat, aber dass sie so abgebrüht ist, hätte ich nicht gedacht.«

»Reg dich nicht so auf.« Sanft legte Melody ihm die Hände auf die Schultern. »Es ist Wochenende, du kannst jetzt sowieso nichts ausrichten.«

»Doch, ich kann sie rauswerfen«, erwiderte er zornig. »Ich will sie hier nicht haben.«

»Wenn es wirklich stimmt, was sie behauptet, wirst du dir damit nur noch mehr Ärger einhandeln«, gab sie zu bedenken. »Lass sie eben bis zum Montag hierbleiben und hör dann erst mal, was dein Anwalt sagt. Es ist sicher besser, nichts zu unternehmen, bevor du mit ihm gesprochen hast.«

»Vermutlich hast du recht«, gab er resigniert zu. Mit einem gequälten Seufzen lehnte er sich im Stuhl zurück. »Musste das denn jetzt sein? Ich fange gerade wieder an, mich wie ein Mensch zu fühlen, und da taucht sie auf.«

Melody beugte sich zu ihm herunter, schlang die Arme um seinen Hals und drückte tröstend ihre Wange an seine. »Macht es dir immer noch so viel aus?«

Er griff nach ihren Händen, hielt sie fest und streichelte sie zärtlich. »Falls du wissen willst, ob da noch irgendwelche Gefühle sind – nein. Ich empfinde nichts als Abneigung und vielleicht sogar ein bisschen Mitleid. Ich weiß heute nicht einmal mehr, ob ich sie jemals geliebt habe. Damals war ich jung und naiv, ich war zu blind, um zu sehen, dass ihre Liebesschwüre nur Theater waren, um sich ein sorgloses Leben zu sichern.«

Liebevoll küsste Melody seine Wange. »Versuche, nicht mehr daran zu denken, es ist vorbei, und die Sache mit dem Haus wird sich auch klären.«

»Ja, hoffentlich.«

»Gut«, sie lächelte und strubbelte ihm durchs Haar, »wie wäre es also, wenn wir uns jetzt anziehen und wie geplant zusammen essen gehen?«

Er stand auf, zog sie in seine Arme und drückte sie fest an sich. »Du bist das Beste, was mir je passieren konnte.«

»Du auch«, antwortete sie leise, »besser als alles, was ich mir je vorgestellt habe.«

***

»Okay, ich hab‘s geschafft, ich bin drin«, sprach Florence ins Telefon, während sie sich in Adrians Stuhl lümmelte und die Füße auf seinen Schreibtisch legte.

»Sehr schön«, sagte Darren zufrieden, »wusste ich doch, dass das klappen würde.«

»Ich hoffe nur, dass dein Winkeladvokat weiß, was er tut, sonst sitze ich schneller auf der Straße, als ich Piep sagen kann. Adrian war ziemlich sauer und er hat einen äußerst guten Anwalt.«

»Mach dir keine Sorgen, das kriegen wir schon hin. Und selbst wenn es nicht funktionieren sollte, du weißt, dass du einen anderen Auftrag hast. Sieh zu, dass du dieses Weibsbild absägst, damit ich Lances Cousine in Adrians Vorzimmer bekomme, das ist das Wichtigste. Sollte er dir zusätzlich noch die Hälfte vom Haus abtreten müssen, ist das ein kleines Extra-Bonbon für dich.«

»Nur keine Panik, ich werde es sicher schaffen, einen Keil zwischen die beiden zu treiben. Adrian ist so ein gutgläubiger Trottel, und dieses Mädchen sieht mir genauso naiv aus, es dürfte also nicht allzu schwer sein. – Übrigens, ich bin gerade in seinem Arbeitszimmer, aber leider ist er zu ordentlich, um etwas herumliegen zu lassen. Vermutlich ist alles Wichtige im Safe, das hat er früher auch schon immer so gemacht.«

»Weißt du, wo der ist?«

»Ja, ich habe ihn bereits gefunden. Es ist der Gleiche wie damals, doch natürlich hat er inzwischen die Kombination geändert.«

»Schade«, sagte Darren enttäuscht, »aber vielleicht gelingt es dir ja in den nächsten Tagen, irgendetwas Brauchbares zu finden. Halte Augen und Ohren offen, und sorge dafür, dass diese Foster verschwindet.«

»Mache ich«, versprach Florence, »irgendwie werde ich sie schon abservieren.«

32

Nach dem Telefonat mit Darren schlenderte Florence durchs Haus und durchstöberte sämtliche Zimmer. Im Erdgeschoss war nichts Besonderes zu finden und schließlich begab sie sich nach oben und schaute sich dort in den Räumen um.

»Schau mal an«, murmelte sie, als sie Adrians Schlafzimmer betrat und ihr Blick auf die zwei zerdrückten Kopfkissen und eine Schachtel mit Kondomen auf dem Nachttisch fiel. »Hat Lance also doch recht gehabt, die beiden treiben es miteinander.«

Der Gedanke daran gefiel ihr überhaupt nicht, und das nicht nur wegen Darrens Auftrag. In den letzten Jahren hatte sie es mehr als einmal bereut, dass sie damals so dumm gewesen war, Adrian zu betrügen und ihre Ehe aufs Spiel zu setzen. Zum Zeitpunkt ihrer Scheidung war Adrians Firma noch im Aufbau gewesen und hatte nicht viel abgeworfen. Zwar hatte er stets versucht, ihr jeden Wunsch von den Augen abzulesen, allerdings hatte er ihr bei Weitem nicht das luxuriöse Leben bieten können, das sie sich immer gewünscht hatte. Also war sie auf der Suche nach einem finanzkräftigen Versorger von einem Mann zum nächsten gewandert. Aber sehr schnell hatte sie feststellen müssen, dass die potenziellen Kandidaten entweder bereits verheiratet oder ihrer rasch überdrüssig waren, und ihre Träume hatten sich bald in Luft aufgelöst. Doch inzwischen war die Dermoil Company ein renommiertes Unternehmen und Adrian äußerst vermögend, und das war der Hauptgrund, weshalb sie sich auf dieses Spiel eingelassen hatte. Die Ranch interessierte sie dabei nur am Rande. Selbst wenn sie die Hälfte des Anwesens bekäme, das Geld wäre in kürzester Zeit aufgebraucht und sie würde erneut mit leeren Händen dastehen. Nein, sie wollte mehr – sie wollte Adrian zurück.

Sie strich mit den Fingern über ein Hemd von ihm, das auf einem Bügel am Schrank hing und überlegte, wie sie es anstellen könnte, ihn zurückzugewinnen. Es würde nicht leicht werden, er war auf sie nicht gut zu sprechen, und nach dem Auftritt von vorhin noch weniger als bisher. Aber das war nötig gewesen, um sich überhaupt erst mal Zutritt zu verschaffen, er hätte sonst nie ein Wort mit ihr gewechselt. Jetzt lag es an ihr, sich von der reißenden Tigerin in ein schnurrendes Kätzchen zu verwandeln. Sie würde so sanft und nachgiebig sein, wie er sie nie zuvor erlebt hatte, und sich von ihrer besten Seite zeigen.

»Es wäre doch gelacht, wenn ich dieses halbe Kind nicht ausstechen könnte«, murmelte sie hämisch, »was kann sie ihm schon geben. Ich werde ihm klarmachen, dass es ein Fehler war, sich von mir scheiden zu lassen.«

***

Obwohl Adrian und Melody damit rechneten, dass der Einzug von Florence Ärger bringen würde, verlief das restliche Wochenende erstaunlich ruhig. Florence hielt sich durchgehend in ihrem Zimmer auf, kam nur einmal kurz nach unten, um sich eine Flasche Wasser zu holen. Mit einem verächtlichen Blick auf Melody und Adrian, die kuschelnd auf der Couch saßen und lasen, verschwand sie wieder, ohne ein Wort zu verlieren.

»Ich traue ihr nicht«, sagte Adrian, als sie am Montagmorgen in die Firma fuhren. »Das scheint mir wie die Ruhe vor dem Sturm, ich bin mir sicher, dass sie irgendetwas ausbrütet.«

»Noch etwas?«, fragte Melody gedehnt. »Ich finde, die Geschichte mit der Ranch reicht völlig aus.«

»Ich werde jetzt gleich meinen Anwalt anrufen. Sollte er auch nur den Hauch einer Andeutung machen, dass sie keinen Anspruch auf das Haus hat, werfe ich sie in hohem Bogen hinaus«, erklärte Adrian grimmig.

Doch als Melody eine halbe Stunde später in sein Büro kam, um ihm einen Kaffee zu bringen, saß er niedergeschlagen in seinem Stuhl, und sie ahnte, dass das Gespräch nicht so zufriedenstellend verlaufen war, wie sie es sich erhofft hatten.

»Was hat der Anwalt gesagt?«, fragte sie leise.

Er zuckte hilflos mit den Schultern. »Es gibt zwei Möglichkeiten. Entweder zahle ich sie freiwillig aus oder ich lasse mich auf einen Rechtsstreit ein, der sich ewig hinziehen kann, und solange habe ich keine Chance, sie loszuwerden.«

»Aber wie kann das sein?«

»Es ist tatsächlich so, dass ihr bei der Scheidung die Hälfte meines Vermögens zugestanden hätte, denn es gab keinen Ehevertrag. Ich habe ihr damals eine großzügige Abfindung angeboten, um ein langwieriges Hin und Her zu vermeiden. Geldgierig, wie sie war, hat sie sofort angenommen und jetzt behauptet sie, ich hätte sie über den Tisch gezogen. Angeblich hätte ich verschwiegen, dass sich die Ranch in meinem Besitz befindet. Es ist zwar unüblich, dass geschiedene Eheleute nach einer solch langen Zeit noch Forderungen stellen, aber es gibt wohl Präzedenzfälle, wo zugunsten des Klägers entschieden wurde. Andererseits muss sie erst mal beweisen, dass sie keine Kenntnis von dem Haus hatte und das dürfte ihr schwerfallen. Die Chancen stehen also fünfzig zu fünfzig, und mein Anwalt rät mir, sie bis zur Klärung auf der Ranch wohnen zu lassen, um weiteren Ärger zu vermeiden.«

Frustriert ließ er den Kopf in die Hände sinken. »Ich habe keine Ahnung, was ich tun soll.«

»Und wenn du sie auszahlst? Das ist vielleicht nicht unbedingt die beste Lösung, aber damit würdest du allen Schwierigkeiten aus dem Weg gehen.«

»Dann müsste ich den Besitz verkaufen«, erklärte er unglücklich. »Ich bin zwar nicht gerade arm, doch einen solchen Betrag habe ich nicht mal eben so auf dem Bankkonto liegen. Der größte Teil meines Vermögens steckt in der Firma und diese Gelder kann ich unmöglich rausziehen, ohne größeren Schaden anzurichten.«

»Ich kenne mich mit diesen Dingen nicht so aus, aber könntest du nicht eine Hypothek oder ein Darlehen auf die Ranch aufnehmen?«

»Sicher könnte ich das«, nickte er. »Ehrlich gesagt habe ich jedoch keine Lust, jahrelang unnötig eine Schuld abzutragen. Dann warte ich lieber, bis ein Gericht mir bestätigt, dass ihr das Geld zusteht, freiwillig verpfände ich mein Hab und Gut nicht. Sollte jemals etwas mit der Firma schiefgehen, wäre das der absolute Ruin für mich.«

»Also hast du keine Wahl, als abzuwarten, was passiert«, stellte Melody mitfühlend fest.

»Ja, so sieht es wohl aus«, murmelte er dumpf.

»Lass den Kopf nicht hängen«, sagte sie liebevoll und strich ihm sanft über die Wange. »Es wird sich eine Lösung finden, und bis dahin machen wir eben das Beste aus der Situation, auch wenn es schwerfällt.«

»Wir?«, wiederholte er leise.

Sie nickte. »Ja, wir.«

***

Am Nachmittag steckte Adrian den Kopf aus seinem Büro. »Ruf Shanice Raybon an, sie soll dich für den Rest des Tages vertreten.«

»Was hast du vor?«, fragte Melody überrascht.

»Das wirst du dann sehen«, zwinkerte er ihr zu und verschwand wieder.

Verwundert wählte sie die Nummer der Buchhaltung und es dauerte nicht lange, bis Shanice im Vorzimmer erschien.

»Prima, also auf geht‘s«, lächelte Adrian, als Melody ihm Bescheid gab.

Wenig später saßen sie in seinem Auto, und als er kurz darauf vor dem Bekleidungsgeschäft anhielt, in welchem er ihr vor ein paar Wochen die Kostüme gekauft hatte, schaute sie ihn misstrauisch an.

»Was soll das werden, Chef? Wollen Sie meine Schuldenliste wieder vergrößern?«

Er lachte. »Nein, ausnahmsweise nicht. Sie werden mich auf einen Ball begleiten, Miss Foster, folglich brauchen Sie ein passendes Kleid.«

»Ein Ball?«, wiederholte sie verblüfft. »Aber ... was denn für ein Ball?«

»Am Samstag findet der Jahresball der texanischen Öl-Firmen statt und ich hätte gerne eine hübsche Frau an meiner Seite. Du willst doch sicher nicht, dass ich eine andere mitnehme, also kaufe ich dir jetzt eine Abendrobe.«

Sprachlos folgte sie ihm in den Laden, wo Adrian der Verkäuferin seine Wünsche mitteilte.

»Und denk dran, ich möchte dich erst sehen, bevor du dich für etwas entscheidest«, erinnerte er Melody augenzwinkernd.

»Hast du Angst, dass ich mir ein quietschbuntes Hippie-Outfit aussuche?«, neckte sie ihn.

Er gab ihr einen Kuss und grinste. »Das traue ich dir durchaus zu.«

Die Verkäuferin, Miss Starver, schien sie vom letzten Einkauf noch in bester Erinnerung zu haben. Mit einem leicht verkniffenen Lächeln eilte sie davon und kam dann mit einem Arm voller eleganter Abendkleider zurück. Melody betrat eine der Kabinen und begann, sich umzuziehen.

»Ach Miss Starver, suchen Sie doch schon mal passende Schuhe heraus«, bat Adrian, »und treffen Sie eine sorgfältige Auswahl, Sie können sich ruhig Zeit lassen. Das wird hier sicher eine Weile dauern.«

»Natürlich Mr. McDermott«, erwiderte die Frau beflissen und verließ den Umkleideraum.

Sobald sie draußen war, trat Adrian zu Melody in die Kabine.

»Adrian, was machst du hier drin?«

»Ich will dich ansehen«, lächelte er ihr im Spiegel zu.

»Da gibt es nichts zu sehen«, erklärte sie und zupfte an dem Oberteil des Kleids herum, »meine Brüste sind viel zu klein.«

»Das ist nicht wahr.« Er küsste zärtlich ihren Nacken, schlang seine Arme um sie und schob seine Finger in ihren Ausschnitt. »Siehst du, sie passen perfekt in meine Hände.«

»Dann sind deine Hände eben auch zu klein«, erwiderte sie lakonisch.

»Hm ... das müssen wir überprüfen.«

Bevor sie regieren konnte, hatte er ihr den Reißverschluss geöffnet und das Kleid abgestreift. Er drehte sie zu sich herum und umfasste ihren Po.

»Nein, meine Hände sind genau richtig«, murmelte er mit seinen Lippen an ihrem Hals, »also sind deine Brüste auch genau richtig.«

»Adrian«, flüsterte sie, als er ihr Höschen nach unten schob, »was tust du da? Die Verkäuferin wird jeden Augenblick zurückkommen.«

Er öffnete seine Hose, hob danach eines ihrer Beine an und stellte es auf den Hocker, der in der Kabine stand. »Dann müssen wir uns eben beeilen.«

»Es könnte uns jemand hören«, stöhnte sie leise auf, als sie miteinander verschmolzen.

»Wenn du jetzt nicht ruhig bist, ganz bestimmt.«

Wenige Minuten später lösten sie sich atemlos voneinander, genau in dem Moment, als Miss Starver wieder den Raum betrat.

Rasch brachte Adrian seine Kleidung in Ordnung. »Also das gefällt mir überhaupt nicht«, sagte er laut und zwinkerte Melody im Spiegel verschwörerisch zu, während er sich seine Krawatte zurechtrückte und sich kurz mit den Fingern durch die Haare fuhr. »Probier ein anderes an.«

Er trat aus der Kabine. »Ach Miss Starver, da sind Sie ja. Wären Sie so nett, mir eine Tasse Kaffee zu bringen? Diese Anproben sind ja immer so anstrengend.«

Melody stellte sich auf die Zehenspitzen, spähte über den Rand der Kabinentür hinweg und sah, wie die Verkäuferin mit feuerrotem Gesicht den Raum verließ.

»Du bist unmöglich«, schalt sie ihn durch die Tür, während sie in ein auberginefarbenes, langes Kleid schlüpfte, »sie weiß doch garantiert, was wir hier drin gemacht haben.«

»Und wenn schon«, erwiderte er amüsiert, »dann hat sie wenigstens etwas, was sie ihren Freundinnen beim nächsten Kaffeekränzchen erzählen kann.«

Melody trat aus der Kabine und Adrians Augen leuchteten auf. »Das ist genau das Richtige«, nickte er zufrieden, »du wirst die schönste Frau auf dem Ball sein.«

33

»Neil Garth für dich«, informierte Melody Adrian am Donnerstagmorgen und stellte dann das Gespräch zu ihm durch.

Wenige Minuten später kam Adrian aus seinem Büro, eine steile Falte zwischen den Augenbrauen.

»Was ist los?«, fragte sie stirnrunzelnd.

»Wenn ich das nur wüsste«, brummte er, goss sich eine Tasse Kaffee ein und hockte sich auf die Kante ihres Schreibtischs. »Neil hat mir gerade gesagt, dass er die Raffinerie an einen Konkurrenten verkaufen wird.«

»Ist das so schlimm?«

»Naja«, Adrian rieb sich den Nacken, »im Prinzip nicht, momentan haben wir genug Kapazitäten in den anderen Raffinerien frei. Trotzdem wäre es ein gutes Geschäft gewesen, und es ärgert mich ein bisschen, dass unser Ex-Kompagnon mir erneut zuvorgekommen ist – noch dazu, wo sein Gebot wieder nur ganz knapp über dem meinen gelegen hat.«

Tröstend legte sie ihm die Hand aufs Bein, streichelte ihn sacht. »Ärgere dich nicht darüber, so ist es in der Geschäftswelt nun mal. Ich habe es auch schon öfter erlebt, dass ...« Sie stockte und biss sich auf die Lippe, stand rasch auf und schlang ihm die Arme um den Hals. »Weißt du was, Liebling, sieh zu, dass du fertig wirst und dann fahren wir nach Hause. Ich koche dir etwas Schönes, und mal sehen, was ich dir sonst noch als Trostpflaster anbieten kann.«

Lächelnd zog er sie an sich und küsste sie. »Miss Foster, Sie sind wirklich eine perfekte Sekretärin.«

Er erhob sich und ging in sein Büro zurück, setzte sich nachdenklich an seinen Tisch. Obwohl er sich auf den gemeinsamen Feierabend mit Melody freute, dachte er weiterhin an Darren Ward und das merkwürdige Gefühl in seinem Bauch wollte nicht verschwinden.

***

Am Samstagnachmittag stand Melody vor dem Spiegel in ihrem Zimmer und machte sich sorgfältig zurecht. Sie zog das auberginefarbene, schulterfreie Abendkleid an, schlüpfte in die dazu passenden, hochhackigen Schuhe und ging dann hinüber ins Bad. Mit ein paar geschickten Handgriffen steckte sie sich die Haare hoch, trug ein wenig Lippenstift und einen Hauch Parfüm auf. Zufrieden verließ sie das Badezimmer und erschrak, als sie vor der Tür beinahe mit Florence zusammenstieß.

»Sieh an, das Aschenputtel hat sich in eine Prinzessin verwandelt«, sagte die Brünette süffisant, während sie Melody von oben bis unten musterte. »Lassen Sie mich raten – Adrian hat das Kleid bezahlt.«

»Ich wüsste nicht, was Sie das angeht«, gab Melody kühl zurück. »Wenn Sie mich jetzt bitte vorbeilassen würden.«

»Es muss kein gutes Gefühl sein, von einem Mann ausgehalten zu werden«, fuhr Florence fort, als hätte sie Melody überhaupt nicht gehört. »Noch dazu, wo er mindestens zehn Jahre älter ist als Sie und im Bett so langweilig wie die Gebrauchsanweisung einer Betonmischmaschine.«

»Oh, dann haben Sie wohl etwas falsch gemacht«, erwiderte Melody lächelnd, »ich kann mich über Langeweile nicht beklagen, ganz im Gegenteil.«

Offenbar hatte diese Antwort gesessen, denn Florence sah aus, als hätte sie in eine Zitrone gebissen. »Sie sollten sich Ihrer Sache nicht allzu sicher fühlen, Schätzchen«, zischte sie, »er wird Ihrer schnell überdrüssig sein und Sie vor die Tür setzen. Was können Sie ihm schon groß bieten außer einem straffen Körper und einem hübschen Gesicht? Adrian braucht eine Frau mit Niveau und Intelligenz.«

Obwohl Melody nicht vorgehabt hatte, sich auf einen Streit mit Florence einzulassen, hatte sie jedoch keineswegs die Absicht, ihre Beleidigungen kommentarlos hinzunehmen. Sie war grundsätzlich ein friedfertiger, freundlicher und höflicher Mensch, aber sie hatte auch gelernt, sich zur Wehr zu setzen, wenn sie angegriffen wurde.

»Richtig, und genau deswegen hat er sich ja wohl von Ihnen scheiden lassen«, gab sie daher betont liebenswürdig zurück. »Oder nein, halt, Moment«, sie tat so, als würde sie überlegen, »war es nicht doch eher, weil Sie mit anderen Männern ins Bett gegangen sind?« Bevor Florence noch etwas sagen konnte, hatte Melody sie beiseitegeschoben und lief auf die Treppe zu. »Entschuldigen Sie mich, aber bis Mitternacht ist nicht mehr viel Zeit und mein Prinz wartet auf mich.«

Sprachlos starrte Florence ihr nach. »Miststück«, zischte sie zornig, »freu dich bloß nicht zu früh, deine Tage hier sind bereits gezählt.«

***

Als Melody nach unten kam, stand Adrian in seinem Arbeitszimmer am Fenster und schaute nachdenklich hinaus. Ihr Herz machte einen kleinen Hüpfer, als sie ihn sah, er trug einen Smoking und sah äußerst attraktiv aus. Sie überlegte einen Moment, ob sie ihm von dem Gespräch mit Florence erzählen sollte, entschied sich dann jedoch dagegen. Zum einen hatte er bereits genug Ärger, auch ohne dass sie ihn jetzt damit behelligte, zum anderen wollte sie den Abend nicht verderben.

»Ich bin soweit«, sagte sie leise.

Er drehte sich um und ließ seinen Blick über sie gleiten, seine Augen strahlten. »Du siehst umwerfend aus«, murmelte er und küsste sie liebevoll, »ich bin stolz darauf, dich an meiner Seite zu haben – aber eine Kleinigkeit fehlt noch.«

Er öffnete den Aktenschrank und ein Safe kam zum Vorschein. Rasch stellte er die Kombination ein, zog die Tür auf und griff nach einer kleinen Schachtel. Ein altmodisches, mit Diamanten besetztes, goldenes Collier lag darin, er nahm es heraus und legte es ihr um.

»Adrian«, flüsterte sie hingerissen, »das ist wunderschön.«

»Das ist ein altes Familienerbstück«, erklärte er. »Die Großmutter meines Vaters hat es von meinem Urgroßvater zur Hochzeit bekommen, und seitdem wurde es von Generation zu Generation an den Erstgeborenen weitergegeben. Ich habe es extra von der Bank geholt, ich möchte, dass du es heute Abend trägst.«

Gerührt legte sie ihm die Arme um den Hals, küsste ihn innig und versprach: »Danke, ich werde sehr gut darauf aufpassen.«

***

Der Ball fand im San Antonio Convention Center statt und war ein großes Ereignis. Alle angesehenen Mitglieder der texanischen Ölbranche sowie einige prominente Gäste waren anwesend, und Melody fühlte sich inmitten dieser illustren und eleganten Gesellschaft zunächst äußerst unwohl und fehl am Platz.

Adrian hatte seinen Arm um sie gelegt, machte sie mit etlichen Leuten bekannt, stellte sie jedoch nicht als seine Sekretärin, sondern lediglich mit ihrem Namen vor. Er behandelte sie, als wäre sie seine Frau, war sehr galant und liebevoll, und allmählich begann sie, sich zu entspannen.

Als sie an ihren Tisch kamen, saßen dort zu ihrer Freude Callan und Joyce.

»Ich wusste gar nicht, dass ihr hier seid«, sagte Melody, nachdem sie sich begrüßt hatten.

»Ich auch nicht«, brummte Callan. »Aber blöderweise gehört mir ein Teil der Firma und Joyce hat mich genötigt, mit ihr hierher zu gehen.«

»Seit wann lässt du dich denn von einem weiblichen Wesen zu etwas nötigen?«, zog Adrian ihn auf. »Da scheint wohl jemand ziemlich unter dem Pantoffel zu stehen.«

Joyce schmunzelte. »Ich habe ihm mit Liebesentzug gedroht, das war äußerst wirksam.«

»Dabei würde sie es doch selbst nicht länger als einen Tag durchhalten«, betonte Callan amüsiert und bekam dafür einen Rippenstoß von seiner Frau.

In diesem Augenblick wurde das Geplänkel der beiden durch die Begrüßungsansprache eines älteren Mannes unterbrochen. Die Rede war recht trocken und man konnte beinahe ein erleichtertes Aufatmen hören, als er endlich fertig war und das Essen serviert wurde. Im Anschluss daran begann eine Band zu spielen und die Stimmung wurde etwas lockerer.

»Ich muss mal für kleine Mädchen«, sagte Joyce, nachdem sie eine Weile mit Callan getanzt hatte, »unser Quarterback drückt mir ganz schön auf die Blase.«

»Ich komme mit«, nickte Melody und erhob sich.

Callan grinste. »Ich frage mich wirklich, warum ihr Frauen immer im Rudel zur Toilette gehen müsst.«

»Das, McDermott, bleibt unser Geheimnis«, lächelte Joyce und gab ihm einen Kuss. »Bis gleich.«

Als sie aus dem Waschraum kamen und wieder den Saal betraten, wurde Melody plötzlich von einem Mann aufgehalten. »Hallo Miss Foster.« Als sie die Stirn runzelte, fügte er lächelnd hinzu: »Wayne, Wayne Moreland. Wir haben uns in Corpus Christi kennengelernt – Sie sind doch Adrians Sekretärin?«

»Ach so, ja natürlich, Mr. Moreland, wie schön, Sie wiederzusehen.«

»Das Vergnügen ist ganz auf meiner Seite. Darf ich Sie zu einem Drink einladen?«

Unsicher schaute Melody Joyce an und diese nickte ihr aufmunternd zu. »Geh nur, ich setze mich inzwischen wieder hin, langes Stehen strengt mich im Moment etwas an.«

Bevor Melody widersprechen konnte, war sie auch schon zwischen den Gästen verschwunden, und Melody blieb nichts anderes übrig, als Wayne Moreland an die Bar zu folgen. Er reichte ihr ein Glas Champagner und sie unterhielten sich einen Augenblick, als ein weiterer Mann dazukam.

»Hallo Wayne, wer ist denn diese bezaubernde Schönheit an Ihrer Seite?«

»Darren«, Wayne Moreland schüttelte ihm die Hand, »das ist Miss Foster, die Sekretärin von Adrian McDermott. Miss Foster – Darren Ward.«

»Es freut mich, Ihre Bekanntschaft zu machen«, lächelte Darren charmant, »und ich muss sagen, Adrian ist ein Glückspilz – ich würde sehr gerne mit ihm tauschen.«

34

»Wo hast du denn Melody gelassen?«, fragte Adrian, als Joyce an den Tisch zurückkehrte.

»Oh, sie hat einen Bekannten getroffen.«

»Einen Bekannten?« Irritiert schaute Adrian sich nach Melody um und entdeckte sie an der Bar, zusammen mit Wayne Moreland und – Darren Ward.

Seine Miene verfinsterte sich, als er sah, wie Darren Melody einen Arm um die Schultern legte und sie zur Tanzfläche führte.

»Entschuldigt mich«, murmelte er verärgert und stand auf. Er schob sich durch die Tanzenden auf Darren und Melody zu, tippte Darren dann auf den Arm. »Darf ich?«, sagte er in einem eisigen Ton, der kein Nein als Antwort zuließ.

»Natürlich«, grinste Darren, »für meinen alten Geschäftspartner räume ich doch gerne das Feld – zumindest beim Tanzen.«

Adrian zog Melody an sich und schaute Darren mit einem Stirnrunzeln nach.

»Warum schaust du so böse?«, fragte Melody unsicher, während sie seinen Schritten folgte. »Habe ich etwas falsch gemacht?«

»Woher kennst du Darren Ward?«, wollte er anstelle einer Antwort wissen.

»Ich kenne ihn nicht, Wayne Moreland hat ihn mir eben vorgestellt.«

Mit gehobener Augenbraue musterte er prüfend ihr Gesicht. »Und deswegen musstest du gleich mit ihm tanzen?«

Verblüfft über seine Reaktion schaute sie ihn an. »Sag mal, bist du etwa eifersüchtig?«

»Was? – Nein, entschuldige, ich habe das nicht so gemeint. Natürlich kannst du tanzen, mit wem du willst, ich war nur etwas verärgert, dass es ausgerechnet dieser Widerling ist.« Er zog sie dichter an sich und streichelte mit seinen Fingerspitzen zärtlich über ihren Rücken. »Tut mir leid«, sagte er leise, »lass uns das vergessen, ich möchte den Abend mit dir ausgiebig genießen.«

Beruhigt schmiegte sie sich an ihn, und nachdem sie eine Weile miteinander getanzt hatten, führte er sie zur Bar, reichte ihr ein Glas Champagner, nahm sich ebenfalls eines und stieß mit ihr an. »Auf die schönste Frau im Saal.«

»Adrian«, Wayne Moreland klopfte ihm von hinten auf die Schulter, »nett, dich zu sehen – mit Miss Foster hatte ich vorhin ja schon das Vergnügen.«

»Hallo Wayne«, nickte Adrian und schüttelte ihm kurz die Hand, »was macht das Projekt?«

»Oh, es läuft bestens. Wir haben einen finanzkräftigen Ersatz für dich gefunden, Darren Ward ist bereit, mit 1,5 Millionen Dollar einzusteigen, die Sache ist also in trockenen Tüchern. Schade, dass du dir das Geschäft hast entgehen lassen.«

»Darren Ward«, entfuhr es Adrian überrascht, »welch ein Zufall.«

Sie plauderten noch einen Moment, dann brachte Adrian Melody an den Tisch zurück.

»Was ist denn mit dir los?«, fragte Callan, als er

Adrians verstimmtes Gesicht sah. »Ist dir eine Laus über die Leber gelaufen?«

»Laus ist der richtige Ausdruck«, brummte Adrian nachdenklich, »und irgendwie habe ich den Eindruck, als würde diese Laus ganz genau wissen, was in unserer Firma vor sich geht.«

***

In den frühen Morgenstunden des Sonntags kehrten Adrian und Melody vom Ball zurück.

»Ich bin hundemüde«, seufzte Melody, als sie zusammen die Treppe hinaufstiegen.

»Ich auch«, nickte Adrian, »aber es war ein sehr schöner Abend, was vor allem an Ihrer Begleitung gelegen hat, Miss Foster.« Er zog sie an sich und küsste sie verlangend. »Allerdings wäre ich nicht zu müde, um noch ein paar dringende, geschäftliche Dinge mit Ihnen zu erledigen.«

»In Ordnung Chef, ich stehe Ihnen natürlich gerne zur Verfügung.«

»Das nenne ich Engagement«, lächelte er und machte eine Kopfbewegung in Richtung seiner Schlafzimmertür. »Wir treffen uns dann in meinem Büro, ich muss noch mal schnell ins Bad.«

»Adrian, warte«, stoppte sie ihn, »was ist mit dem Collier?«

»Ach so«, er hielt inne, »das kommt in den Safe und morgen deponiere ich es wieder auf der Bank. Würdest du es nach unten bringen?«

»Das solltest du lieber selbst machen.«

»Unsinn«, wehrte er ab und öffnete die Badezimmertür, »du weißt, dass ich dir vertraue, geh nur. Die Kombination ist 23-15-67.«

Bevor sie noch etwas sagen konnte, war er im Bad verschwunden. Achselzuckend lief sie die Treppe hinunter, ohne zu bemerken, dass sich hinter ihr geräuschlos die Tür des zweiten Gästezimmers schloss.

***

Abwartend stand Florence in ihrem Zimmer. Als sie nebenan die Tür zuklappen hörte, schlich sie auf den Flur hinaus und lauschte. Wenig später hörte sie leise Geräusche aus Adrians Schlafzimmer, die deutlich darauf schließen ließen, dass Adrian und Melody miteinander beschäftigt waren und sie nicht stören würden. Lautlos eilte sie die Treppe hinunter und betrat Adrians Arbeitszimmer. Es dauerte nicht lange, bis sie den Safe geöffnet und die Schachtel mit dem Collier herausgenommen hatte.

Das wird dein Untergang sein, Melody Foster, dachte sie triumphierend.

Dann überlegte sie einen Moment. Natürlich durfte das Schmuckstück nicht bei ihr gefunden werden. Den Gedanken, es in Melodys Zimmer zu platzieren, verwarf sie gleich wieder, das wäre viel zu offensichtlich. Adrian würde sofort klar sein, dass Melody es nicht bei sich aufbewahren würde, wenn sie es wirklich genommen hätte.

Nachdem sie eine Weile nachgedacht hatte, lief sie hinüber in die Küche. Sie nahm einen Bogen Alufolie, wickelte die Schachtel sorgfältig darin ein, steckte das Ganze danach noch in einen Gefrierbeutel. Anschließend ging sie ins Wohnzimmer, öffnete leise die Terrassentür und schlich hinaus. Unter der Lebenseiche wühlte sie mit den Händen hastig ein wenig Erde beiseite, legte das Kästchen in das entstandene Loch, schob die Erde wieder darüber und trat sie fest.

Ich freue mich schon auf Adrians Gesicht, wenn er feststellt, dass seine kleine Schlampe ihn bestohlen hat, dachte sie hämisch, während sie sich zum Pool hinunterbeugte und die Hände reinigte. Wenn Melody erst einmal weg war, hatte sie freie Bahn und das Collier würde ihr Sahnehäubchen sein. Damals war sie es Adrian offenbar nicht wert gewesen, es zu tragen, aber jetzt gehörte es ihr – und er bald auch.

***

»Hopphopp Chef, Sie wollen doch nicht zu spät zu Ihrem Termin kommen«, drängte Melody am Montagmorgen schmunzelnd, als Adrian vor dem Spiegel stand und sich seine Krawatte band.

»Würdest du mich nachts nicht vom Schlafen abhalten, hätte ich dieses Problem nicht und könnte sogar noch in Ruhe frühstücken«, brummte er gespielt vorwurfsvoll.

»Ach so, gut zu wissen, dass ich daran schuld bin«, zog sie ihn auf, »also werden Sie wohl ab sofort auf die Überstunden verzichten müssen, Chef.«

Nachdem er sein Jackett übergezogen hatte, gingen sie nach unten. Er griff nach seinem Aktenkoffer und öffnete die Haustür, hielt dann inne. »Moment, ich hole noch das Collier.«

Gemächlich lief sie zum Auto, während er ins Arbeitszimmer eilte. Wenig später kam er aus dem Haus und stieg stirnrunzelnd in den Wagen. »Sag mal, du hast den Schmuck doch in den Safe gelegt, oder?«

»Ja, habe ich. – Wieso?«

»Er ist nicht da.«

»Was?« Melody riss die Augen auf. »Das kann nicht sein«, entfuhr es ihr entgeistert, »ich habe ihn eigenhändig hineingelegt.«

»Und du hast den Tresor auch wieder ordentlich verschlossen?«

»Ja, natürlich.«

»Hm«, brummte er, »seltsam. – Naja, vielleicht habe ich nicht richtig hingesehen, ich schaue später noch mal nach. Jetzt haben wir keine Zeit mehr, in einer halben Stunde ist mein Termin, und ich muss noch einige Unterlagen vorbereiten.«

Er ließ den Motor an und fuhr los. »Ich bin heute Abend in der Cactus-Bar«, berichtete er dann. »Callan und ein paar Jungs wollen pokern, und ich habe mich von ihm überreden lassen, mitzuspielen.«

Sein Ton war locker, aber Melody bemerkte, dass er mit seinen Gedanken nach wie vor bei dem Schmuckstück war. Ein merkwürdig beklommenes Gefühl stieg plötzlich in ihr auf.

»Das ist schön, ich finde es gut, wenn du etwas mit deinen Geschwistern unternimmst«, lächelte sie zaghaft, während sie im Stillen betete, dass das Collier im Safe sein würde, wenn sie nach Hause kamen.

35

»Ich verstehe das nicht«, sagte Melody hilflos. »Ich habe die Schachtel genau hier hingelegt«, sie tippte mit dem Zeigefinger in den Tresor, »sie kann doch nicht einfach verschwunden sein.«

»Melody, niemand außer dir und mir kennt die Kombination.« Ernst schaute Adrian sie an. »Hör zu, wenn du das Collier genommen hast, weil du es behalten möchtest oder aus irgendeinem Grund Geld brauchst, sag es mir bitte. Ich werde nicht böse sein, das verspreche ich dir, ich will nur die Wahrheit wissen.«

Tränen stiegen ihr in die Augen. »Ich habe es nicht genommen, ich schwöre es dir.«

Einen Moment sah er sie prüfend an, dann schloss er die Safetür zu und nickte. »In Ordnung. Es gibt zwar keine vernünftige Erklärung für das Ganze, aber ich hoffe, der Schmuck wird sich wieder auffinden. – Ich gehe mich jetzt umziehen und fahre in die Cactus-Bar.«

»Okay«, sagte sie leise und sah ihm nach, wie er den Raum verließ.

Bedrückt tappte sie hinüber ins Wohnzimmer und ließ sich auf die Couch fallen, grübelte verzweifelt, was mit dem Collier geschehen sein mochte.

Kurz darauf kam Adrian wieder nach unten. Er gab ihr einen flüchtigen Kuss und ging hinaus. »Du brauchst nicht auf mich zu warten, es kann spät werden«, rief er noch über die Schulter, dann klappte die Haustür hinter ihm zu.

Unglücklich rollte sie sich in die Patchworkdecke. Sie spürte genau, dass er ihr nicht glaubte, und vermutlich würde sie es an seiner Stelle auch nicht tun. Wenn keiner außer ihr und Adrian die Kombination des Safes kannte, musste es zwangsläufig bedeuten, dass sie den Schmuck genommen hatte, es kam ja sonst niemand infrage.

Florence, fuhr es ihr plötzlich durch den Kopf, es könnte Florence gewesen sein.

Wie aufs Stichwort hörte sie im gleichen Moment Schritte draußen auf der Treppe und Sekunden später stand Adrians Exfrau mit einem siegessicheren Lächeln in der Tür.

»Na Schätzchen, Ärger im Paradies?«, fragte sie hämisch und trat auf sie zu. »Sieht wohl so aus, als würden Adrian endlich die Augen aufgehen, worauf er sich da eingelassen hat.«

»Sie haben das Collier gestohlen, oder?«, platzte Melody heraus und es klang weniger wie eine Frage als mehr wie eine Feststellung.

»Collier?« Spöttisch verzog Florence das Gesicht. »Ich weiß nicht, wovon Sie sprechen.«

»Jetzt tun Sie doch nicht so scheinheilig«, fuhr Melody sie an. »Sie haben den Schmuck aus dem Tresor genommen, um mich bei Adrian in Misskredit zu bringen.«

»Das müssen Sie erst mal beweisen, Schätzchen«, erwiderte die Brünette gelassen, »denn *ich* kenne die Kombination des Safes nicht.« Mit einem triumphierenden Lächeln lief sie hinüber in die Küche und nahm sich etwas aus dem Kühlschrank. »Ach ja, falls Sie Hilfe beim Packen benötigen, können Sie mir ruhig Bescheid sagen, ich gehe Ihnen gerne zur Hand«, rief sie vom Flur aus noch ins Wohnzimmer, bevor sie die Treppe hinaufging.

Sie war es, schoss es Melody durch den Kopf, kein Zweifel, sie war es.

***

»Das war doch ein unterhaltsamer Abend«, sagte Callan, als er sich gegen Mitternacht draußen vor der Cactus-Bar von seinem Bruder verabschiedete.

»Ja, das war es«, murmelte Adrian geistesabwesend, »sehr unterhaltsam.«

Tom Wilson kam aus der Tür und wandte sich in Richtung seines Autos, aber Adrian hielt ihn zurück. »Tom, könnte ich dich noch einen Moment sprechen?«

»Ja, sicher.«

»Okay, Jungs, macht es gut, bis nächste Woche«, winkte Callan und stieg in seinen Pick-up.

»Adrian, was ist los?«, wollte der Deputy wissen.

»Du hast doch Melody Fosters Anzeige wegen des Diebstahls aufgenommen – habt ihr da eigentlich irgendetwas gefunden?«

Tom schüttelte den Kopf. »Nein, aber das habe ich dir ja gleich gesagt, mit den wenigen Angaben war es von vorneherein aussichtslos. Die Diebin ist sicher längst über die Grenze nach Mexiko abgehauen.«

»Hm«, brummte Adrian nachdenklich.

»Stimmt etwas nicht?«

»Doch, doch, alles okay«, wehrte Adrian hastig ab. »Allerdings möchte ich dich trotzdem um einen Gefallen bitten.«

»Gerne, raus mit der Sprache.«

»Könntest du ...«, Adrian zögerte einen Moment, dann gab er sich einen Ruck, »könntest du Melody Foster überprüfen?«

»Was willst du wissen?«

»Alles, was du in Erfahrung bringen kannst.«

»Gut, mache ich«, versprach der Deputy, »ich rufe

dich morgen an und sage dir Bescheid.« Nach einem kurzen Blick auf Adrians angespanntes Gesicht fügte er stirnrunzelnd hinzu: »Hat sie etwas ausgefressen?«

Bedrückt zuckte Adrian mit den Schultern. »Keine Ahnung, ich hoffe es nicht.«

***

Als Adrian zur Ranch zurückkehrte, lag Melody immer noch wach in seinem Bett. Sie hatte keinen Schlaf finden können, hatte die ganze Zeit darüber nachgedacht, ob sie Adrian von ihrem Verdacht hinsichtlich Florence erzählen sollte. Doch selbst wenn sie mit ihrer Vermutung recht hatte, es gab keinen Beweis dafür, Florence würde kaum so unvorsichtig sein, den Schmuck in ihrem Zimmer herumliegen zu lassen. Also hatte sie den Gedanken wieder verworfen und sich weiter den Kopf zerbrochen, wie sie Adrian überzeugen konnte, dass sie nichts mit dem Verschwinden des Colliers zu tun hatte.

Die Schlafzimmertür ging auf und Adrian kam herein.

»Hey«, begrüßte sie ihn unsicher, »wie war dein Abend?«

»Nett«, erwiderte er kurz angebunden, während er sich auszog.

Wenig später kroch er zu ihr unter die Decke und knipste das Licht aus. Schweigend lagen sie nebeneinander und im Gegensatz zu sonst hielt er Abstand zu ihr. Nach einer Weile kuschelte sie sich zaghaft an ihn.

»Sei mir nicht böse, aber ich bin ziemlich müde«, murmelte er abwehrend, »gute Nacht.«

Er rutschte ein Stück von ihr weg, wandte ihr dann den Rücken zu. Mit Tränen in den Augen rollte sie sich auf ihrer Bettseite zusammen und zum ersten Mal, seit sie aus Corpus Christi zurückgekehrt waren, schlief sie nicht in seinen Armen ein.

***

»Adrian, Tom Wilson für dich«, sagte Melody mit leicht zitternder Stimme ins Telefon und stellte das Gespräch zu ihm durch.

Das Frühstück und die gemeinsame Fahrt ins Büro waren genauso frostig verlaufen wie die Nacht zuvor, und der Anruf des Deputy ließ Melody nichts Gutes ahnen. Während sie nervös lauter Kringel auf die Schreibtischunterlage malte, starrte sie wie hypnotisiert auf die gelb leuchtende Taste der Telefonanlage, die anzeigte, dass Adrians Leitung besetzt war.

Das Telefonat dauerte nicht lange, und als der Knopf plötzlich erlosch, wurde ihr auf einmal speiübel. Sie sprang auf, stürzte durch den Aktenraum in den kleinen Waschraum und übergab sich. Schweißgebadet wankte sie wieder zu ihrem Platz, sank auf den Stuhl und rechnete damit, dass Adrian jeden Moment aus seinem Büro kommen und anklagend mit dem Finger auf sie deuten würde. Doch nichts geschah und je weiter die Zeiger der Uhr vorwärts rückten, desto beunruhigter war sie. Schließlich hielt sie es nicht mehr aus. Sie stand auf, ging zu Adrians Tür, klopfte kurz an und betrat dann sein Zimmer.

»Ach, gut, dass du kommst«, empfing er sie kühl und sie bemerkte, dass sein Gesicht sehr blass war.

»Was ... was ist los?«, fragte sie zaghaft.

»Bestell mir bitte ein Ticket für die nächste Maschine nach New Orleans.«

»New Orleans«, wiederholte sie tonlos, während sie spürte, wie eine neue Welle der Übelkeit in ihr aufstieg, »was willst du denn in New Orleans?«

Er starrte sie einen Moment schweigend an, sein Blick bohrte sich in den ihren, sein Gesicht war eine eisige Maske. Doch was sie noch viel mehr traf, waren der Schmerz, die Enttäuschung und die Verachtung, die sie deutlich in seinen Augen sehen konnte.

»Ich nehme an, das ist eine rhetorische Frage«, erwiderte er abweisend, »du weißt sehr gut, was ich dort will.«

36

»Bitte, lass mich dir wenigstens erklären, was wirklich passiert ist«, sagte Melody leise. Sie ging ein paar Schritte auf Adrian zu, der mit bleichem Gesicht hinter seinem Schreibtisch saß und sie distanziert anschaute. »Es ist nicht so, wie es aussieht.«

Er lachte zynisch auf. »Irgendwie kommt mir dieser Satz bekannt vor. Florence hat das Gleiche gesagt, als ich sie mit einem anderen Kerl in unserem Bett erwischt habe. Offenbar ist es bei euch Frauen nie so, wie es aussieht.« Er trommelte mit den Fingern auf dem Tisch herum, fügte dann etwas ruhiger hinzu: »Gut, bitte. Du hast fünf Minuten.«

»Ich habe in New Orleans bei einem Kunsthändler namens William Baker gearbeitet und gewohnt. Er ist ein alter Freund meines Vaters und hatte mir ein kleines Dachzimmer in seinem Haus vermietet. Drei Tage, bevor wir beide uns hier begegnet sind, gab er mir 30.000 Dollar für den Kauf eines Gemäldes. Ich bewahrte das Geld über Nacht in meiner Handtasche auf, ich wollte am nächsten Morgen nach Mobile fahren, um das Bild zu kaufen.

Am späten Abend hat mich meine Schwester Kerry besucht. Sie hat mir von ihrem neuen Freund vorgeschwärmt, der endlich *der Richtige* war und sie angeblich heiraten wollte. Als ich für ein paar Minuten im Bad war und wieder zurückkam, war Kerry verschwunden, und mit ihr das ganze Geld, sowie meine Kreditkarte und mein Sparbuch. Natürlich hat William getobt, als ich ihm davon berichtete, er hat mich gefeuert und mir mit einer Anzeige gedroht, wenn ich das Geld nicht zurückbringe.

Also habe ich mich in meinen Wagen gesetzt und bin Kerry hinterhergefahren, mit meinen letzten hundert Dollar im Portemonnaie, die sie glücklicherweise nicht mitgenommen hatte. Sie hatte erzählt, ihr neuer Freund sei Mexikaner, und so bin ich in Richtung mexikanische Grenze gefahren. Ich habe unterwegs sämtliche Tankstellen und Motels nach ihr abgeklappert, bis ich kurz vor San Antonio auf ihre Spur stieß. An der Tankstelle in Dilley habe ich sie tatsächlich gefunden, Kerry war jedoch schneller als ich und fuhr davon, bevor ich sie festhalten konnte. Wir haben uns eine wilde Verfolgungsjagd geliefert und schließlich ist sie mir entwischt. Dabei habe ich mich verfahren und den Rest kennst du.«

Sie holte noch einmal tief Luft und schwieg dann, schaute ihn unsicher an.

»Du erwartest doch nicht ernsthaft, dass ich dir diese hanebüchene Story glaube?«, fragte er abweisend.

»Ich weiß, es hört sich verrückt an, aber es ist die Wahrheit, ich schwöre es dir.«

»Und warum hast du mir das nicht gleich von Anfang an erzählt und mir stattdessen ein ganz anderes Märchen aufgetischt? Weshalb kommst du jetzt erst damit an?«

Hilflos hob sie die Hände und ließ sie wieder sinken. »Eben weil es sich so absurd anhört. Du hättest mir doch kein Wort geglaubt, genauso wenig, wie du es nun tust.«

»Vielleicht hätte ich dir geglaubt«, sagte er leise. »Zu diesem Zeitpunkt hatte ich keinen Grund, es nicht zu tun. Als wir uns begegnet sind, gab es kein gestohlenes Collier, und auch keine geheimnisvollen Telefonate, bei welchen du schnell den Hörer aufgelegt hast, wenn ich ins Zimmer kam. Es gab weder Geschäfte, bei denen Darren Ward mich mit ein paar lumpigen Dollar ausgebootet hat, noch gab es den

Ball, wo du mir gegenüber behauptet hast, ihn nicht zu kennen, obwohl ihr offensichtlich sehr vertraut miteinander getanzt habt.«

Erschüttert riss Melody die Augen auf. »Was? Ich kenne diesen Mann nicht, ich habe ihn auf diesem Fest zum ersten Mal gesehen. Willst du mir etwa unterstellen, ich hätte ihm deine geschäftlichen Dinge verraten?«

Er zuckte mit den Achseln. »Was soll ich denn sonst denken? Es passt doch alles genau zusammen.«

»Adrian, bitte, das kann nicht dein Ernst sein«, sagte sie verzweifelt. »Ich gebe zu, ich bin alles andere als eine perfekte Sekretärin. Ich habe dich beschwindelt, was meine PC-Kenntnisse anbelangt, da ich Angst hatte, dass du mir sonst den Job nicht gibst und mir Ärger wegen deines Autos machst. Ja, ich habe dir die Sache mit den 30.000 Dollar verschwiegen, weil ich nicht wollte, dass du mich für eine Diebin hältst, denn das bin ich nicht. Aber ich habe weder für diesen Darren Ward spioniert, noch habe ich das Collier genommen.«

»Ich würde dir gerne glauben«, seine Stimme klang bitter, »doch die Dinge gleichen sich zu sehr, als dass ich es könnte. Du suchst dir einen wohlhabenden Geschäftsmann aus, bringst ihn unter irgendeinem Vorwand dazu, dich bei ihm wohnen zu lassen und dir einen Job zu geben. Nachdem du dir ausreichend Vertrauen erschlichen hast, machst du lange Finger. – Hast du diesem William Baker auch vorgegaukelt, dass du in ihn verliebt bist?«

Tränen schossen ihr in die Augen. »Nein, er war für mich nie mehr als ein väterlicher Freund und Arbeitgeber«, presste sie heraus. »Und dir habe ich genauso wenig etwas vorgemacht. Ich liebe dich, Adrian, und ich habe in den letzten Wochen oft genug bereut, dass ich dir nicht von Anfang an die Wahrheit erzählt habe. Aber ich wusste, dass du genau so darauf reagieren würdest, wie du es jetzt tust, deswegen habe ich nichts gesagt.«

»Spar dir deine Tränen«, sagte er rau, »das zieht nicht mehr.« Er öffnete seinen Schreibtisch, nahm ein paar Blätter aus der Schublade. »Das hier sind dein Arbeitsvertrag und deine Schuldenliste«, erklärte er, während er beides zerriss und in den Papierkorb warf. »Unsere Vereinbarung ist hiermit beendet, deine Schulden betrachte ich als abgearbeitet, das restliche Gehalt für diesen Monat wird dir noch ausgezahlt. Damit dürftest du eine Fahrkarte nach New Orleans bezahlen können und ein bisschen Geld für den Anfang übrig haben.«

»Du ... du schickst mich weg?«, fragte sie tonlos.

Er stand auf, stellte sich ans Fenster und drehte ihr den Rücken zu. »Was hast du gedacht? Dass wir so weitermachen wie bisher? Tut mir leid, aber du wirst sicher verstehen, dass ich daran nicht interessiert bin.«

»Adrian ...«

»Miss Foster, es gibt nichts weiter zu sagen, und das mit dem Flugticket hat sich auch erledigt. Fahren Sie zur Ranch und packen sie Ihre Sachen, ich möchte Sie nicht mehr vorfinden, wenn ich nach Hause komme«, erklärte er hart.

Sie zuckte zusammen. »Okay«, murmelte sie nach einer Weile des Schweigens, »ich kann dich ja verstehen, ich würde an deiner Stelle wohl das Gleiche tun.«

Mit hängenden Schultern und wackeligen Beinen stakste sie zur Tür. Dort drehte sie sich noch einmal um. »Danke für alles«, sagte sie mit mühsamer Beherrschung, »es war eine schöne Zeit mit dir, du bist ein wundervoller Mann und ich werde dich nie vergessen.«

»Alles Gute«, erwiderte er mit brüchiger Stimme, »und ich werde auf eine Anzeige wegen des Colliers verzichten – verkaufen Sie es oder behalten Sie es als Erinnerung, das überlasse ich Ihnen.«

***

Wie in Trance stand Melody in ihrem Zimmer und warf hastig ein paar Sachen in ihren alten Rucksack. Sie packte nur das ein, was sie bei ihrer Ankunft auf der Ranch besessen hatte, alles andere ließ sie zurück. Nach kurzem Überlegen zog sie auch die Ohrringe aus, die Adrian ihr gekauft hatte, und legte sie auf den Tisch. Plötzlich hörte sie leise Schritte, und als sie sich umdrehte, sah sie Florence in der Tür stehen.

»Na Schätzchen, sieht wohl so aus, als wäre es Zeit, sich zu verabschieden. Nehmen Sie es sich nicht so sehr zu Herzen, Adrian wäre sowieso nicht mit Ihnen zusammengeblieben«, rieb die Brünette Salz in Melodys Wunden. »Er ist mit seiner Arbeit verheiratet, in seinem Leben gibt es keinen Platz für eine Frau, höchstens mal in seinem Bett, als kleine Abwechslung für zwischendurch.«

Einen Moment starrte Melody sie an, dann griff sie wortlos nach ihrem Rucksack, schob sich an Florence vorbei und ging die Treppe hinunter.

»Machen Sie es gut, Schätzchen«, rief Florence ihr hinterher, »ich werde an Sie denken, wenn ich in Adrians Armen liege.«

Mit einem zufriedenen Lächeln hörte sie, wie kurz darauf die Haustür ins Schloss fiel.

37

Als Adrian am Abend nach Hause kam und das Wohnzimmer betrat, erschien es ihm, als hätte sich nichts verändert. Der gesamte Raum erinnerte ihn schmerzhaft an Melody. Zart hing der Duft ihres Parfüms in der Luft und irgendwie rechnete er damit, dass sie gleich durch die Küchentür kommen und ihn zum Essen rufen würde.

Er presste die Lippen aufeinander, ging in die Küche und nahm einen Müllsack. Obwohl ihm jeder Handgriff einen tiefen Stich ins Herz versetzte, fing er an, die Decke, Kissen, Kerzen und alles Übrige in den Beutel zu stopfen. Anschließend hängte er die Bilder ab, stellte sie dann zusammen mit dem Plastiksack unter die Treppe. Er würde die Sachen in den nächsten Tagen entsorgen, hier im Haus war kein Platz mehr dafür. Als er gerade wieder ins Wohnzimmer zurückging und begann, die Pflanzen in den Garten hinauszutragen, tauchte plötzlich Florence auf.

»Adrian«, sagte sie leise und bemühte sich, ihrer Stimme einen mitfühlenden Klang zu geben, »es tut mir sehr leid für dich.«

»Lass mich in Ruhe«, knurrte er, ohne seine Tätigkeit zu unterbrechen.

»Du solltest es dir nicht so zu Herzen nehmen«, sprach sie in tröstlichem Ton weiter, »langfristig wäre das doch sowieso nicht gut gegangen. Sie war viel zu jung für dich und was hattet ihr denn schon gemeinsam, außer vielleicht ein bisschen Spaß im Bett.« Sie sah, wie er zusammenzuckte, und fügte hinzu: »Und übrigens, wegen der Ranch – ich denke, wir werden uns da irgendwie einigen, ich habe nicht die Absicht, dir noch zusätzlichen Kummer zu bereiten.«

Er fuhr herum und blitzte sie an. »Dazu wirst du auch keine Gelegenheit haben«, sagte er mit gefährlich leiser Stimme. »Wenn mein Anwalt mit dir fertig ist, wirst du dir wünschen, du wärst nie hierher zurückgekommen, das schwöre ich dir. Und jetzt geh mir aus den Augen und halte dich von mir fern, sonst bist du schneller hier draußen, als du reingekommen bist.«

Mit gespielter Betroffenheit schaute sie ihn an. »In Ordnung, ich kann verstehen, dass du momentan zu aufgeregt bist, um darüber zu sprechen«, erwiderte sie verständnisvoll. »Ich werde dich alleine lassen, und falls du Trost brauchst, oder jemanden zum Reden, dann weißt du ja, wo du mich findest.«

***

Mit einem fröhlichen »Guten Morgen« auf den Lippen betrat Callan am Mittwochvormittag das Vorzimmer seines Bruders. Als er statt Melody eine andere Frau dort am Schreibtisch sitzen sah, runzelte er überrascht die Stirn.

»Hallo, ich bin Callan McDermott«, stellte er sich vor.

Die Frau nickte und setzte ein verführerisches Lächeln auf. »Ja, ich weiß«, hauchte sie und warf ihm einen gekonnten Augenaufschlag zu.

»Ist mein Bruder da?«, fragte er, ohne auf ihren Flirtversuch zu reagieren.

Sie stand auf. »Ja, ich ...«

»Bemühen Sie sich nicht, ich kenne den Weg«, brummte er abwehrend, und bevor sie es verhindern konnte, hatte er bereits die Tür zu Adrians Büro aufgerissen.

»... das interessiert mich nicht«, hörte er ihn verärgert ins Telefon sagen, »Florence wird keinen Cent von mir bekommen. Schließlich war sie diejenige, die mich betrogen hat und nicht umgekehrt.«

Mit einer Handbewegung bedeutete Adrian Callan, sich zu setzen, und fügte hinzu: »In Ordnung, machen Sie das, und je schneller, desto besser. – Bis dann.« Mit einem gereizten Schnauben legte er den Hörer auf.

»Was ist denn mit dir los?«, fragte Callan verwundert. »Du klingst, als hättest du einen wütenden Bullen zum Frühstück gegessen. Und was habe ich da eben gehört? Florence? Was hast du plötzlich wieder mit Florence zu schaffen?«

»Frag nicht«, knurrte Adrian ungehalten. »Dieses verdammte Weibsbild ist nach acht Jahren aus der

Versenkung aufgetaucht und bildet sich ein, ihr würde die Hälfte von meiner Ranch gehören.«

»Was?«, entfuhr es Callan entgeistert. »Das nenne ich dreist. Ich hoffe, du wirst dich nicht darauf einlassen.«

»Das ist leider nicht so einfach. Mein Anwalt ist dran, aber es kann eine Weile dauern, bis das geklärt ist. Solange habe ich sie am Hals, sie hat sich bei mir eingenistet.«

»Ich fasse es nicht«, Callan schüttelte ungläubig den Kopf, »diese Frau hat vielleicht Nerven. Was sagt denn Melody dazu? Und wo ist sie überhaupt?«

»Weg«, war Adrians knapper Kommentar.

»Was heißt *weg*? Hat sie heute frei?«

Adrian presste die Lippen zusammen, Callan sah, wie seine Kiefermuskeln sich anspannten. »Nein, sie ist nicht mehr da.«

Einen Moment war es still im Raum, dann schüttelte Callan den Kopf. »Okay, jetzt verstehe ich, warum du so eine miese Laune hast. Was ist passiert?«

»Nicht viel, außer dass sie mich nach Strich und Faden belogen hat. Sie war diejenige, welche die Informationen an Darren Ward weitergegeben hat. Außerdem hat sie mir das Collier von unserem Vater geklaut – nichts Dramatisches also«, sagte Adrian sarkastisch.

Auf Callans Drängen hin berichtete er ihm, was geschehen war, und als er geendet hatte, schaute sein Bruder ihn einen Moment nachdenklich an, dann schüttelte er den Kopf.

»Das glaube ich nicht«, betonte er eindringlich, »auch wenn vielleicht alles gegen sie spricht, aber das glaube ich nicht.« Als Adrian ihn nur schweigend anstarrte, fügte er hinzu: »Ich gebe zu, anfangs habe ich mir so meine Gedanken gemacht und hatte Bedenken. Doch nachdem ich sie kennengelernt hatte, war das rasch verflogen, ich bin mir sicher, dass sie dich weder hintergangen noch bestohlen hat.« Er grinste. »Und du kannst dich auf mein Urteil verlassen, denn wenn ich eines habe, dann ist es Erfahrung mit Frauen.«

»Was hast du für Alternativen zu bieten? Wer könnte es sonst gewesen sein?«

»Also bei dem Collier tippe ich mal spontan auf Florence, das liegt ja wohl ziemlich klar auf der Hand. Und was die Sache mit Ward anbelangt – hatte denn nur Melody die Möglichkeit, an die Unterlagen zu kommen?«

Adrian seufzte. »Florence hatte ich anfangs auch im Verdacht, aber sie kann es gar nicht gewesen sein. Erstens kennt sie die Kombination vom Safe nicht, und zweitens wäre sie sicher nicht so dumm, ein Collier zu klauen, wenn sie die Hälfte der Ranch haben kann. Warum sollte sie das aufs Spiel setzen?«

»Vielleicht um einen Keil zwischen dich und Melody zu treiben? Könnte es sein, dass Florence daran interessiert ist, dich zurückzugewinnen?«

Adrian dachte an Florences Worte vom Vorabend und zuckte mit den Achseln. »Wäre möglich. Doch selbst wenn es so ist, das erklärt immer noch nicht, wie Ward an die Informationen gekommen ist.«

»Wer hat sich denn in den letzten Wochen hier oben aufgehalten?«

»Niemand außer Melody, mir natürlich, und Shanice.«

»Shanice – ist das die Frau, die draußen sitzt?«

Adrian nickte. »Ja, sie hat Melody einige Male vertreten. Aber sie hat weder Zugang zum PC noch zum Safe.«

»Jetzt komm schon, du weißt doch, wie leicht das ist. Ein paar Notizen im Papierkorb, ein vergessener Brief auf dem Schreibtisch – es bleibt immer mal etwas liegen.«

»Das kann ich mir nicht vorstellen«, murmelte Adrian. »Immerhin liegt gegen Melody eine Anzeige ihres vorherigen Arbeitgebers vor, es ist also nicht das erste Mal, dass sie so eine Nummer abzieht.«

Callan dachte einen Moment nach, dann lächelte er. »Wärst du bereit, dich auf ein kleines Theaterstück einzulassen?«

»Und was soll das bringen?«, brummte Adrian.

»Meine Güte, nun tu nicht so, als ob es dir gleichgültig wäre, dass Melody weg ist. Du liebst sie doch, oder?«

Adrian schluckte. »Ja, sieht wohl so aus«, gab er zögernd zu.

»Na also, dann erkläre ich dir jetzt, was wir machen«, nickte Callan zufrieden. »Es wird kurz und schmerzlos sein, und du wirst sehen, dass ich recht habe und Melody unschuldig ist.«

38

»Okay, wir treffen uns in einer Stunde mit Rose auf der Ranch«, sagte Callan, während er sich an der Tür zu Adrians Büro von ihm verabschiedete. »Sie wird sich bestimmt freuen, 1.250.000 Dollar sind ein großzügiges Angebot, das sie gar nicht ausschlagen kann.«

»Ja, das sehe ich auch so. Damit hat sie ihre Kosten für die Probebohrung rausgeholt und macht einen satten Gewinn. Aufgrund der Gutachten bin ich mir sicher, dass die Quelle wesentlich mehr abwirft, als das, was wir ihr jetzt bieten. Also haben wir alle etwas davon, sie kann gar nicht Nein sagen«, erklärte Adrian.

»Gut, bis nachher«, verabschiedete Callan sich und mit einem Nicken verschwand Adrian wieder in seinem Büro.

Während Callan sich auf den Weg machte, um Rose abzuholen, erteilte Adrian Shanice den Auftrag, ein entsprechendes Angebot vorzubereiten. Als sie kurz darauf zu ihm kam und ihm das Dokument vorlegte, nickte er zufrieden. »Gut. Ich möchte, dass Sie mich zur Porter-Ranch begleiten, und nehmen Sie etwas zum Schreiben mit, damit wir dann gleich die Einzelheiten festlegen können.«

»In Ordnung.«

Wenig später war er mit Shanice auf dem Weg nach Stillwell, und als sie auf der Porter-Ranch eintrafen, stand Callans Pick-up bereits vor der Tür.

Sie betraten das Wohnhaus, Adrian begrüßte Rose freundlich und schaute Callan an. »Was hältst du davon, wenn du Miss Raybon ein bisschen herumführst, während ich mit Rose das Geschäftliche bespreche?«

»Gerne.« Callan schenkte Shanice das charmante Lächeln, das er vor seiner Hochzeit mit Joyce stets angewandt hatte, um Frauen zu verführen, und von dem er genau wusste, dass es seine Wirkung nicht verfehlte. »Wir könnten uns vielleicht die Ställe ansehen«, schlug er mit weicher Stimme vor.

Wie erwartet schmolz Shanice förmlich dahin und folgte ihm mit strahlenden Augen nach draußen.

»Okay Rose, wie sieht es aus?«, fragte Adrian nervös, nachdem sich die Tür hinter den beiden geschlossen hatte.

Die alte Dame lächelte grimmig. »Ward müsste in wenigen Minuten hier sein, er hat mich angerufen und mir mitgeteilt, dass er auch gerne ein Angebot abgeben würde.« Sie deutete auf eine Schublade des Schreibtischs. »Ich habe meinen Peacemaker mitgebracht, nur für den Fall, dass er irgendwelchen Ärger machen sollte.«

Adrian schmunzelte. »Nun, ich denke nicht, dass das nötig ist.«

»Ich traue diesem Kerl nicht über den Weg, der ist zu allem fähig«, erwiderte Rose resolut. »Ich hoffe nur, dass es nicht schiefgeht.«

»Es kann nichts schiefgehen, weil die Ranch ja nicht mehr dir, sondern Callan und Joyce gehört – allerdings weiß Ward das nicht. Selbst wenn sein Gebot doch höher sein sollte als meins, wird kein Vertrag zustande kommen«, beruhigte Adrian sie.

Im gleichen Moment fuhr ein Wagen vor und Sekunden später klopfte es an die Tür.

»Hallo Darren«, begrüßte Rose den Besucher, »kommen Sie herein.«

Darren betrat den Wohnraum, warf Adrian ein siegessicheres Grinsen zu. »Na McDermott, du bist wohl mal wieder darauf aus, den Kürzeren zu ziehen.«

»Abwarten«, lächelte Adrian, »abwarten.«

Er zog einen Umschlag aus der Innentasche seines Jacketts und reichte ihn Rose. »Mein Angebot.«

Darren übergab ihr ebenfalls ein Kuvert. »Hier ist meins.«

Rose zögerte nicht lange und öffnete seines zuerst. »1.255.000 Dollar«, verkündete sie laut, und Darren nickte bestätigend.

Bedächtig nahm sie Adrians Angebot heraus und las es vor. »1.255.001 Dollar.«

Das triumphierende Lächeln in Darrens Gesicht verwandelte sich in ungläubiges Entsetzen. »Was?«, rief er aus und riss Rose die Zettel aus der Hand. »Das kann gar nicht sein.« Er überflog beide Dokumente und wurde blass. »McDermott, du Schwein, du hast mich übers Ohr gehauen.«

Adrian hob gelassen eine Augenbraue. »Wovon sprichst du?«

Darren biss sich auf die Lippe. »Nichts«, sagte er hastig, »nichts.«

»Vielleicht hat Shanice sich mit den Zahlen vertan«, erwiderte Adrian kalt. »Du solltest dir deine Mitarbeiter etwas sorgfältiger aussuchen.«

»Welche Shanice? Ich kenne keine Shanice«, behauptete Darren nervös. »Ich muss jetzt gehen.«

In diesem Moment flog die Tür auf und Callan kam herein, eine unglücklich dreinschauende Shanice vor sich herschiebend. »Wir stören doch nicht etwa, oder?«, fragte er gedehnt.

»Keineswegs«, Adrian lächelte grimmig, »ihr kommt genau richtig.« Er wandte sich an Darren, der mit blassem Gesicht dastand und Shanice wütende Blicke zuwarf. »Also Ward, wir hören.«

»Ich habe nichts zu sagen.«

»Nun, ich denke, Shanice hätte dem Deputy einiges zu erzählen«, knurrte Callan.

»Soll sie ruhig«, gab Darren giftig zurück, »dann steht Aussage gegen Aussage, beweisen könnt ihr gar nichts.«

»Stimmt, genau wie mit meinem Pferdestall damals«, mischte Rose sich nun ein. Sie baute sich vor Darren auf und funkelte ihn zornig an. »Sie werden jetzt auf der Stelle meinen Grund und Boden verlassen und sich hier nie wieder blicken lassen. Sollte ich Sie noch einmal hier erwischen, kommen Sie mir nicht ungeschoren davon, das verspreche ich Ihnen.«

»Schon gut«, Darren hob die Hände, »ich gehe. Mit euch Pack will ich sowieso nichts mehr zu tun haben.«

Eilig machte er einen Schritt auf die Tür zu, da hielt Adrian ihn am Arm fest. »Einen Moment, Ward.« Er holte aus und schmetterte ihm die Faust gegen das Kinn, so heftig, dass Darren augenblicklich in die Knie ging. Dann beugte er sich zu ihm herunter und sagte gefährlich leise: »Das ist eine kleine Vorwarnung. Solltest du jemals wieder auf die Idee kommen, dich mir oder meiner Familie zu nähern oder sonst irgendwelches Unheil zu stiften, wirst du mehr davon bekommen.« Mit einer raschen Bewegung packte er Darren am Revers seines Jacketts, zerrte ihn vom Boden hoch und schubste ihn zur Tür. »Und nun raus hier, aber schnell.«

»Das wird euch noch leidtun«, tobte Darren, während er sich das Kinn rieb und benommen hinaus wankte, »ihr werdet euch wünschen, mich nie kennengelernt zu haben.«

»Das tun wir bereits jetzt«, rief Callan ihm hinterher, »wer möchte schon gern mit einer Kakerlake bekannt sein?« Er drückte die Tür zu und schüttelte den Kopf. »So ein selten dämlicher Idiot.« Dann warf er seinem Bruder einen zufriedenen Blick zu. »Und – was habe ich dir gesagt?«

»Ja, du hattest recht«, gab Adrian zu, um sogleich frustriert hinzuzufügen: »Das erklärt aber nicht, was mit dem Collier passiert ist.«

»Collier?«, fragte Rose verwirrt.

»Das ist eine längere Geschichte, ich erzähle sie dir ein anderes Mal«, seufzte Adrian. Er wandte sich an Shanice. »Wissen Sie etwas darüber?«

Unglücklich schüttelte sie den Kopf. »Nein, das hat Ihr Bruder mich auch schon gefragt. Ich sollte nur die geschäftlichen Dinge an Mr. Ward weitergeben, von einem Collier weiß ich nichts.« Dann fing sie an zu weinen. »Mr. McDermott, es tut mir so leid, bitte werfen Sie mich nicht raus.«

»Mit tut es ebenfalls leid, Miss Raybon, doch unter diesen Umständen kann ich Sie nicht weiter beschäftigen, das werden Sie sicher verstehen. Ich verzichte auf eine Anzeige, weil Sie sich kooperativ gezeigt haben, aber Sie bekommen trotzdem die Kündigung. Ich sorge dafür, dass Sie ein gutes Zeugnis erhalten, bestimmt finden Sie einen anderen Job, notfalls können Sie ja bei Darren Ward nachfragen.« Adrian schaute Callan an. »Würdest du sie in die Firma zurückfahren und bei ihr bleiben, bis sie ihre Sachen gepackt hat? Ich möchte sofort zur Ranch und ein Wörtchen mit Florence reden.«

Callan nickte. »Klar, ich muss ja sowieso noch Rose nach Hause bringen.«

»Florence?«, fragte Rose irritiert. »Wieso Florence?«

Erneut stieß Adrian einen tiefen Seufzer aus. »Das ist …«

»… eine lange Geschichte, schon verstanden«, unterbrach Rose ihn. »Naja, ich denke, spätestens in ein paar Wochen bei deiner Hochzeit wirst du Zeit finden, mir das alles zu erklären.«

»Tut mir leid, dass ich dich enttäuschen muss«, erwiderte Adrian niedergeschlagen, »aber so wie es aussieht, wird es keine Hochzeit geben, weder in ein paar Wochen, noch irgendwann.«

39

Mit einem lauten Knall flog die Tür gegen die Wand, und erschrocken sprang Florence von ihrem Bett auf, wo sie gelegen und in einem Buch gelesen hatte. »Adrian, was soll denn das?«, fragte sie entgeistert.

»Wo ist es?«

»Wo ist was?«

»Tu nicht so scheinheilig«, fuhr er sie an, »wo ist das Collier?«

Sie setzte eine unschuldige Miene auf. »Ich weiß überhaupt nicht, wovon du sprichst«, sagte sie vorwurfsvoll, »vielleicht könntest du mal etwas deutlicher werden.«

»Verkauf mich nicht für dumm«, knurrte er drohend. »Du hast das Collier aus dem Tresor genommen, damit es so aussieht, als wäre es Melody gewesen. Was versprichst du dir davon? Wolltest du uns auseinanderbringen, weil du dir erhofft hast, dass ich mich dann mit dir tröste?«

»So ein Schwachsinn«, wehrte sie ab. »Ja, ehrlich gesagt würde ich mich gerne mit dir aussöhnen, denn ich bereue inzwischen sehr, was damals passiert ist. Aber mit diesem Collier habe ich nichts zu tun, ich kenne ja nicht einmal die Kombination vom Safe.« Als er sie nur schweigend anstarrte, fügte sie hinzu: »Bitte, du kannst ruhig mein Zimmer durchsuchen.«

»Das werde ich auch tun, verlass dich drauf«, stieß er grimmig hervor und riss die Türen des Kleiderschranks auf.

Er begann, den Inhalt herauszureißen und zu untersuchen, schaute in jeden Winkel, betastete sämtliche Kleidungsstücke. Danach nahm er sich die Kommode und das Nachttischchen vor, zerrte die Matratzen vom Bett, kontrollierte ihre Koffer. Nachdem er alles gründlich abgesucht hatte, ohne etwas zu finden, sah der Raum aus wie ein Schlachtfeld.

»Ich habe es dir doch gleich gesagt, ich habe das Collier nicht«, jammerte Florence. »Und wer soll das denn jetzt wieder aufräumen?«

»Natürlich, es war mir klar, dass du zu schlau bist, um es hier im Zimmer zu verstecken, ich wollte nur sichergehen«, überging er ihre Frage. »Ich warne dich, ich werde dich sehr genau im Auge behalten. Und was deine seltsame Idee von einer Versöhnung betrifft – vergiss es. In ein paar Tagen wird mein Anwalt die Angelegenheit mit der Ranch geregelt haben und dann bist du die längste Zeit hier gewesen.«

Bevor sie noch etwas sagen konnte, drehte er sich um und verließ den Raum. Mit müden Schritten ging er hinüber in sein Schlafzimmer und ließ sich aufs Bett fallen. Er nahm Melodys Kissen und vergrub das Gesicht darin, sog wehmütig ihren Duft in sich auf und der Schmerz traf ihn wie ein Hammerschlag.

Melody, dachte er unglücklich. Er vermisste sie unendlich und hätte alles dafür gegeben, um sie wieder bei sich zu haben. Aber da waren immer noch ihre Lügen und die ungeklärte Sache mit dem Collier. So gerne er ihr glauben wollte, es sprach doch zu viel gegen sie.

***

»William, bitte.« Mit flehentlichem Blick schaute Melody den älteren Mann an, der vor ihr stand und im Begriff war, ihr die Tür vor der Nase zuzuwerfen.

»Du hast vielleicht Nerven.« Der hagere Kunsthändler fuhr sich mit den Händen durch das schüttere, graue Haar und schnaubte. »Denkst du wirklich, ich würde dich nach allem, was vorgefallen ist, mit offenen Armen empfangen?«

»Es tut mir alles so leid, aber bitte gib mir die Chance, das Geld bei dir abzuarbeiten und gib mir mein Zimmer wieder.« Sie schluckte und fing an zu weinen. »Bitte. Ich habe den Mann verloren, den ich liebe, und ich weiß nicht, wo ich jetzt hingehen soll. Glaubst du nicht, dass ich bereits gestraft genug bin?«

»Das ist wohl kaum mein Problem«, brummte William, doch seine Stimme klang schon nicht mehr ganz so ablehnend. Er zögerte einen Moment, dann öffnete er die Tür. »Komm erst mal rein.«

Schluchzend folgte sie ihm durch den spärlich beleuchteten Flur in die kleine Küche.

»Möchtest du einen Tee?«

Sie nickte wortlos. Er deutete auf einen Stuhl und stellte ihr einen Becher mit Kräutertee hin.

»Also gut, was ist passiert?«, fragte er, nachdem er sich ihr gegenüber niedergelassen hatte.

Unter Tränen berichtete sie ihm ausführlich, was sich seit dem Tag, als Kerry die 30.000 Dollar genommen hatte, ereignet hatte. »Ich werde so lange umsonst für dich arbeiten, bis alles beglichen ist, das verspreche ich dir«, sagte sie abschließend. »Nur schick mich bitte nicht wieder weg, ich weiß nicht, was ich sonst machen soll, ich habe nichts und niemanden mehr.«

Nachdenklich schaute er sie an, dachte daran, dass er ihrem Vater versprochen hatte, ein bisschen auf sie zu achten, bevor dieser ins Ausland gegangen war. »Also gut«, seufzte er schließlich, »um deines Vaters willen und der langjährigen Freundschaft, die mich mit ihm verbindet. Aber ich warne dich, wenn nur die geringste Kleinigkeit vorfällt, werde ich keine Gnade mehr walten lassen.«

»Danke«, sie sprang auf und umarmte ihn, »vielen Dank.«

»Schon gut«, wehrte er verlegen ab, und fügte kopfschüttelnd hinzu: »Ich verstehe nicht, wie du immer wieder in solche Situationen geraten kannst. Erst das Geld, dann dieses Collier – es ist unglaublich.« Als er sah, wie ihre Augen sich erneut mit Tränen füllten, murmelte er mitfühlend: »Dieser Adrian hat es dir offenbar sehr angetan – liebst du ihn?«

Sie nickte. »Ja, er ist der beste Mann, den ich mir wünschen könnte. Aber ich möchte nicht über ihn sprechen, es tut zu weh.«

»Wenn er dich auch liebt, wird er dir eine Chance geben.«

Melody schüttelte traurig den Kopf. »Nein. Ich habe ihn belogen und verletzt, und ich kann verstehen, dass er nichts mehr mit mir zu tun haben will.«

***

In den nächsten Tagen verbrachte Adrian einen Teil seiner Zeit damit, eine neue Sekretärin aus einer Reihe von Angestellten herauszusuchen. Schließlich hatte er eine ältere Mitarbeiterin gefunden, die geeignet war und ihm vertrauenswürdig erschien. Nachdem er ihr eine kurze Einweisung gegeben hatte, saß er missmutig in seinem Büro, hatte das Gesicht in die Hände gestützt und grübelte. Melody ging ihm nicht aus dem Kopf, ständig musste er an sie denken, sie war überall und er vermisste sie schmerzlich. Jede Sekunde rechnete er damit, sie zur Tür hereinkommen zu sehen. Er sehnte sich nach ihrem Lächeln, wenn sie die Post brachte, sehnte sich danach, sie auf seinen Schoß zu ziehen, sehnte sich danach, dass sie die Arme um seinen Hals legte und ihn küsste.

Schließlich hielt er es nicht mehr aus, es gelang ihm nicht, sich auf irgendetwas zu konzentrieren, also verließ er sein Büro und fuhr nach Hause. Dort verschanzte er sich in seinem Arbeitszimmer, doch das Gefühl der Leere war hier noch schlimmer.

Am späten Nachmittag klopfte es an die Haustür, und als er öffnete, stand Lauren davor. Sie hatte Timmy dabei und überrascht schaute Adrian auf ein kleines Fellbündel, das zwischen seinen Füßen hindurch ins Haus flitzte und wild umhersprang.

»Adrian, du siehst aus wie ein Gespenst«, stellte Lauren statt einer Begrüßung trocken fest, und umarmte ihn kurz.

»Danke für die Blumen«, brummte er, während er Timmy drückte und dann ins Wohnzimmer ging. »Was ist das denn?« Er deutete auf das Fellknäuel, das gerade dabei war, mit den Pfoten am Lederbezug der Couch zu kratzen.

»Das ist Boogy«, berichtete Timmy stolz. »Er gehört meinem Freund Ben.«

»Ja«, seufzte Lauren. »Timmy löchert mich die ganze Zeit wegen eines Pferds, und ich habe ihm erlaubt, ab und zu auf Boogy aufzupassen, in der Hoffnung, dass das Thema Pferd damit vom Tisch ist.«

Der schwarze Labrador-Welpe fegte durchs Zimmer, kläffte freudig und Timmy rannte voller Begeisterung hinterher.

Lauren warf ihrem Bruder einen besorgten Blick zu. »Callan hat mir erzählt, was passiert ist«, sagte sie leise. »Bist du sicher, dass es eine kluge Entscheidung war, Melody wegzuschicken?«

Er kniff den Mund zusammen. »Was hättest du an meiner Stelle getan? Sie hat mich belogen und ich kann ihr nicht mehr vertrauen – denkst du, das ist eine Basis, um eine Beziehung zu führen?«

In diesem Augenblick klopfte es erneut an die Tür. »Oh Himmel, wer ist das denn jetzt?«, entfuhr es ihm gereizt. »Das ist ja wie auf dem Bahnhof hier.«

Er öffnete die Tür und hatte schon einen verärgerten Spruch auf den Lippen, als sein Blick an der jungen Frau vorbei auf einen roten Ford Pinto fiel, auf dessen Kennzeichen der Pelikan des Staates Louisiana prangte. Stirnrunzelnd schaute er die Frau an. Sie hatte schwarzes Haar, das sich in wilden Locken bis auf ihre Schultern ringelte, und tiefgrüne Augen.

»Sind Sie Melodys Schwester?«, fragte er zögernd, obwohl er die Antwort bereits kannte.

Sie nickte fröhlich. »Ja, Kerry Brigman. Und Sie müssen der supergeile Typ sein, von dem meine Schwester mir die Mailbox vollgelabert hat.«

Adrian schluckte. »Melody ist nicht mehr hier.«

»Oh, verdammt.« Sie zog die Nase kraus. »Haben Sie sie rausgeworfen?«, platzte sie dann unumwunden heraus.

Unwillkürlich musste er lächeln. Ihre direkte Art erinnerte ihn nur zu sehr an Melody, die auch nie ein Blatt vor den Mund genommen hatte. »Ja«, gab er zu, »das habe ich.«

»Oh Mann, das hätten Sie aber nicht tun sollen. Sie kann nichts für die Sache mit dem Geld, das war ich«, redete Kerry auf ihn ein.

»Adrian, vielleicht solltet ihr das nicht unbedingt an der Haustür besprechen«, mischte Lauren sich jetzt ein, die im Hintergrund das Gespräch verfolgt hatte.

»Ja, natürlich. Kommen Sie rein.«

Kerry folgte ihm ins Wohnzimmer. »Coole Hütte«, lobte sie anerkennend, nachdem sie sich kurz umgeschaut hatte, »nur ein bisschen kahl und ungemütlich – ich frage mich, wie Melody es hier ausgehalten hat.«

Sprachlos starrte Adrian sie an, während Lauren amüsiert vor sich hin grinste.

»Nun Kerry – ich darf Sie doch Kerry nennen?«, fragte sie, und als die Schwarzhaarige nickte, fuhr sie fort: »Ich nehme an, Sie haben uns etwas zu erzählen. Ich bin übrigens Adrians Schwester Lauren.«

»Hi Lauren«, lächelte Kerry und setzte sich auf die Couch. »Ja, ich habe da wohl ein bisschen Mist gebaut«, gab sie ungeniert zu. »William hatte Melody 30.000 Dollar gegeben, um ein Bild zu kaufen, irgendein altes, wertvolles Teil. Naja, und ich wollte zu meinem neuen Freund, der in Mexiko auf mich gewartet hat, und war gerade ein wenig knapp bei Kasse, und da dachte ich mir, ich leihe mir die Kohle.«

»Leihen«, wiederholte Adrian gedehnt.

»Ja, ich hatte schon die Absicht es zurückzahlen, wenn José und ich uns erst mal etwas aufgebaut hätten.«

»Und wo ist das Geld jetzt?«

Sie zuckte mit den Achseln. »Futsch. José, dieser Loser, hat mich nach Strich und Faden belogen und betrogen. Wir haben uns im Urlaub kennengelernt, und er hat mir versprochen, mich zu heiraten. Was er mir allerdings verschwiegen hatte, war, dass er bereits eine Frau und fünf Kinder hatte. Als ich nach Saltillo kam, hat er mir immer noch die große Liebe vorgegaukelt. Ich gab ihm das Geld, weil er uns damit ein Haus und einen kleinen Laden kaufen wollte. Naja, eine Bude hat er zwar gekauft, jedoch auf den Namen seiner Frau, und nun ist die Kohle weg.«

»Das glaube ich nicht«, murmelte Adrian fassungslos, »das glaube ich alles nicht. Wissen Sie eigentlich, welchen Ärger Sie Ihrer Schwester damit eingebrockt haben?«

»Ja«, nickte Kerry schuldbewusst, »sie hat mir ja oft genug auf die Mailbox gesprochen, und es tut mir auch wahnsinnig leid. Doch ich kann es jetzt nicht mehr ändern, das Geld ist weg.«

»Und was haben Sie nun vor? Wollen Sie zurück nach New Orleans?«, fragte Lauren.

»Wollte ich, aber ich habe da an einer Tankstelle in Monclova eine Band getroffen, und der Sänger fährt total auf mich ab und ich auf ihn. Wir werden vielleicht heiraten, also ziehe ich erst mal eine Weile mit den Jungs durchs Land«, erzählte Kerry unbekümmert. »Tja«, sie stand auf, »dann will ich Sie auch nicht länger aufhalten, es war schön, Sie kennenzulernen.« Sie ging zur Haustür und schaute Adrian an, der ihr fassungslos gefolgt war. »Lieben Sie meine Schwester?«

Völlig verblüfft konnte er nichts anderes tun, als zu nicken.

»Gut«, lächelte Kerry, »sie hat es verdient, einen netten Mann zu bekommen. Sie hat die ganzen Jahre für mich gesorgt, seit unsere Mutter und mein Vater gestorben sind, und sie hat es mit mir nicht immer leicht gehabt«, gab sie ehrlich zu. Sie musterte Adrian noch einmal von oben bis unten und grinste dann. »Sie muss Sie aber auch sehr lieben, wenn Sie es verkraftet, dass Sie in solchen Klamotten rumlaufen.«

Vollkommen überrollt schaute er ihr nach, wie sie in den Pinto stieg, ihm fröhlich zuwinkte und davonfuhr.

»Kneif mich«, murmelte Adrian verstört zu Lauren, »kneif mich, damit ich sicher bin, mir das alles nicht eingebildet zu haben.«

40

»Armer Adrian«, schmunzelte Lauren, »das war wohl etwas zu viel für deine Nerven. Ich kann dich jedoch beruhigen, du hast dir das nicht eingebildet.«

»Also ich dachte ja die ganze Zeit, dass Melody der Inbegriff von Chaos und Anarchie ist, doch dieses

Mädchen übertrifft sie bei Weitem«, murmelte er, immer noch erschüttert von dem eben Erlebten.

Lauren lachte. »Ja, sie macht einen reichlich abgedrehten Eindruck. Aber sie war ehrlich, das hat man gemerkt, und ich hoffe, du weißt jetzt, dass Melody dich wegen des Geldes nicht angelogen hat. Offen gesagt kann ich verstehen, dass sie dir nicht die Wahrheit erzählt hat, das hätte ich an ihrer Stelle vermutlich auch nicht, dafür ist diese ganze Sache viel zu verrückt.«

»Trotzdem«, sagte er leise, »ich habe mich bemüht, ihr zu helfen, sie hätte mir vertrauen können.«

»Sie kannte dich nicht, woher hätte sie denn wissen sollen, wie du reagierst?«, gab Lauren zu bedenken. »Zumal du, sei mir bitte nicht böse, in deinen Anzügen immer wie eine strenge, graue Eminenz wirkst.«

Er seufzte. »Ja, ich weiß. Aber da ist nach wie vor die Geschichte mit dem Collier. Niemand außer ihr und mir wusste die Kombination vom Safe.«

»Vielleicht wollte sie den Schmuck verkaufen, um damit die Schulden bei diesem Kunsthändler zu bezahlen«, mutmaßte Lauren. »Sie befand sich in einer Notlage.«

»Sie hätte mich um das Geld bitten können, ich hätte es ihr gegeben.«

In diesem Augenblick kam eine total aufgelöste Florence die Treppe herunter. Sie schoss an ihnen vorbei in den Garten, wo Timmy mit dem Welpen herumtollte. »Pfui«, rief sie laut, »pfui, böser Hund.«

»Was ist denn jetzt los?«, fragte Lauren irritiert.

»Wenn das hier noch fünf Minuten so weitergeht, bin ich reif für die Klapsmühle«, sagte Adrian trocken.

Sie folgten Florence nach draußen, wo Boogy wild unter der Lebenseiche herumbuddelte, während Florence immer wieder versuchte, den Hund durch ein lautstarkes »Pfui« davon abzubringen.

»Lass Boogy in Ruhe«, schimpfte Timmy weinerlich, »er macht doch gar nichts Schlimmes.«

»Was soll das?«, fragte Adrian energisch.

»Nichts, ich ...«, wehrte Florence hektisch ab, und im gleichen Moment weiteten sich ihre Augen entsetzt.

Adrian folgte ihrem Blick und sah, dass der Hund ein Päckchen im Maul hatte, welches er offensichtlich gerade ausgegraben hatte.

»Schau mal Onkel Adrian, Boogy hat einen Schatz gefunden«, sagte Timmy stolz. »Er ist ein toller Suchhund.«

»Ich ... ich muss jetzt gehen«, murmelte Florence und wollte sich umdrehen, doch Adrian packte sie mit einem raschen Griff am Arm.

»Einen Moment, nicht so hastig«, befahl er schroff und nickte Timmy zu: »Nimm dem Hund das Päckchen ab und gib es deiner Mutter.«

Timmy tat wie geheißen und gespannt entfernte Lauren die Tüte und die Alufolie. Eine Schachtel kam zum Vorschein, und als sie den Deckel hob, blitzte ihnen das Diamantcollier entgegen.

»Also doch«, sagte Adrian grimmig, »du hast es genommen.«

»Nein«, log Florence, »ich kenne ja gar nicht die Kombination vom Safe. Ich habe gesehen, wie Melody das Päckchen vergraben hat und ich wollte nicht, dass der Hund es findet, damit du nicht noch mehr von ihr enttäuscht bist. Das Ganze hat dich ja sowieso schon so mitgenommen.«

Voller Zorn bohrte er seine Finger in ihren Arm, so fest, dass seine Knöchel weiß hervortraten.

»Aua, du tust mir weh, lass mich sofort los«, fauchte sie ihn an.

»Du kannst froh sein, dass der Junge hier ist, sonst würde ich etwas ganz anderes mit dir tun«, zischte er leise und die unterdrückte Wut in seiner

Stimme war unüberhörbar. »Wir gehen jetzt nach oben, du wirst deine Sachen packen und verschwinden, und mir nie wieder unter die Augen kommen, hast du verstanden? *Nie wieder!*«

»Aber ...«

»Kein ‚Aber'«, unterbrach er sie zornig. »Noch ein falsches Wort und wir statten dem Deputy einen Besuch ab. Mach, dass du hier wegkommst, und pfeif deinen Anwalt zurück, bevor ich es mir anders überlege.«

Sie fing an zu zetern und zu jammern, er ignorierte es jedoch und schob sie mit festem Griff ins Haus.

»Onkel Adrian«, rief Timmy hinter ihm her, »Boogy hat doch den Schatz gefunden – darf ich ihn behalten?«

Adrian drehte sich um und lächelte. »Boogy wird zur Belohnung einen großen Knochen bekommen und für dich lasse ich mir auch etwas einfallen. Aber den Schatz kannst du nicht haben – den bekommt Melody.«

***

Sobald Florence verschwunden war, hatten Lauren und Timmy sich ebenfalls verabschiedet, und nachdenklich saß Adrian im Wohnzimmer und betrachtete das Collier, das vor ihm auf dem Tisch lag.

Er wusste, dass er Melody unrecht getan hatte und dass er Abbitte leisten musste. Andererseits schmerzte es ihn immer noch, dass sie ihm über Wochen hinweg die Wahrheit verschwiegen und ihn belogen hatte, selbst, nachdem sie sich so nahe gekommen waren. Zweifelnd fragte er sich, ob ihre Gefühle für ihn wirklich so tief waren, wie er es die ganze Zeit angenommen hatte, oder ob er für sie nicht doch nur Mittel zum Zweck gewesen war, weil sie diesen Job so dringend gebraucht hatte.

Einer plötzlichen Eingebung folgend stand er auf und lief die Treppe hinauf, öffnete die Tür zu Melodys

Zimmer und trat hinein, zum ersten Mal, seit sie weg war. Er schaltete das Licht ein, schaute sich um und ein heftiger Schmerz durchzuckte ihn. Der Raum sah aus, als würde sie nach wie vor darin wohnen. Eine bunte Patchworkdecke lag auf dem Bett, zusammen mit etlichen Kissen in allen möglichen Farben. Im Kleiderschrank befanden sich die Kostüme, die er ihr gekauft hatte, sowie die Sachen, die sie sich von Lauren ausgeliehen hatte. Auch das Abendkleid hing noch dort und wehmütig strich er mit den Fingern über den weichen Stoff.

Beim näheren Hinsehen bemerkte er das Paar Ohrringe auf dem Tisch, daneben lag ein großer Skizzenblock. Zögernd schlug er das Deckblatt auf und erstarrte. Sein eigenes Gesicht schaute ihm entgegen, nachdenklich, mit ernster Miene. Er blätterte weiter, fand immer mehr Zeichnungen von sich. Der ganze Block enthielt ausschließlich Bilder von ihm, Bilder, für die er niemals Modell gesessen hatte, Bilder, die sie aus dem Gedächtnis gezeichnet hatte.

Ein tiefes, inniges Gefühl stieg in ihm auf, und plötzlich wusste er, was er zu tun hatte.

***

»Mel, so kann das nicht weitergehen«, mahnte William kopfschüttelnd. »Du isst nichts, du schläfst nicht, das Einzige, was du seit deiner Ankunft tust, ist arbeiten und Trübsal blasen.«

»Doch, ich schlafe«, erwiderte sie trotzig, »außerdem war ich gestern beim Arzt, du musst dir keine Gedanken machen, es geht mir gut.«

»Jaja, deswegen höre ich dich auch die ganze Nacht hin- und herwandern«, brummte er. »Du wirst noch krank werden.« Das Telefon klingelte und Melody wollte aufstehen, aber er winkte ab. »Lass nur, ich gehe dran.«

»Kunsthandlung Baker«, meldete er sich. »Ja.« – »Ja, das wäre möglich.« – »Natürlich mache ich das.«

– »Und wann?« – »Morgen schon? Das ist etwas knapp, doch ich denke, das kriege ich hin.« – »Gut, ich freue mich und danke für Ihren Anruf.«

»Wer war das?«, fragte Melody abwesend, als er zurückkam.

»Eine Galerie in San Antonio, sie wollen einige Bilder für eine Ausstellung haben«, erklärte er. »Ich habe zugesagt, allerdings sind wir ein wenig in Zeitdruck, denn wir müssen die Sachen bereits morgen dort vorbeibringen.«

»San Antonio«, murmelte Melody und schluckte, sofort musste sie an den Ball denken.

»Ja, also hopphopp, nicht trödeln, ich brauche deine Hilfe.« Er deutete auf ein paar Gemälde. »Pack das sorgfältig ein, ich gehe nach oben und hole einen Koffer. Wir nehmen nur die kleinen Bilder mit, damit wir das mit dem normalen Gepäck transportieren können. Eine große Kiste per Luftfracht aufzugeben schaffen wir in der kurzen Zeit nicht.«

Melody nickte und fing an, die Stücke mit Luftpolsterfolien zu umwickeln.

Es dauerte eine Weile, bis William mit einem alten Überseekoffer zurückkam. »Leg alles hier rein und stopf es gut aus, damit nichts kaputtgeht. Ich bestelle uns inzwischen die Flugtickets.«

»Uns?«, wiederholte Melody und ihr wurde augenblicklich übel. Sie stürzte zur Toilette und übergab sich.

»Hast du etwas mit dem Magen?«, fragte William, als sie mit bleichem Gesicht wieder den Verkaufsraum betrat, und schaute sie prüfend an.

Hastig schüttelte sie den Kopf. »Nein, aber du kennst ja meine Flugangst. Muss ich denn unbedingt mitkommen?«

»Ja, ich schaffe das nicht ohne dich.«

»So viel ist es doch gar nicht«, betonte sie mit einem Blick auf den Koffer.

»Ich habe oben noch etliche Bilder, die ich mitnehmen möchte, und die gerahmt werden müssen, das kriege ich unmöglich alleine hin.«

»Wenn wir jetzt damit anfangen, sind wir bis heute Abend fertig«, widersprach sie.

Er seufzte. »Ich kann die Dinger ja nicht mit Rahmen transportieren, weißt du, was das wiegen würde? Der Organisator hat mir versprochen, Klapprahmen zur Verfügung zu stellen, also erledigen wir das vor Ort.«

»Na toll«, murrte sie bedrückt, »das kann ja lustig werden.«

William nickte. »Ja, das hoffe ich zumindest, ein wenig Aufmunterung wird dir sicher nicht schaden.«

41

Das Taxi hielt vor einem großen Gebäude in der Richmond Avenue in San Antonio. Während Melody ausstieg und sich umschaute, bezahlte William den Fahrer und nahm dann das Gepäck aus dem Kofferraum.

»Scheint ein nobler Laden zu sein«, sagte Melody, als sie die Stufen zum Eingang hinaufstiegen.

William nickte. »Ja, sieht so aus, wird wohl eine umfangreichere Ausstellung werden.« Er blieb plötzlich stehen. »Ach, geh du doch schon mal rein und schau nach dem Veranstalter, ich muss noch kurz telefonieren, ich komme gleich nach.«

»In Ordnung.« Sie betrat das Gebäude und schaute sich suchend um. Zwischen ein paar Skulpturen entdeckte sie einen älteren Mann, auf den sie zielstrebig zusteuerte. »Guten Tag, ich bin von der Kunsthandlung Baker in New Orleans, Melody Foster ist mein Name.«

»Ah ja, Miss Foster«, er schüttelte ihr die Hand, »herzlich willkommen, Sie werden bereits erwartet. Folgen Sie mir bitte.«

Sie durchquerten einen angrenzenden Saal, der vollkommen leer war.

»Gehen Sie doch schon mal dort drüben hinein und sehen sich um, ich warte hier noch auf Mr. Baker, damit er uns nicht suchen muss«, forderte der Mann sie auf und deutete auf eine Tür.

Sie lächelte. »Ja, vielen Dank.«

Zügig lief sie auf die Tür zu, öffnete sie – und erstarrte. Sie blickte in einen großen Raum, dessen Wände mit etlichen Bildern bestückt waren. Bilder, von denen ihr Adrians Gesicht entgegen schaute. Ihre Bilder. Ein dicker Kloß steckte ihr plötzlich im Hals und sie schluckte ein paar Mal. Langsam einen Fuß vor den anderen setzend, ging sie in den Saal hinein, betrachtete ungläubig die Zeichnungen, von denen jede Einzelne gerahmt und mit einer Galerielampe beleuchtet war.

Im gleichen Moment setzte über Lautsprecher Musik ein. Erschrocken zuckte sie zusammen, als sie das Lied erkannte, zu dem Adrian und sie den einen Abend in der Cactus-Bar getanzt hatten. Sofort stiegen ihr Tränen in die Augen.

»Darf ich Sie um diesen Tanz bitten, Miss Foster?«, hörte sie auf einmal eine warme, tiefe Stimme hinter sich.

Sie fuhr herum und starrte Adrian an, der ein paar Schritte von ihr entfernt stand und sie anlächelte. Er trug eine alte Jeans, ein schwarzes Hemd und Cowboystiefel, und sah so gut aus, dass ihr plötzlich schwindelig wurde. Der Raum fing an, sich zu drehen, ihre Beine wurden weich und drohten unter ihr nachzugeben, bevor sie jedoch umkippen konnte, war er bereits bei ihr und zog sie in seine Arme.

»Ich dachte, Sie tanzen nicht«, murmelte sie fassungslos, als er begann, sich langsam mit ihr über den Parkettboden zu bewegen.

Er drückte sie fester an sich, vergrub sein Gesicht in ihren Haaren. »Doch«, flüsterte er zärtlich, »manchmal.«

***

»Kannst du mir mal verraten, was das alles zu bedeuten hat?«, fragte Melody mit wild pochendem Herzen, nachdem das Lied zu Ende war.

»Wonach sieht es denn aus?«, sagte er leise. »Ich habe die Bilder in deinem Zimmer gefunden und war der Meinung, dass sie zu schön sind, um nur dort herumzuliegen. Daher habe ich eine Ausstellung für dich organisiert – ich dachte, du würdest dich freuen.«

Ungläubig schaute sie ihn an. »Eine eigene Ausstellung? Ist das dein Ernst?«

»Ja. Du hast so viel Talent, es wäre schade, es nicht zu nutzen.«

»Ich weiß gar nicht, was ich dazu sagen soll.« Sie schluckte ein paar Mal. »Warum tust du das für mich – nach allem, was passiert ist?«

Er strich ihr liebevoll über die Wange. »Weil ich mir wünsche, dass wir noch einmal von vorne anfangen. Inzwischen ist mir klar, dass ich dir unrecht getan habe, und ich möchte dich um Verzeihung bitten. Ich hätte nicht an dir zweifeln dürfen.«

»Doch«, sie schaute ihm ernst in die Augen, »du hattest Grund genug dazu. Ich habe dich belogen und es sah ja schließlich auch so aus, als hätte ich dich hintergangen und bestohlen.«

»Das hat sich zwischenzeitlich alles aufgeklärt, aber das erzähle ich dir später. Wir sollten uns jetzt vielleicht erst mal kurz mit deinem Chef unterhalten.«

»Oh, William – den habe ich ja ganz vergessen.«

Zusammen verließen sie den Saal und trafen in der Eingangshalle William an, der sich angeregt mit dem älteren Mann unterhielt.

»Sie sind also derjenige, an den Mel ihr Herz verloren hat«, sagte William, nachdem Adrian ihn begrüßt hatte, und musterte ihn prüfend. »Sieht so aus, als hätte sie eine gute Wahl getroffen«, nickte er dann lächelnd und Melody wurde rot.

»Kann es sein, dass ihr zwei euch hinter meinem Rücken verbündet habt?«, fragte sie vorwurfsvoll.

Adrian lachte. »Wenn du es so nennen willst, ja. Irgendwie musste ich dich ja schließlich hierher lotsen, und dein Chef war netterweise einverstanden, mir dabei zu helfen. Außerdem hat er deine restlichen Bilder für die Ausstellung mitgebracht.« Er legte einen Arm um Melodys Schultern. »Apropos Chef – du hättest nicht zufällig Lust, wieder für mich zu arbeiten? Mir fehlt das Chaos in meinem Büro.«

»Ich weiß nicht.« Melody zögerte und schaute William an. »Was ist mit deinem Geld? Wäre es okay, wenn ich es dir in monatlichen Raten abstottere?«

»Oh, das brauchst du nicht, ich habe bereits den vollen Betrag zurückbekommen.«

»Was?«, fragte sie irritiert. »War Kerry bei dir?«

»Nein«, erklärte Adrian, »ich habe Mr. Baker heute Morgen die restliche Summe überwiesen. Folglich hast du jetzt knapp 30.000 Dollar Schulden bei mir, die du abarbeiten musst.«

»Na toll, da komme ich wohl vom Regen in die Traufe«, seufzte sie.

Adrian beugte sich zu ihr herunter und flüsterte ihr ins Ohr: »Du kannst unbesorgt sein, wir zwei werden so viele Überstunden machen, dass du das ganz schnell abbezahlt haben wirst.«

Ein sehnsüchtiges Kribbeln zog durch ihren Bauch, und sie lächelte. »Also wenn das so ist, bleibt mir ja offenbar keine andere Wahl, oder?«

Hoffnungsvoll schaute er sie an. »Heißt das, du bleibst?«

Sie stellte sich auf die Zehenspitzen und küsste ihn. »Ja, irgendjemand muss ja schließlich dafür sorgen, dass du etwas Vernünftiges isst und ab und zu mal deine Arbeit vergisst.«

Strahlend drückte er sie an sich. »Gut Miss Foster, dann lassen Sie uns schnell nach Hause fahren, bevor Sie es sich doch noch anders überlegen.«

***

Nachdem sie sich von William verabschiedet hatten, stiegen sie in Adrians Wagen und waren wenig später auf dem Weg zur Ranch. Schweigend schaute Melody aus dem Fenster und versuchte, ihre Gedanken zu ordnen. Sie konnte es immer noch nicht fassen, dass sie tatsächlich wieder hier war und Adrian neben ihr saß.

»Du bist so blass«, stellte er mit einem kurzen Seitenblick auf sie fest, »geht es dir nicht gut?«

»Doch«, betonte sie, »ich muss mich nur erst ein bisschen von dem Schreck erholen.«

Er schmunzelte. »Schreck? Das ist ja nicht gerade ein Kompliment für mich.«

Sie knuffte ihn auf den Arm. »Du weißt schon, wie ich das meine.«

Es dauerte nicht lange, bis sie auf der Ranch eintrafen.

»Ist Florence noch da?«, fragte Melody zögernd, während sie auf den Eingang zuliefen.

»Nein«, beruhigte er sie, »aber das erzähle ich dir alles später. Zuerst möchte ich dir etwas zeigen, ich habe eine Überraschung für dich.«

Er schloss die Haustür auf und führte sie die Treppe hinauf. Oben angekommen öffnete er die Tür zu ihrem Zimmer und schob sie hinein. Verblüfft riss sie die Augen auf.

»Adrian, du bist ja verrückt«, entfuhr es ihr.

»Ja, vielleicht ein ganz kleines bisschen«, lachte er. »Was hältst du davon?«

Staunend sah sie sich in dem Raum um, den er in ein Atelier verwandelt hatte, und fiel ihm dann um den Hals. »Ich danke dir, aber das habe ich gar nicht verdient.«

»Doch, das hast du, du hast so viel Farbe in mein Leben gebracht und ich kann dir nichts dafür zurückgeben, außer der Möglichkeit, dich hier deiner Malerei zu widmen.«

»Du hast mir schon mehr gegeben, als du ahnst«, sagte sie leise.

Im gleichen Moment schwappte eine Welle der Übelkeit über sie hinweg und sie stürzte ins Bad. Besorgt folgte er ihr und hielt ihr den Kopf.

»Ich hatte eigentlich gehofft, das Zimmer gefällt dir«, kommentierte er trocken, während sie sich den Mund ausspülte, »aber ich bin auf jeden Fall froh, dass du mir nicht wieder die Schuhe ruiniert hast.«

»Es gefällt mir auch, allerdings werden wir es anderweitig brauchen«, murmelte sie.

»Was? Wieso?« Verständnislos schaute er sie an, dann glitt plötzlich ein hoffnungsvolles Lächeln über sein Gesicht. »Sag bloß, du bist ...?« Er stockte, und sie nickte.

»Ja, bin ich.«

»Oh mein Gott«, entfuhr es ihm ungläubig. »Aber – wie konnte das passieren? Wir haben doch die ganze Zeit Kondome benutzt?«

»Ja, bis auf einmal.«

Mit gerunzelter Stirn dachte er nach, dann grinste er. »Die Umkleidekabine.«

»Genau. Und offenbar habt ihr McDermotts nicht nur knackige Hintern, sondern ihr seid wohl auch äußerst fruchtbar.«

»Melody«, er hob sie hoch und drehte sich mit ihr im Kreis herum, »du machst mich zum glücklichsten Mann der Welt.«

»Vorsicht«, warnte sie ihn, »sonst müssen deine Schuhe doch dran glauben.«

Behutsam stellte er sie wieder ab. »Ich freue mich riesig, und was das Zimmer anbelangt, das ist kein Problem, es gibt ja noch einen weiteren Raum nebenan.«

»Adrian, ich will dich nicht erschrecken«, sagte sie zaghaft, »aber ich fürchte, den werden wir in absehbarer Zeit ebenfalls brauchen.«

»Ich ... was ... wie meinst du das?«, stotterte er verwirrt.

Sie lächelte. »Wir bekommen nicht ein Baby, sondern zwei.«

Jetzt war er es, der plötzlich blass wurde. »Ist das dein Ernst?«

»Ja, sieht wohl so aus, als hätten Sie gründliche Arbeit geleistet, Chef.«

Er schwieg einen Moment, dann riss er sie in seine Arme und drückte sie überglücklich an sich. »Du hattest recht«, sagte er leise, »man kann doch alles haben – manchmal.«

Fortsetzung in Band 3: »OFT«

Weitere Bücher aus dieser Reihe

Band 1 - Niemals

Rose Porter beauftragt den attraktiven Schürzenjäger Callan McDermott, sich während ihrer Abwesenheit um ihre Enkelin Joyce zu kümmern. Dieser ist überzeugt, das ohne Probleme zu bewältigen – er kennt Joyce noch von früher und hat sie als ein pummeliges, bebrilltes Mauerblümchen in Erinnerung. Doch Joyce hat sich verändert, und als sie auf der Ranch eintrifft, merkt Callan sehr schnell, dass diese Aufgabe seine Nerven auf eine harte Zerreißprobe stellt ...

Band 3 - Oft

Als Lauren McDermott den Heiratsantrag ihres Chefs annimmt, ist sie überzeugt davon, die richtige Entscheidung getroffen zu haben. Doch ihr neunjähriger Sohn Timmy ist von seinem zukünftigen Stiefvater überhaupt nicht begeistert und hängt stattdessen sein Herz an den Rodeo-Reiter Ryan Davis. Sehr schnell gerät Laurens Vision von einer glücklichen Familie ins Wanken, und sie erkennt, dass sie im Begriff ist, zum zweiten Mal in ihrem Leben einen großen Fehler zu begehen ...

Band 4 - Immer

Jordan McDermott genießt sein ruhiges Junggesellenleben. Mit der Ruhe ist es jedoch schnell vorbei, als Melodys quirlige Schwester Kerry plötzlich wieder auftaucht und überraschenderweise beschließt, in Stillwell zu bleiben. Auf das Flehen seines Bruders Adrian hin erklärt Jordan sich widerstrebend bereit, Kerry bei sich wohnen zu lassen und ein Auge auf sie zu haben – doch damit halten nicht nur Chaos und Aufregung Einzug, sondern auch jede Menge Gefühle ...

Band 5 - Vielleicht

Um mehr Zeit für seinen Sohn Scott zu haben und den Verkupplungsversuchen seiner Mutter zu entgehen, lässt der alleinerziehende Vater Grant McDermott sich vom Houston Police Department nach Stillwell versetzen. Damit gerät er jedoch vom Regen in die Traufe, denn Rose Porter lässt nichts unversucht, um den neuen, smarten Deputy Sheriff an die Frau zu bringen. Zusätzlichen Ärger verursacht Scotts überengagierte Lehrerin Charlotte, die mit Grants Erziehungsmethoden überhaupt nicht einverstanden ist. Als er sie eines Nachts dabei ertappt, wie sie das zwielichtige Etablissement ‘La Casa’ verlässt, scheint die Lösung seiner Probleme zum Greifen nahe – doch damit fangen seine Schwierigkeiten erst richtig an ...

Band 6 - Sicher

Das erste Zusammentreffen von Liz Brewer und Kade McDermott, der anlässlich der Hochzeit seines Zwillingsbruders Grant mit Liz’ bester Freundin Charlotte nach Stillwell gekommen ist, verläuft ein wenig unglücklich. Dennoch fühlt Liz sich zu dem attraktiven Hotelier hingezogen und so verbringt sie eine leidenschaftliche Nacht mit ihm. Beide sind sich einig, dass es bei dieser einen Begegnung bleiben soll, doch das Schicksal – dieses Mal in Form von Liz’ Vater – hat andere Pläne ...

Band 7 - Endlich

Voraussichtliches Erscheinungsdatum: Herbst 2016

Weitere Romane der Autorin:

Küss mich, Santa
Sienna O'Reilly lässt sich auf der Firmenweihnachtsfeier von einem unliebsamen Kollegen zu einem Wetttrinken provozieren. Völlig betrunken flirtet sie heftig mit Santa Claus und strippt anschließend auf einem Tisch – bis zum völligen Blackout.
Als sie am anderen Morgen in einem Hotelzimmer erwacht, findet sie zu ihrem Entsetzen nicht nur ihre Kleidung, sondern auch Santas Jacke vor dem Bett. Zu allem Überfluss wird sie am nächsten Arbeitstag auch noch zu Grayson Sterling bestellt, dem attraktiven Firmenboss, der von ihrem Benehmen offensichtlich nicht gerade begeistert ist ...

Liebeslektionen in den Highlands
Laurie Harpers Leserbriefrubrik in einem regionalen Frauenmagazin in Los Angeles erfreut sich großer Beliebtheit, ebenso wie die von ihr verfassten Beziehungsratgeber. Als sie jedoch mit ihrem neuesten Manuskript in Verzug gerät, verdonnert ihr Chef sie dazu, nach Schottland zu reisen und dort Morgan Blackmond, den Sohn einer entfernten Verwandten, von seinen Beziehungsängsten zu kurieren.
Der stolze Highlander hat keine Ahnung von Lauries Auftrag, findet jedoch sehr schnell den eigentlichen Zweck ihres Aufenthalts heraus. Aufgebracht über die unerwünschte Einmischung versucht er, die lästige 'Psychotante' wieder loszuwerden, doch dann entwickeln sich die Dinge völlig anders als geplant ...

Ein Anwalt unterm Weihnachtsbaum
Es könnte eine wunderbare Vorweihnachtszeit für Michelle Sanders sein, wären da nicht die ständigen Reibereien mit Trent Forsythe, dem in Salt Lake City als ‚Hai , bekannten Staranwalt. Ausgerechnet der attrak-

tive Womanizer ist ihr Gegenspieler im Streit um ein Grundstück. Hartnäckig versucht er, Michelle zu verführen, doch sie scheint gegen seinen Charme vollständig immun zu sein. Als die beiden eineinhalb Wochen vor Weihnachten den Austragungsort ihrer Gefechte schließlich nach Elkpoint verlegen, greift Michelle zu ungewöhnlichen Mitteln, um ihren Gegner auszubooten. Dabei stellt sie sehr bald fest, dass Trent gar nicht so herzlos ist, wie sie anfangs dachte ...

Bittersüßer Wein
Trotz ihrer Bedenken lässt die zweiundzwanzigjährige Kayla Williams sich eines Abends zu einem Viererdate überreden und begegnet dabei dem verheirateten Mark Cassiani. Während Sharon sich sofort mit Marks Freund David einlässt, ergreift Kayla aufgrund eines Missverständnisses die Flucht. Als sie kurz darauf eine Arbeitsstelle auf einem Weingut im Napa-Valley antritt, stellt sich heraus, dass ausgerechnet Mark der Besitzer ist. Es dauert nicht lange, bis sich tiefe Gefühle zwischen den beiden entwickeln und eine bittersüße Romanze beginnt, die von dramatischen Ereignissen überschattet wird ...

Eine Prinzessin für den Cowboy
Janey Richards führt ein unbeschwertes Leben in San Francisco, bis die Einladung zur Testamentseröffnung ihres Vaters sie nach Elkpoint führt. Plötzlich ist sie Besitzerin einer Ranch, zusammen mit dem unfreundlichen Cowboy Quinn Majors. Während Quinn alles versucht, um die unerwünschte Geschäftspartnerin wieder loszuwerden, ist Janey entschlossen, dem Geheimnis um die Trennung ihrer Eltern auf die Spur zu kommen. Verbissen trotzt sie Quinns Schikanen und gerät immer wieder mit ihm aneinander, bis die Funken des Zorns schließlich ein leidenschaftliches Feuer entzünden ...

Liebe Leserinnen und Leser,

ich hoffe, dass Ihnen dieses Buch eine unterhaltsame Zeit bereitet hat und bedanke mich für Ihr Vertrauen. Gerne nehme ich Lob, Kritik und Anregungen entgegen, sowohl als Rezension wie auch als Email an kontakt@marina-schuster.com – ich freue mich auf Ihre Meinung.

Weitere Ebooks von mir stehen für Sie auf meiner Webseite http://www.marina-schuster.com zum kostenlosen Download bereit. Dort finden Sie auch Informationen über mich und meine Bücher sowie über das Erscheinen weiterer Romane. Schauen Sie doch mal vorbei, es lohnt sich.

Ich wünsche Ihnen weiterhin vergnügliche Lesestunden, Ihre Marina Schuster

Die Autorin

Marina Schuster wurde 1962 in Frankfurt am Main geboren und schreibt seit ihrer Jugendzeit romantische Geschichten mit einer guten Portion Humor und Happy End-Grantie. Ihren Lebenswunsch, einmal ein Buch zu veröffentlichen, hat sie sich inzwischen mehrfach erfüllt - ihre Romane zählen zu den Bestsellern im Genre Liebe. Mit ihrem Lebensgefährten und ihren zwei Hunden wohnt sie im Rhein-Main-Gebiet.

Printed in Poland
by Amazon Fulfillment
Poland Sp. z o.o., Wrocław

51957767R00146